愛經典

閱讀經典，成為更好的自己。

愛的教育

CUORE

艾德蒙多・德・亞米契斯
EDMONDO DE AMICIS

張密 祁玉樂——譯

緣起

愛經典

卡爾維諾說：「『經典』即是具影響力的作品，在我們的想像中留下痕跡，並藏在潛意識中。正因『經典』有這種影響力，我們更要撥時間閱讀，接受『經典』為我們帶來的改變。」因為經典作品具有這樣無窮的魅力，時報出版公司特別引進大星文化公司的「作家榜經典文庫」，期能為臺灣的經典閱讀提供另一選擇。

作家榜經典文庫從二〇一七年起至今，已出版超過六十本，迅速累積良好口碑，不斷榮登豆瓣讀書暢銷榜。本書系的作者都經過時代淬鍊，其作品雋永，意義深遠；所選擇的譯者，多為優秀的詩人、作家，因此譯文流暢，讀來如同原創作品般通順，沒有隔閡；而且時報在臺推出時，每部作品皆以精裝裝幀，質感更佳，是讀者想要閱讀與收藏經典時的首選。

現在開始讀經典，成為更好的自己。

CONTENTS

目錄

十二月

一月

四月

五月

六月

七月

序

此書主要是寫給九歲到十三歲的小學生。

此書也可以此為題：一個義大利市立小學三年級學生寫的學年紀事。我說是小學三年級學生寫的，並不是說他寫的東西完全與這本印刷成冊的書相同。他將他在校內和校外的所見所聞所想日積月累地記錄下來；到了年底，他父親在這些日記的基礎上，仔細斟酌，盡可能不改變兒子的思想，保留兒子的原話，寫成此書。四年後，兒子已經上中學，重讀此手稿，又將他仍然記憶猶新的一些人和事添了進來。

孩子，現在讀一讀這本書吧：我希望你們對此書感到滿意，並從中受益。

艾德蒙多．德．亞米契斯

十月

開學第一天

☼ 十七日，星期一

今天是開學的第一天。

在鄉下的三個月假期如夢般度過了！

今天早上，母親帶我到巴雷蒂學校註冊上三年級[1]，但我還想著鄉下的時光，一點都不想去。所有通往學校的街道上走著的都是孩子；兩家文具店擠滿了家長，幫孩子買書包、資料夾、筆記本。學校門口人頭攢動，水泄不通，工友和保全努力地保證大門不被堵住。

在學校門口，我感到有人拍了拍我的肩膀。原來是我二年級的老師，他總是那麼快樂，頂著一頭亂蓬蓬的紅髮。他說：「恩里科，我們已經永遠分開了嗎？」

我早知如此，但聽到這話還是很難受。

我們費力地擠進學校。很多女士、先生、家庭婦女、工人、官員、爺爺奶奶、女傭都一手牽著孩子，一手拿著成績冊，把門廳、臺階擠得擁擠不堪，喧嚣之聲如同進了大劇院。

我再次看到一樓那間大廳很是開心，那裡有通往七間小教室的門，兩年來我幾乎天天從那裡經過。女老師在人潮中穿梭。我二年級的女老師站在教室門口朝我打招呼：「恩里科，今年你要到樓上去了；我再也看不到你從這裡經過了！」她傷感地看著我。

校長被一群心急如焚的母親團團圍住，因為沒有她們孩子的名額。我覺得校長的鬍子比去年更白了。

我發現有些同學長高了，長胖了。

在一樓，分班已經結束。有些初小一年級的孩子不願進教室，像倔強的驢子一樣執拗不前，要生拖硬拉他們進教室；有些孩子進去了依舊從座位上跑開；有些看見親人離開，就放聲大哭，家長不得不回來安撫他們。看到此情此景，老師也無可奈何。

我弟弟被分到德爾卡蒂老師班上，我則被分在佩爾博尼老師班上，教室在二樓。十點鐘，我們都進了教室。一共五十四個人：有十五六個是我二年級的同班同學，其中就有那個一直拿一等獎的德羅西。

1 當時義大利小學為四年制，一到二年級為初小，三到四年級為高小。

想到夏天玩過的樹林、大山，我就覺得學校是如此狹小，令人生悲。

我還非常想念我的二年級老師，他是那樣和藹可親，對我們總是面帶微笑，他瘦瘦小小的，像我們的一個同學，想到再也無法經常見到他和他那雜亂的紅髮，我就很難受。

我們現在的老師是個高個兒，沒有鬍子，留著灰白長髮，額前有條直紋；他說話粗聲粗氣，盯著我們一個一個地看，就像要看到我們心裡去似的，而且還一直不笑。

我對自己說：「這就是開學第一天。還有九個月。好多功課，好多月考，好累呀！」

我需要在放學後能在門口看到母親，跑過去吻她的手。她對我說：「恩里科，加油啊！我們一起努力讀書！」

我開開心心地回家了。

但是那個總是面帶善意和快樂笑容的老師再也不教我了，我覺得就連學校也不如從前美好了。

我們的老師

☼ 十八日，星期二

今天上午之後，我也喜歡我的新老師了。進門的時候，他已經坐在自己的位子上，時不時地朝門口望著過來打招呼問候他的去年的學生：那些孩子路過時探頭進來，向他問好。

「早安，老師！」

「早安，佩爾博尼先生！」

有的孩子走進來，摸摸他的手，然後就跑開了。看得出來，他們愛他，都願意回來跟他讀書。他回答說：「早安！」他握住伸過來的小手，但是誰也不看，對每個問候的回答都是嚴肅的，額頭的皺紋都是直的，眼睛朝著窗外，看著對面房子的屋頂。對於這些問候，他並不顯得高興，反而好像很痛苦。

然後，他看著我們，一個一個地看，很認真。

聽寫時，他走下講臺，在課桌間走動著，看到一個孩子臉上有紅色小水疱，他停下聽寫，雙手捧著那張小臉端詳，然後問他怎麼樣，一隻手摸著他前額感覺是否在發燒。那時候，老師後面的一個男孩子站起來，玩起了木偶。老師突然轉身回頭，那孩子一下子坐到椅子上，呆在那裡，低著頭，等候被處罰。老師一隻手放在他頭上，對他說：「以後不要這樣了！」

後來就沒事了。他回到講臺上，做完了聽寫。聽寫後，他無聲地看了我們一陣子，然後，用他那好聽的粗嗓音慢慢地說：「大家聽著，我們要一起過一年，我們要過好這一年。你們讀書，你們聽話。我沒有家，我的家就是你們。我去年還有母親，但是她去世了。我剩下隻身一人，在這個世上我只有你們，我的愛、我的思想裡就只有你們。你們應該是我的孩子。我愛你們，也需要你們愛我。我不想處罰任何人。你們要給我表現出來都是善良的孩子。我們學校就是一個大家庭，你們都是我的安慰、我的驕傲。我不要你們做出口頭承諾，我相信你們心裡已經說『好的』。感謝你們。」

就在這時候，工友進來宣布下課了。我們都靜悄悄地離開課桌走出去。剛才從座位上站起來的那個孩子走向老師，聲音顫抖地說：「老師，原諒我吧。」

老師吻了他的額頭，對他說：「去吧，我的孩子。」

一次不幸

☼二十一日，星期五

新學年以一次不幸開場了。

今天早上去上學的路上，我向父親重複著老師說的那些話，當時看到路上都是人，堵在校門口。父親立刻說：「出事了！這個學年開頭不利！」我們費了好一番工夫才擠進來。大廳裡擠滿了家長和孩子，老師都無法把學生拉回班上，大家都面朝校長辦公室，並聽著裡面的說話聲。

「可憐的孩子！可憐的羅貝提！」

穿過眾多人頭，能看到那個房間裡都是人，可以看到一個警察的頭盔和校長的禿頭，然後進來了一位戴高帽子的先生，大家都說：「是醫生。」

我父親問一位老師：「發生什麼了？」

老師回答說：「一個車輪輾過了他的腳。」另一位說：「腳骨被輾斷了。」

那是一個二年級的孩子，他沿著朵拉．格羅薩路走過來上學時，看到有一個一年級小男生掙脫母親摔倒在馬路中間，距離一輛正朝他駛來的公共馬車只有幾步，羅貝提就上去抓住他，救了他，但是沒來得及抽回腳，就被馬車輪子從上面軋了過去。羅貝提是一個炮兵上尉的孩子。在眾人講述給我們聽的時候，一位夫人像瘋了一樣衝進大廳，推開人群：她是羅貝提的母親，是校方派人叫她來的；另外一位夫人迎面跑上去，雙臂摟著她的脖子抽泣著：那是得救的小男孩的母親。兩個人一起衝向房間，聽到的是一陣絕望的喊聲：「啊，我的朱利奧！我的孩子！」

那時，一輛車停在了門口，很快，校長抱著孩子出現了，那孩子頭靠著校長的肩膀，臉色蒼白，雙目緊閉。大家都不出聲了：只聽得到母親的抽泣聲。校長停了一下，臉色也蒼白，用雙臂把孩子舉起來，讓大家都能看到。那時，老師、家長和孩子都一起低聲說：「好意外，可憐的孩子！」並朝他送去飛吻；女老師和周圍的孩子吻著他的手和手臂。他睜開了眼睛，說：「我的書包！」

被救小孩的母親向他晃著書包，哭著對他說：「我幫你帶著，親愛的小天使，我幫你帶著。」同時，她扶著雙手正捂著臉的受傷孩子的母親。一行人走了出去，緩慢地上了馬車，車開走了。這時，學校裡的一切才恢復了平靜。

卡拉布里亞男孩

☼ 二十二日，星期六

昨天晚上，老師告訴我們可憐的羅貝提要靠拄著拐杖走路的消息時，校長帶著一個新註冊的學生走進教室，一個男孩子，臉色很深，頭髮很黑，一雙大大的黑眼睛，眉毛濃密而且幾乎連在一起；穿著一身深色的衣服，腰上有一條黑色的摩洛哥皮帶。

在跟老師低聲耳語了一陣後，校長走了出去，把孩子留在老師身邊，他用那雙黑色的眼睛看著我們，好像很害怕。於是，老師拉著他的一隻手，對全班說：「你們應該很高興，今天學校裡來了一個出生在離這裡有五百英里的雷焦卡拉布里亞的小義大利人。你們要愛這個來自遠方的兄弟。他出生在一片光榮的土地上，那裡為義大利造就了一些傑出的人士，一些強壯的勞動者和優秀的士兵；那是我們祖國最美麗的地方之一，那裡有森林和高山，生活著充滿才氣和勇氣的人。你們要愛他，讓他在這座城市裡感覺不到遠離家鄉，你們要讓他看到，一個義大利的孩子，在義大利任何一所學校都能立足，都能找到兄弟。」

說完這番話，他站起來，在牆上的義大利地圖上指著雷焦卡拉布里亞所在的地方，然後大聲叫那個總是第一的孩子：「埃爾奈斯托．德羅西！」德羅西站了起來。「你到這裡來。」老師說。

德羅西離開座位，走到講臺旁邊，面對著小卡拉布里亞人。

「作為學校的第一名，」老師說，「以全班的名義給新同學一個歡迎的擁抱，皮埃蒙特之子與卡拉布里亞之子的擁抱。」

德羅西擁抱了卡拉布里亞男孩，用他清晰的聲音說：「歡迎你！」並激動地吻了他的前額。全班鼓起掌來。

「安靜！」老師喊道，「不要在學校裡鼓掌！」但是看得出來，他是高興的。卡拉布里亞人也高興了起來。老師為他指定了座位，並陪他走到課桌前，然後又說：「你們要記住我對你們說的話。為了讓一個卡拉布里亞孩子在都靈能覺得像在自己家裡一樣，而一個都靈孩子在雷焦卡拉布里亞能覺得像在自己家裡一樣，為了讓這點變成現實，我們的國家奮鬥了五十年，三萬義大利人獻出了生命。你們應該互相尊重，彼此相愛；誰要是因為他不是我們省的人而欺負這個同學，就不配在經過三色旗前時抬起頭仰望。」

卡拉布里亞人剛坐到自己的座位上，他的鄰桌就紛紛送給他鋼筆和貼紙，還有一個坐在最後一張課桌前的孩子，給了他一枚瑞典郵票。

我的同學

☼ 二十五日，星期二

那個給卡拉布里亞男孩郵票的孩子是我最喜歡的同學，他叫加羅內，是班上年紀最大的，快十四歲了，大頭，寬肩，善良，看人總是帶著笑；不過他好像總是在思考，像個大人一樣。

現在，我已經認識不少同學了。我喜歡的另外一個同學名叫科萊帝，身穿一件巧克力色的毛衣，頭戴一頂貓皮帽子；他總是很快樂，是一個木柴商人的兒子，他父親曾經是一八六六年戰爭的士兵，屬於翁貝托親王的軍隊[2]，他們說他父親得過三枚獎章。還有小內利，一個可憐的小駝背，身材柔弱，而且臉是瘦削蒼白的。有一個穿得很好的人，總是從衣服上摘細絲毛球，他叫沃蒂尼。坐在我課桌前

2 翁貝托親王是統一義大利的第一位國王維托里奧·埃馬努埃萊二世之子，在父王去世後繼任，稱翁貝托一世。當時他的部隊在與占領義大利北方的奧地利軍隊作戰。

面的是一個叫做「小瓦匠」的孩子，因為他爸爸是瓦匠。他的臉圓得像個蘋果，鼻子像個圓球，他有一種特殊的能力，會學兔子的臉，大家都喜歡看他學兔子臉，然後哈哈大笑。他戴著一頂小破帽子，能像塊手帕一樣捲起來放進衣服口袋裡。

靠著小瓦匠的是加羅非，一個瘦高，長著貓頭鷹鼻子和一對小眼睛的人，總是在販賣一些小鋼筆、圖片和火柴盒，還把功課寫在指甲上，以便偷看。

還有一個小少爺，卡洛・諾比斯，樣子顯得很傲慢。他坐在我挺有好感的兩個同學中間：一個是鐵匠的兒子，套著一件大到膝蓋的外套，臉色蒼白得像個病人，總是一副受到驚嚇的樣子，從來不笑；另一個同學有一頭紅髮，有一條手臂殘疾，總是吊在胸前——他父親去了美國，母親沿街遊走賣菜。

還有一個很古怪的人，是我左邊的鄰桌斯塔爾帝，小個子，敦實，沒有脖子，板著臉不跟任何人說話，好像也不太明白什麼，但非常注意老師，連眼皮都不眨一下，總是皺著眉頭，嘴唇緊閉。如果老師在講話時，別人問他話，第一次、第二次他都不回答，第三次就想要踢人了。

他旁邊是一個厚臉皮的表情狡詐的人，叫富朗迪，他是被另外一個學校開除的。還有兩兄弟，穿得一模一樣，長得也極相似，兩個人都戴著卡拉布里亞人的帽子，上面有一根山雞毛。

不過，比所有人都更漂亮的、更有才氣的還是今年鐵定的第一名，就是德羅西；

老師已經看明白了，總是提問他。不過我喜歡普萊克西，鐵匠的兒子，那個穿長外套的，好像是個小病人；他們說他父親常打他，他膽子很小，每次要詢問誰或碰到誰時，他都會說「對不起」，用漂亮而哀怨的眼光看著對方。不過，加羅內是最年長而且最善良的。

一個俠義之舉

二十六日，星期三

今天上午讓人認識了加羅內。

我進校門的時候有點晚了，二年級的女老師叫住我，問說幾點可以到家裡找我們，那時候我的男老師還沒到，三四個男孩子在折磨可憐的柯羅西，那個長著紅頭髮、一隻手臂殘疾、媽媽賣菜的孩子。他們用尺子捅他的臉，往他身上扔栗子殼，朝他做出各種肢體殘疾的怪樣子，模仿他拖著手臂。而他一個人孤零零的，坐在課桌後面，臉色蒼白，無聲地聽著，用懇求的目光一個一個地看著他們，希望他們放過自己。但那些人越來越起勁地戲弄他，而他開始顫抖，臉氣得通紅。突然間，有張醜陋臉孔的富朗迪，跳到一張課桌上，兩隻手臂上各掛著一隻籃子，滑稽地模仿他媽媽當初在門口等兒子的樣子，因為她現在生病了。不少人開始大笑起來。這時候柯羅西怒不可遏，抓起一個墨水瓶，用盡全力朝他的頭部扔過去，但富朗迪閃身躲過，墨水瓶砸到了正要進門的老師胸口。

所有人都逃回自己的位子，嚇得一句話都不敢說。

老師臉色發白，走上講臺，用變了調的聲音問道：「是誰啊？」沒有人回答。

老師抬高了聲音，又喊了一遍：「是誰啊？」

這時候加羅內出於對柯羅西的同情，一下子站了起來，用不可辯駁的語氣說：「是我！」

老師看了他一眼，看了看驚訝的孩子，然後用平靜的口吻說：「不是你。」過了一會兒，又說：「有過錯的人不會受懲罰的，站起來吧！」

柯羅西站了起來，哭著說：「他們打我，侮辱我，我氣昏了頭，就扔過去……」

「你坐下，」老師說，「那些欺負他的人站起來。」

四個孩子站了起來，全都低著頭。

「你們，」老師說，「你們欺負一個沒有招惹你們的同學，譏笑一個不幸的人，打一個無力自衛的人，你們所做的，是能汙辱一個人的最低級、最丟臉的行為！欺善怕惡！」

說完，他走到課桌中間，一隻手放到正低著頭的加羅內下巴上，讓他仰起了臉，盯著他的眼睛說：「你有一個高貴的靈魂。」

加羅內趁機在老師耳邊低語了幾句，我也不知道他說的是什麼。老師轉向那四個有過錯的同學，突然說：「我原諒你們了。」

我二年級的女老師

二十七日，星期四

老師履行承諾，今天來我家了，那時我和媽媽正準備出門，去幫官方公報上推薦的一個可憐婦女送衣物。

我們家人已經有一年沒見過她了。大家跟她一起很開心。她還是那個樣子，小個子，帽子周圍圍著綠紗巾，穿得樸素，且頭髮梳得不好，因為沒有時間打扮自己；不過她的頭髮有點褪色了，隨著時間的流逝，多了幾根白髮；還總是咳嗽。

我母親跟她說：「身體怎麼樣啊，親愛的老師？您不夠注意身體啊！」

「哎，沒關係。」她帶著那種快樂但又憂傷的笑容回答說。

「您說話聲音太大了，」我母親接著說，「您為了孩子太辛勞啦。」確實如此，總是能聽到她的聲音；我記得跟她上學的時候，她總是說啊說啊，好讓孩子不走神分心，而且沒有一刻坐下來。我一直肯定她會來看我，因為她從沒有忘記過自己的學生，名字都記得住；在月考的日子裡，她去找校長問學生成績如何；她在門口等著學生，讓他們拿出作文看看是否有進步。很多上了中學的學生，穿上了長褲、戴上了手錶還來找她。她今天是從美術館過來的，跟以往這些年一樣，她每逢星期四都帶學生去參觀一家博物館，幫他們講解各種事情。可憐的老師啊，她變更瘦了，不過總是那麼有精神，一說起學校就神采飛揚。

她想再看看我兩年前生病時躺過的床，而那現在已經是我弟弟的床了。她看了一陣子，沒有說話。

她很快就得走了，因為還要去看班上的一個孩子，一個皮匠的兒子，長了風疹。更有一大堆作業要批改，整個晚上都得工作。在入夜前還要私下去幫一家店鋪女主人上算術課。「好吧，恩里科，」臨走時，她對我說，「現在你能解決更難的問題，寫更長的作文了吧？你還愛著你的老師嗎？」她吻別了我，走到樓梯下面還說：「別忘了我，恩里科！」

我的好老師啊，我永遠都不會忘了你！即使我長大了，也還是會記得你，會去看跟孩子在一起的你；每次我走過學校，聽到有女老師的聲音，就像聽到了你的聲音，想起之前跟你在學校度過的兩年，那時我學到了很多，我好多次看到你生病或疲憊，但總是熱心待人，總是寬容大度，一看到有人養成什麼寫字的壞習慣就很失望，一有檢察官來詢問我們就緊張，一看到我們表現良好就感到幸福，一直像母親一樣善良慈祥。我的老師啊，我永遠都不會忘了你！

小房子裡

☼ 二十八日，星期五

昨天晚上，我跟母親和姐姐希爾維婭去幫報紙上推薦的那個可憐女人送衣物；我抱著包裹，希爾維婭拿著報紙，上面有那個人的姓名和地址。我們到了一棟高房子的屋頂下，在一條長長的走廊裡，有很多門。母親敲了最後一扇門，出來開門的是一個年輕女人，金髮，瘦削憔悴。我立刻覺得在哪裡見過她幾次，頭上總是戴那塊深藍色的頭巾。

「您就是報紙上說的那位女士？」母親問道。

「是的，夫人，是我。」

「好的，我們幫您帶了一些衣物。」

那位夫人不斷道謝，各種祝福的話說個不停。我在那時候看見房間裸露昏暗的角落裡，有個男孩子跪在一把椅子面前，後背對著我們，好像是在寫什麼——確實在寫字，紙放在椅子上，墨水瓶放在地板上。

他怎麼能在這麼昏暗的地方寫東西啊？我心裡說著，突然認出來那頭紅髮，還有柯羅西那件毛織的外套，那個賣菜女人的兒子，那個手臂殘疾的孩子。趁著女人安放東西，我輕聲告訴了母親。

「別出聲！」母親回答說，「有可能他不好意思看見你，看見你救濟他媽媽，你別叫他。」可是，那時候恰好柯羅西轉過身來，我感到很尷尬，而他微笑著，於是我母親推了我一下，讓我跑過去和他擁抱。我擁抱了他，他站起來，拉著我的手。

那個時候，他媽媽對我母親說：「我就住這，只有這個孩子，丈夫去美國六年了，我還生了病，不能到處去賣菜賺點錢。我們連一張讓我可憐的孩子做作業的桌子都沒有。當初，在下面大門那裡有一張桌子，他起碼可以在桌子那裡寫作業，但現在，人家把桌子搬走了。這裡連一點光亮都沒有，他讀書都沒辦法不傷眼睛。我能夠送他去上學已經很不錯了，市政府給他書籍和筆記本。可憐的孩子，他多想讀書啊！我真是個可憐的女人！」

我母親把自己手提包裡的所有東西都給了她，又親了那個孩子，走的時候幾乎要哭了。她對我說下面的話是有道理的：

「你看看那個可憐的孩子，他被迫要這樣讀書，但你有所有的舒適條件，卻還覺得讀書很辛苦！哎，我的恩里科，他一天的學習比你一年的更有功績！應該頒獎給那個孩子啊！」

學校

☺ 二十八日，星期五

是的，親愛的恩里科，讀書是辛苦的，正如你母親所說的。我沒有見過你帶著那種我所希望的，堅毅的心情和帶笑的臉孔去上學。

你還是那樣，讓人趕著都不肯往前走。

但是你聽著：如果你不去上學，你的一天會是多麼可悲！

不用一個星期，你就會飽受無聊和羞愧的折磨，對你的生活和存在感到噁心反胃，想合掌祈求，要求重返學校。所有人，現在所有人都在讀書，我的恩里科啊！

你想想工人，他們辛苦工作了一天，晚上還去上夜校；想想那些婦女和姑娘，在工作了一星期之後，星期日還去學校讀書；想想那些士兵，訓練之後疲憊不堪，還要拿起書籍和筆記本；想想那些啞巴和瞎子，他們也在讀書；甚至就連監獄裡的犯人，也在學習看書寫字。

你想想，早晨，當你出門的時候，同一個城市裡同時有三萬多個孩子像你一樣，把自己關在一間教室裡讀書三個小時。

不只這些！你想想，全世界各國不計其數的孩子，大概都在那段時間去上學。你可以憑藉想像，看到他們走啊走啊，走過村莊寧靜的小路，走過城市喧鬧的街道，沿著海邊或湖畔走著；有的在炎炎烈日下，有的在濃濃大霧中，有的坐著小船在分割城市的水道裡划行，有的騎著大馬在遼闊的平原上奔跑，有的坐著雪橇在雪地滑行，有的翻山越嶺，有的穿林渡河，有的走在山裡無人的小路上；有獨行者，有二人同行的，有成群結隊的，甚至有排著長隊的；大家都腋下夾著課本，穿著千種服裝，說著千種語言；從遙遠的冰封雪地的俄羅斯那頭的學校，到阿拉伯棕櫚樹下的學校，數以百萬計的孩子以不同的形式學習著同樣的知識；你想想，這些上百個國家的大批孩子，你就在他們的運動之中，想想吧！

「如果這個運動停止了，人類就會重新陷入荒蠻；這個運動就是進步，是希望，是世界的驕傲。」

那就加油吧，這支大軍的小士兵！

你的書就是武器，你的班級就是你的部隊，你的戰場就是整個大地，而勝利就是人類的文明。

不要做一個膽小的士兵，我的恩里科。

你的父親

本月故事·帕多瓦的小愛國者

☼ 二十九日，星期六

我不會是膽小的士兵，不會的！但是，如果老師每天都像今天上午一樣為我們講一個故事，我會很樂意上學的。

他說，每個月都要講一個故事，讓我們寫成文字的故事，而且都是講一個孩子所做的一件美好又真實的事情。這個故事的名字就是「帕多瓦的小愛國者」。

事情是這樣的。一艘法國輪船從西班牙的巴賽隆納開往義大利的熱那亞。船上有法國人、義大利人、西班牙人，還有瑞士人。

其中有個十一歲的少年，衣衫襤褸，總是避開人群，像野獸似的用斜視的眼光看著所有人。兩年前，他在帕多瓦城郊鄉間種田的父母把他賣給了街頭賣藝的雜耍班子的老闆，那個老闆總是對他拳打腳踢，讓他挨餓，強迫他學會雜耍，帶他去法國、西班牙到處跑，一味虐待他，從不讓他吃飽。雜耍班子到了巴賽隆納的時候，他已經瘦弱得讓人同情，他再也受不了虐待與飢餓，終於逃出了魔爪，跑到義大利領事館請求保護。領事可憐他，送他上了這條船，還幫他寫一封信給熱那亞警察局局長，那個局長應該再送他回到曾經把他像牲畜一樣賣掉的父母那裡。

少年遍體鱗傷，非常衰弱。

船上給了他一個二等艙，所有人看到他都很好奇。有人問他話，他也不回答，好像憎惡和蔑視所有人，好像是大家都虐待和打過他一樣。有三個乘客一直探問，終於讓他開了口。他用夾雜著威內托話、法語和西班牙語的粗淺言語，大略地講了自己的經歷。這三個乘客雖不是義大利人，卻聽懂了他的話。一半因為憐憫，一半因為酒後的興奮，給了他一些錢，一面仍繼續開玩笑、刺激他再講出其他事情。這時，有幾位女士走進大廳，那三個人為了讓她們看到自己，就故意大聲說：

「拿去吧！」

「把這個也拿走！」

他們拿出一些錢來，叮咚作響地丟到桌子上。少年低聲答謝，把錢收入口袋裡，態度還是有幾分粗暴，但這時臉上第一次出現笑容和溫情。

他爬回到自己的艙位，拉上了床簾，靜靜地想著自己的事。

他兩年來一直連麵包都難以果腹，現在有了這些錢，可以在船上買點好吃的東西飽餐一頓；他這兩年衣服破爛，一到熱那亞，就可以買件上衣換上；然後可以拿著錢回家，這肯定比兩手空空地回去要好得多，能讓父母給予他更人道的待遇。

對於他來說，這些錢就是一個小小的幸運。

他想著這些，心裡正覺得高興時，在他艙位的床簾後面，那三個旅客圍坐在二等艙大廳裡的一張飯桌旁高談闊論。

他們一邊飲酒，一邊談著旅行和所到之處的見聞。說著說著，就談到了義大利。一個人開始抱怨義大利的旅館不好，另一個埋怨義大利的鐵路，然後三個人都情緒激動起來，一起說起關於義大利所有事情的壞話。一個人說，與其到義大利，還不如到北極去；另一個說，在義大利遇到的都是騙子和土匪；第三個人還說義大利的公務員都不識字。

「一群無知的國民！」第一個人說。

「垃圾！」第二個人說。

「小偷……」第三個人叫著，但話還沒說完，面值半個里拉的硬幣就像冰雹一般傾瀉到他們的頭上和肩上，然後在桌上和地板上彈跳滾動著，發出可怕的聲音。三個旅客憤怒地跳了起來，剛抬起頭看，又一把硬幣朝他們迎面飛來。

「拿回去，你們這些錢！」少年從床簾裡探出頭來，蔑視地說，「我不接受說我國家壞話的人的施捨！」

十一月

煙囪清掃工

☼ 一日，星期二

昨天晚上，我去隔壁的女校，把帕多瓦小男孩的故事送給希爾維婭的老師，她想要看這篇文章。

那裡有七百個女孩子！

我到的時候，她們剛放學出來，大家都為萬聖節和萬靈節的假期而高興。我看到了一件美好的事情。

在校門口對面，馬路那邊，一個煙囪清掃工，個子很小，一隻手臂撐著牆，額頭頂著手臂，臉上都是黑灰，手裡提著他的口袋和刮刀，號啕大哭，不斷抽泣。

兩三個二年級的女孩走過去，問他：「你怎麼了，哭成這個樣子？」

但他並不回答，仍然繼續哭著。

「你倒是說說怎麼啦，為什麼要哭啊？」女孩子反覆問他。

於是，他把頭從手臂上抬起來，露出一張小男孩的臉，哭著說，他去了幾家打掃煙囪，賺了三十個錢幣，但是都從口袋的一個破洞漏出去，弄丟了，不敢空著手回去，說著，還讓大家看了看口袋上的那個破洞。

「老闆會拿棍子打我。」他抽泣著說，頭又頂到手臂上，一副絕望的樣子。

女孩子看著他，大家都很嚴肅。

這時，又有一些女孩子湊過來，她們有大孩子也有小孩子，有窮的也有富的，手臂夾著書包。有一個帽子上有一支藍色羽毛的大女孩，從口袋裡掏出兩個錢幣，說：「我只有兩個錢幣，我們湊湊吧。」

「我也有兩個錢幣，」另一個穿紅衣服的說，「我們大家能湊到三十個錢幣的。」

於是開始互相招呼起來：

「阿瑪莉亞！」

「路易佳！」

「阿妮娜！」

「一個錢幣。」

「誰有錢啊？」

「這裡有錢！」

不少人都有準備買花或者練習本的錢，大家都給了他。有些更小的女孩給他幾個零錢，那個帽子上有藍羽毛的收集捐款，大聲報數：「八個錢幣，十個錢幣，十五個錢幣！」

不過，還需要再湊一些。

這時，出現了一個比所有人都更大的，幾乎像個女老師的人，拿出來半個里拉，所有人都為她歡呼。

還差五個錢幣。

「現在四年級的該過來了，她們會有錢的。」一個女孩說。

四年級的過來了，紛紛遞過來鈔票。

大家都聚集起來。

真是美好，看到那個可憐的煙囪清掃工被那些穿得五顏六色的女孩子圍著，眼前晃動著那些羽毛、髮帶、卷髮。

湊到三十個錢幣了，仍然有錢繼續遞過來，更小的女孩子沒有錢，卻帶著花束擠過來，為的就是給他一點什麼東西。突然，看門的女人走過來，大喊：「校長來了！」

女孩子四散跑開，好像是一群喜鵲飛走了。

這時，只見那個小小的煙囪清掃工，孤零零地站在路中間，擦著眼睛，滿心歡喜，手裡握著錢，而他上衣的扣眼和口袋，還有帽子上，有很多束花，地上和腳邊也有一些鮮花。

萬靈節

二日，星期三

這一天是紀念亡靈的日子。你知道，恩里科，你們這些孩子，在這一天要把心思用在哪些死者身上嗎？

那些為了你們，為了年輕人，為了孩子而死去的人！

死過多少人啊，還有多少人在繼續死去！

你從來沒有想過，多少父親在工作中損耗了體力，多少母親為了支撐自己的孩子而縮衣節食，不得不提前耗盡生命葬入土中？

你知道當男人看到自己孩子陷入不幸，絕望得就像一把刀子戳進心裡，多少女人因為失去孩子溺水自盡、悲痛而死或者喪失心智？

在今天這個日子，你想想所有那些逝去的人吧，恩里科！

想想那些女老師，年紀輕輕就過度勞累而死了，因為在學校的辛苦，因為對孩子的愛，心裡總是割捨不下；想想那些醫生，他們因為患上傳染病而死去，那是為了醫治孩子而勇敢地迎接挑戰啊；想想那些在海難、火災、飢荒中，在戰勝危險的時刻，為把最後一塊充飢的麵包、最後一塊救生的木板、最後一根逃生的繩子留給孩子的人，他們為拯救一條無辜的小生命犧牲自我而含笑死去。

這樣的逝者不計其數啊，恩里科！每一座墓地都埋著幾百個這樣的聖人，如果他們能夠從墳墓裡爬出來，一定會叫出一個孩子的名字，就是為了那個孩子，他們犧牲了自己青春的快樂、老年的平靜、情感、智慧和生命。二十歲的新娘、年輕力壯的少年、白髮老人、青春少年、英雄烈士、無名孩童，他們如此偉大，如此高尚，以致我們應該獻給他們墓地的鮮花再多都不夠啊！

你們得到了多少愛啊，孩子！

今天，懷著感恩，想想那些死者，你就會更善良，更對所有愛你的人和為你辛勞的人充滿情感，在萬靈節，你還沒有為任何人而哭泣過！

你的母親

我的朋友加羅內

☼ 四日，星期五

不過是兩天的假期，我就覺得好久沒有見到加羅內了。越了解他，我就越喜歡他，所有人也都這樣，唯獨蠻橫的人除外，那些人跟他沒話說，因為他容不得他們蠻橫。每當一個大孩子抬起手要打小孩子，小孩子就大喊：「加羅內！」而那個大孩子就不再動手了。

他父親是鐵路的機械師，他開始上學比較晚，因為生了兩年病。他是班上最高、最強壯的，一隻手就能舉起一張課桌，總是在吃東西，人很好。

無論跟他要什麼東西，鉛筆、橡皮擦、紙、鉛筆刀，他都借，或者都送人。在學校，他不說話，也不笑，一直坐在對於他來說太過狹窄的座位上不動彈，後背彎著，頭縮在肩膀裡；我看他的時候，他就眯著眼睛微笑一下，好像是對我說：「好的，恩里科，我們是朋友吧？」

不過好笑的是，他那麼大那麼壯，但所有的上衣、褲子、袖子都太短太窄，一頂帽子都戴不到頭上，頭髮都剃光了，腳上兩隻大鞋，脖子上總是纏著一條領帶，好像是一條繩子。親愛的加羅內，只要看他的臉一眼，就足以讓人對他萌生好感。

所有最小的孩子都願意坐在他桌子附近，他的算術很好。

他把書堆成一疊，用一條皮繩子捆著，提著來上學。

他有一把刀，刀把是珍珠貝的，是在去年的武器市場上找到的。有一天，他切到了手指，都露出骨頭了，但是並沒有讓學校裡任何人知道，回到家也沒有吭聲，生怕嚇到父母。

隨便什麼事，他都能讓人開玩笑，從來不計較當真，但如果當他說一件事時有人跟他說「不是真的」，那他的兩隻眼睛就會冒火，拳頭恨不得敲碎桌子。星期六早上，加羅內給了一個二年級學生一個錢幣，因為有人拿走了他的錢，他在街上哭著，不能去買練習本。

現在，加羅內已經連著寫了三天信，一封八頁紙的信，紙上還畫了花邊，那是為母親生日寫的信，他母親經常來接他，和他一樣又高又壯，挺可愛的。老師經常看他，每次走過他身邊，都用手拍拍他的脖子後面，好像是在拍一頭安靜的小公牛。

我喜歡他，當握著他那隻大手的時候，我很高興，那是一隻男人的手。我相信，他會為了救一個同學而冒生命危險，他會為了保護同學而不怕被殺，這在他的眼中可以看得十分清楚，雖然他好像總是用那個大嗓門在自言自語些什麼，但那是發自於善良的內心，誰都能感覺得到。

煤販與紳士

☼ 七日，星期一

加羅內肯定從來不會說出昨天上午卡洛・諾比斯對貝蒂說的那種話。卡洛・諾比斯很高傲，因為他父親是個紳士：高個子，黑鬍子，很嚴肅，幾乎每天都跟著孩子來學校。

昨天上午卡洛・諾比斯跟貝蒂吵架了，貝蒂是班上最小的孩子之一，父親是個煤販。因為理虧，不知如何回答貝蒂，諾比斯就大聲說：「你爸爸是個窮光蛋！」貝蒂氣得滿臉通紅，什麼都沒說，兩眼含著淚，回到家向父親重複了那句話。

煤販是個小個子，一身黑，下午上課的時候手裡領著貝蒂出現在教室，找老師申訴這件事。他抱怨的時候，所有人都不說話。諾比斯的父親，跟往常一樣，到教室門口就脫去孩子的披風，站在門口聽到提起了他的名字，就進來請求解釋。

「是這位工人，」老師回答說，「他來申訴，因為您的兒子卡洛對他的孩子說『你爸爸是個窮光蛋』。」諾比斯的父親皺起眉頭，臉色有點發紅，然後問兒子：「你說過這種話嗎？」

兒子站在學校大廳中間，低著頭，面對小貝蒂，不回答。於是，他父親拉著他的手臂，把他推到貝蒂面前，幾乎面對面了，對他說：「向他道歉。」煤販走到二人中間，一邊說著：「不用，不用。」

但那位先生根本不理睬，繼續對孩子說：「向他道歉。重複我說的話：請原諒我對你父親所說的侮辱人的、輕率魯莽、卑鄙無恥的話，我父親以能跟他握手而感到榮耀。」煤販做了一個動作，好像是說：我不要啊。而那位先生也並不聽他的，他兒子連眼睛都沒有從地上抬起來，慢慢地、用很小的聲音說：「請原諒我對你父親所說的侮辱人的、輕率魯莽、卑鄙無恥的話，我父親以能跟他握手而感到榮耀。」

這時，紳士向煤販伸出了右手，煤販用力握住了它，然後立刻推了一下自己的兒子，使他衝向了卡洛．諾比斯張開的雙臂。

「拜託，請讓他們坐在一起吧。」紳士對老師說。老師把貝蒂安排在諾比斯的座位旁邊。二人坐好後，諾比斯的父親打了個招呼，出去了。煤販還停頓了一段時間，看著兩個孩子比鄰而坐，若有所思。然後走到桌邊，盯著諾比斯，神情充滿溫情和歉意，像是要對他說些什麼，但什麼也沒說。他伸出手，想要去撫摸他，可是又不敢，只是用自己粗大的手指劃了一下他的前額。然後走向門口，再次轉身看了他一眼，消失了。

「你們記住所看到的這些，孩子，」老師說，「這是今年最美好的一課。」

弟弟的女老師

☼十日，星期四

煤販的兒子原來是德爾卡蒂老師的學生，這位女老師今天來看我生病的弟弟。她講那個孩子的媽媽兩年前為她家送了一大圍裙的煤，來感謝她為兒子發了獎章，讓我們大笑了起來。那個可憐女人執意堅持，不肯把那一圍裙煤再帶回去，最後當她不得不帶著那一圍裙煤回家時，幾乎都要哭了。

又是一個好女人啊，老師說，她後來又送了一小把很沉重的鮮花給老師，那裡面有她存下來的錢。

聽著她講話，我們很開心，這樣一來，我弟弟居然把平時不肯吃的藥都吞下去了。

對這些一年級的孩子得有多大耐心啊！這些孩子都像老人一樣掉了門牙，「r」和「s」的音都發不好，這個咳嗽，那個流鼻血，有人把鞋子丟在桌子下面，有人因為鋼筆扎到自己而大叫，還有人因為買錯練習本而哭。

一個班，五十個人，沒有一個不需要費心，要教給他們所有人，用那些拿不住東西的小手學會寫字！

他們的口袋裡裝著甘草糖、扣子、瓶塞、磚塊碎片，各式各樣的小物件，老師就得翻他們的口袋，但是他們還會藏起來，甚至藏在鞋裡。

他們不能專心，光一隻大蒼蠅從窗口飛進來，就弄得全班秩序大亂。夏天，他們帶來野草和鰓角金龜，這些小蟲子到處飛，有的掉進墨水瓶裡，爬出來時在筆記本上留下一灘墨水印。

而女老師還得做大家的媽媽，幫他們穿好衣服，包紮受傷的指頭，撿起掉到地上的帽子，關心他們不要互相穿錯大衣，不然又得哀哀叫了。可憐的老師啊！

但是，媽媽們還是抱怨：老師，怎麼回事，我的孩子丟了鋼筆？我孩子怎麼什麼都沒學啊？怎麼不表揚我的孩子，他知道那麼多啊？為什麼不讓人把桌子上的那根釘子拔掉，讓它劃破了我兒子皮埃羅的褲子！

有時候，我弟弟的老師也生孩子的氣，她受不了的時候，就咬自己的手指頭，為的是不讓自己失手拍誰的肩膀；她也有失去耐心的時候，但之後又後悔，去撫摸剛才被吼過的孩子。她把一個小淘氣趕出學校過，但流了很多眼淚，去找家長發脾氣，請他們罰他不准吃飯。

德爾卡蒂老師年輕，大個子，穿著得體，褐色頭髮，一刻都停不下來，精力充沛地做所有的事情，為一點小事就感動不已，那時說話特別溫柔。

「可是，至少孩子們愛你啊。」我母親說。

「很多人是的，」她回答說，「可是一年過後，大部分人都再也看不見了。當他們跟男老師後，幾乎都為跟過女老師而不好意思。」

「照顧了兩年之後，當你深深愛上一個孩子，卻要跟他分開了，這讓我們很難過，可是，她們都說：『我肯定，那裡那個還會愛我！』」

「不過，幾次假期後，大家都回到學校，我們朝他迎面跑過去：『啊，孩子，我的孩子！』他卻扭頭衝到別的地方了。」

說到這裡，老師停住了。

「但是，你不會這樣子吧，小朋友？」她抬起濕潤的雙眼，吻著我的弟弟，接著說，「你不會扭頭轉向別的地方，是不是？你不會背叛你可憐的朋友吧。」

我的母親

十日，星期四

當你弟弟老師來的時候，你表現得對母親缺乏尊重。這種情況再也不能發生了！恩里科！再也不能！你說的不尊重的話像一根釘子戳進了我的心！

想想你母親，多少年前，那一整夜俯身在你的小床前，量著你的呼吸，為擔心而哭泣，為害怕而牙齒打顫，以為會失去你，我真的怕她會喪失理智，一想到這裡，我就為你感到難過。

你，冒犯了你的母親！

你母親會為了減少你一小時的痛苦而犧牲自己一年的幸福，她會為你去乞討，為救你的命而獻出生命。

聽著，恩里科！你要把這個想法牢牢記住！

你想像一下，你一生註定要有一些日子過得非常可怕：最可怕的就是你有一天會失去你的母親！

恩里科，等你長大成人，你強壯了，經歷了所有的苦難，你會成千次地呼喚她，會有一種強烈的願望，想重新經歷一個時刻，再次聽到她的聲音，再次看到她張開的雙臂，你就像一個無人保護和安慰的可憐小男孩，抽泣著撲過去。那時你將怎樣回想起每次你帶給她的苦痛，怎樣後悔讓她不高興的一切！

如果你讓母親悲傷，那你就一生都不會心安理得！你會後悔，你會請她原諒，你會懷念有關她的記憶——沒有用啊——良心會讓你寢食不安，那個溫柔善良的形象對於你而言將永遠是憂傷的，那是在抱怨你，讓你的內心受到折磨！

哦，恩里科，注意，這是人類最神聖的情感，誰要是踐踏它，就是卑鄙可恥的！尊重母親的殺人犯還有一點誠實，有一點人情味。即使是人群中最功勳卓著的人，如果讓母親痛苦，冒犯母親，那就只不過是最卑劣可恥的人！

再也不要從你嘴裡對給予你生命的人說出來一句無禮的話！如果還有一句這種話溜出口來，那就不要是出於對父親的懼怕，而是出於靈魂的驅使，跪到她腳下，請求她在你額頭留下一個原諒之吻，以此來抹掉你忘恩負義的汙點！

我愛你，我的孩子，你是我生命中最寶貴的希望，但是我寧願看到你死去，也不願看到你對母親不知感謝。

去吧，有一段時間你不要來親近我，我現在沒有心思與你擁抱。

你的父親

我的同學科萊帝

☼ 十三日，星期日

父親原諒了我，但我還是有點鬱悶，於是母親讓我帶著看門人的大兒子去街上散步。

大約走到街道中間時，路過一輛停在一家店鋪門口的車，我聽到有人喊我名字，就轉過身去，是我學校的同學科萊帝，他穿著一件巧克力色的毛衣，戴著貓皮的帽子，出了一身汗，高高興興的，肩膀上扛著一大捆木柴。

一個男人站在車上，每次給他一捆木柴，他接過來就送進父親的店鋪裡，匆匆忙忙地把木柴堆起來。

「科萊帝，你在做什麼呢？」我問他。

「沒看見嗎？」他說著，伸出手臂等著接木柴，「複習功課。」

我笑了。

但他說的是認真的，接過了木柴，開始邊跑邊說：「動詞的問題……它按照數量和人稱變化……」

然後，他把柴放下，堆好：「……按照時間，按照所指的行為的時間。」他又回到車前，扛起一捆木柴：「……按照所指的行為的方式。」

那是我們第二天要上的語法課。

「能怎麼辦呢？」他說，「我在利用時間。我父親帶著助手去辦事了，母親生病了，輪到我卸貨。這時候我就複習語法。今天這課挺難，我沒法把它塞進腦子裡。我父親說他大概七點回這裡付您錢。」他最後的話是對貨車司機說的。車走了。

「你來店裡待一會兒。」科萊帝對我說。

我走了進去：那是一間大房子，堆滿了木柴和樹枝，一邊還有一個地秤。

「今天是個忙碌的日子，我跟你說實話吧。」科萊帝接著說起來，「我需要把握零碎的時間寫功課。我正在寫句子，有人要來買東西。等我再次開始寫字，這時貨車又來了。」

「今天上午我已經跑了兩趟威尼斯廣場的木柴市場，兩條腿都痠麻了，兩隻手都腫了！如果我的工作是畫圖，那我就很輕鬆了。」

說著，他拿起掃帚，掃了一下蓋著地磚的乾葉子和細枝。

「但你在哪裡讀書啊，科萊帝？」我問他。

「當然不在這裡，」他接著說，「你來看吧。」他把我領到店鋪後面的一個小房間，那是用來做廚房和餐廳的，一邊有一張桌子，上面有些書和筆記本，還有一份已經開始寫的作業。

「正好，」他說，「我第二個題目寫到一半了：用皮革可以做皮鞋、皮帶……現在我再加上一條，皮箱。」

他拿起筆，開始寫出他那漂亮的字體。「有人嗎？」馬上聽見店鋪裡有人在喊。那是一個婦女來買細柴。

「來啦！」科萊帝回答著，跑過去，秤了細柴，收了錢，又跑到一個角落裡在帳本上記錄下這筆買賣。然後他再回到自己的作業前，說：「我們看看我能不能完成一個句子。」

他寫道：旅行包、士兵的背包。

「哎呀，我可憐的咖啡，都溢出來了！」他突然喊起來，跑到爐子前面，從火上把咖啡壺取下來。

「這是幫媽媽煮的咖啡，」他說，「我得學會煮咖啡。你等一下，我們幫她送過去。這樣她能見到你，一定很高興。她已經臥床七天了……哎呀，那個動詞！我總是拿這個咖啡壺燙了自己的手指頭！說完了士兵的背包，我有什麼可以再補充的？還需要加點什麼，但我想不出詞了。你來，看我媽去。」

他打開一扇門，我們進了另外一間小房子，科萊帝的媽媽躺在一張大床上，頭上裹著一塊白頭巾。

「這是咖啡，媽媽。」科萊帝說著，把咖啡杯遞了過去，「這是我學校的同學。」

「啊，小朋友，」他媽媽對我說，「你來看病人了，是嗎？」

這時候，科萊帝整理好媽媽身後墊的枕頭，又蓋好了床上的被子，再捅開爐火，從五斗櫃上趕走了貓，「您還要別的什麼嗎？」一邊問著，一邊取回咖啡杯。

「您吃過兩匙糖漿了嗎？要是沒有了，我就跑去店裡買一趟，木柴卸完貨了，我四點鐘把肉放火上，就像您說的那樣，等那個賣黃油的女人過來，我給她那八個錢幣。一切都會好的，您別擔心。」

「謝謝，好兒子！」女人回答說，「可憐的孩子，去吧！你什麼事都想好了。」

她想讓我拿一塊糖吃，然後科萊帝給我看一個方鏡框，裡面有一張他父親穿軍裝的照片，胸前掛著一枚獎章，那是他在一八六六年戰爭時期在翁貝托親王部隊贏得的；臉跟兒子一樣，活潑的眼睛，高興的笑容。

我們又回到了廚房。

「我找到了，」科萊帝邊說邊在練習本上補充寫道，「馬具。」

「剩下的晚上再做了，我得一直盯到很晚，你多幸福啊，還有那麼多時間讀書，然後還能散步。」

他總是快樂的，而且機敏，又回到店鋪裡，開始把木頭放到支架上，用鋸子鋸成木段，還說：

「這就是做操！手臂前伸。我想父親回家時能看到所有木頭都鋸好了，他會高興的。糟糕的是，鋸完後我寫T和L，寫得像蛇一樣，是老師說的，我能怎麼辦啊？」

「我對他說我還得工作、揮動手臂。對我來說，重要的是媽媽的病趕快痊癒，這一點是可能的，今天她就好多了，謝謝老天。至於語法，我明天早上聽著貓叫再學。」

「喲，載著木頭的車來了！來工作吧！」

一輛裝滿木頭的車停在店門口。科萊帝跑出去跟那個男人說話，然後又回來。

「我現在不能陪你了，」他對我說，「明天見，你來看我真好，散步愉快！你真幸福！」

他跟我握了手，就跑去搬第一捆木頭，然後又繼續在店鋪和車子之間往返，貓皮帽子下面那張青春的臉像玫瑰那麼鮮嫩，動作敏捷，讓人看到他就高興。

「你真幸福！」他對我說。

啊，不，科萊帝，不是的，你才是最幸福的呢！因為你讀書和工作都更多，你對於你父親和母親更有用處，你更善良，比我要善良、能幹一百倍，我親愛的同學！

校長

☼ 十八日，星期五

科萊帝今天上午很高興，因為來主持月考的是他二年級的老師柯阿迪，一個小個子男人，一頭濃密帶卷的頭髮，大黑鬍子，兩隻深色的眼睛，聲音像炸彈那麼響亮，他總是用那種聲音威脅孩子要好好收拾他們，或者揪著他們脖子送進警察局，做出各種嚇人的面孔，但從來沒有處罰過任何孩子，相反的，他的笑容總是被鬍子遮住了，讓人難以發覺。

跟柯阿迪一起的有八個老師，包括一個代理教師，小個子，沒鬍子，像個青少年。

有一個四年級的老師，腿瘸了，戴著一條純毛的大領帶，他當鄉村教師的時候，待在一所潮濕的學校，牆上總是滴水，讓他身體生了病，總是充滿痛苦。

另外一個四年級的老師上了歲數，頭髮全白，他當過盲人學校的老師。還有一個衣著光鮮的，戴著眼鏡，兩撇金色小鬍子，大家都叫他律師，因為他一邊教書，一邊攻讀律師，並且拿到了畢業證書，還寫了一本書，是教人如何寫信的。

而那個教體操的老師是像個士兵一般的人，他曾經跟過加里波第，他脖子上的刀疤就是在米拉佐戰役中留下的傷痕。

然後就是校長，大個子，禿頂，戴著金絲眼鏡，灰白的鬍子垂到胸口，穿著一身黑色，總是把扣子一直扣到下巴。他對孩子特別好，即使對哆哆嗦嗦地被叫到校長辦公室挨罵的孩子，他也從不吼叫，而是拉著他們的手，講很多道理，不應該這樣做，應該悔改，要保證學好，說話的方式很好，聲音特別溫和，聽得所有人都紅著眼圈，更勝過被他處罰。

可憐的校長，總是第一個到學校，早上他迎接學生，聽家長訴說，等老師都已經離校回家了，他還要圍著學校轉一圈，看看有沒有孩子鑽到車底下，或者還在街上，或者是把背包裡裝滿沙子或石子。他又高又黑，每次走到一個角落，孩子就丟下玩耍的筆或球，四散而逃，而他就用食指遠遠地威脅他們，還帶著他那親切和藹略帶憂傷的神情。

「自從他那個在軍隊當志願兵的兒子死後，」我母親說，「就沒有人再看見他笑過。」而他一直把兒子的相片擺在眼前，就在校長室的桌子上。

在那次不幸之後，他曾經想離開，已經寫好了向市政府提交的退休申請書，並一直把它放在小桌上，日復一日地等著把它發出去，因為他對要離開孩子感到很遺憾。

不過，他前天似乎決定了，而我父親跟他在校長室裡，我父親對他說：「您要走，真遺憾，校長先生。」

那時有個男人進門幫一個孩子註冊，那個孩子因為搬家，從另外一所學校轉入我們學校。看到那個孩子，校長露出驚訝的樣子，盯著他看了好一陣子，又看看自己小桌子上的照片，回頭再看那個孩子，把他拉到自己身邊，讓他抬起頭來。

那個孩子跟他死去的兒子非常相像。

校長說：「好吧。」辦了註冊，告別了那對父子，仍然若有所思。

「您要走，就太遺憾了！」我父親重複著說。

那時候，校長拿起自己的退休申請書，把它撕成兩半，說：「我留下。」

士兵們

☼ 二十二日，星期二

校長兒子死的時候是軍隊裡的志願兵，為此，我們放學的時候，他總是到路上去看路過的士兵。

昨天路過了一個步兵團，五十個孩子圍著軍樂隊蹦蹦跳跳的，跟著節奏唱著，還用尺子敲著書包打拍子。我們一群人在人行道上觀看，加羅內穿著那身太過窄小的衣服，大口咬著一塊麵包；沃蒂尼，那個穿得好的，一直從衣服上往下摘毛；普萊克西，那個鐵匠的兒子，穿著父親的上衣；卡拉布里亞人，小瓦匠，還有紅頭脹臉的柯羅西，厚臉皮的富朗迪，還有羅貝提，炮兵上尉的兒子，他從車輪下救過一個孩子，現在還拄著拐杖走路。

富朗迪當面嘲笑一個瘸腿走路的士兵，但很快就感覺到肩膀上有一隻男人的大手，轉身一看，是校長。「聽著，」校長對他說，「譏笑一個在隊伍中的士兵，他既不能報復，也不能回應，就好像在辱罵一個被捆著的人：卑鄙。」富朗迪逃走了。士兵們四個人一排，流著汗，滿身土，槍械在陽光下閃閃發光。

校長說：「你們應該熱愛士兵，孩子，他們是我們的保衛者，如果明天有一支外國軍隊威脅我們國家，他們會為了我們寧願犧牲。他們也是孩子，比你們大不了幾歲；他們也要上學，他們中間有窮有富，像你們一樣，來自義大利的各個地方。」

「你們看，幾乎可以從他們的臉上認出來是哪裡的人：過去的有西西里人、撒丁人、那不勒斯人、倫巴第人。這是一個老團，就是一八四八年打過仗的。士兵不再是當初那些，但是團旗還是那一面。你們出生前二十年，就在那面旗幟周圍，有多少人為我們的國家死去！」

「快看，團旗！」加羅內喊道。實際上，能看到不遠處，在一些士兵的頭上方，那面旗幟正在向前而來。「孩子，你們來做一件事，」校長說，「等三色旗路過的時候，你們把手舉到額頭，做小學生的敬禮。」一個軍官舉著軍旗，已經破舊褪色，旗杆上掛著一些獎牌勳章。我們舉手敬禮，軍官看看我們，笑著，並用手向我們還禮。「做得好，孩子們。」我們身後有人說。

我們轉身看去，是一個老人，上衣扣眼上有藍色的克里米亞戰役的小帶子，是一位退休的軍官。「做得好，孩子，」他說，「你們做了一件漂亮事。」這時，團旗已經走到盡頭轉過去了，有一大群孩子圍著，眾人快樂的叫聲伴隨著號角聲，就像是一首戰爭之歌。「真是難得，」退伍老軍官看著我們，反覆說著，「誰從小尊重旗幟，長大就會保衛國家！」

內利的保護者

☼ 二十三日，星期三

內利昨天也在看士兵，這個可憐的小駝背，但他的神情像是在想：「我永遠都當不了兵！」

他善良，好學；但是這麼瘦、這麼蒼白，連呼吸都費力。他總是穿著一條黑亮色的粗布長上衣。他母親是一個小個子金髮女士，穿一身黑色衣服，總是最後來接他，好讓他不在大家一陣混亂之中走出校門；還會摸摸他。最初幾天，因為他不幸是個駝背，有的孩子就嘲笑他，用書包打他的後背；而他從來不轉身，也什麼都不對母親說，為的是不讓她知道兒子是同學的笑柄而痛苦。人們嘲笑他，他哭泣，他沉默，額頭頂著課桌。

可是，有一天，加羅內站起來說：「誰第一個碰內利，我就給他一腳，讓他滾三圈！」富朗迪不在乎，結果加羅內一腳踢上去，富朗迪真的滾了三圈，那以後就再也沒有誰敢碰內利了。

老師把加羅內安排在內利旁邊，坐同桌。他們交了朋友。內利特別喜歡加羅內。

一進學校，就趕緊先看加羅內在不在。

不說一聲「再見，加羅內」，內利就不走。加羅內也同樣這麼對他。內利的筆或者書掉到桌子下面，加羅內總是彎腰拾起筆或書，然後幫他把東西收到書包裡，再穿好大衣。因為這些，他喜歡加羅內，總是看著加羅內，當老師表揚加羅內的時候，他高興得就像表揚了自己一樣。

現在，他應該是終於把一切都告訴了母親，說出開始那些天的同學嘲笑，有人讓他遭受的痛苦，然後，有同學保護他，帶給他溫暖。因為今天上午發生了這個情況——

在放學前半小時，老師請我把上課計畫拿去給校長。當時我還在校長辦公室裡，進來了一位金髮黑衣的女士，是內利的媽媽，她說：「校長先生，我兒子的班上有一個同學叫加羅內吧？」

「有啊。」校長回答說。

「那麻煩您請他來這裡一下，我想跟他說句話，可以嗎？」

校長叫來工友，讓他去叫人，一分鐘後，加羅內就站在門口，大腦袋，剃了光頭，一臉的茫然。

一見到他，夫人就跑上去，雙手扶著他的肩膀，在他的頭上吻了好多下，說：「是你啊，加羅內，我兒子的好朋友，我可憐孩子的保護者，是你，親愛的，好孩子，是你啊！」

然後，她在口袋和手提包裡翻找一通，卻什麼都沒找到，於是從脖子上摘下一條帶著小十字架的項鍊，把它掛在加羅內的脖子上，壓在領帶下面，對他說：「拿著，戴著它，這就是我的紀念，親愛的孩子，請記著內利的媽媽，謝謝你，祝福你。」

班上的第一名

☼二十五日，星期五

加羅內吸引了全班對他的情感；德羅西吸引的是全班對他的欽佩。後者獲得了第一枚獎章，今年他還會是第一，沒有人能夠跟他競爭，所有人都承認他在各門功課上都具有優勢。

他的數學、語法、作文、繪畫都是第一，什麼都能一點就通，有神奇的記憶力，能不花力氣地學好一切，讀書對他而言如同遊戲。老師昨天說他：「你有上帝賜予的天賦，你只要別浪費它就好了。」

此外，他高大，漂亮，一頭金色卷髮，拿課桌當鞍馬，一隻手撐著桌面，跳得敏捷，還會擊劍。

他十二歲了，是店鋪老闆的兒子，總是穿著深藍色的帶金色紐扣的衣服，他總是活潑、快樂，對所有人都有禮貌，在考試時也盡其所能幫助別人，沒有任何人對他無禮，或者對他說難聽的話。諾比斯和富朗迪斜眼看他，沃蒂尼眼睛裡冒著嫉妒之光，但是他根本就毫無察覺。

當他在教室裡以那種優雅方式收作業的時候，大家都對他微笑著，拉一拉他的一隻手，或者一隻手臂。

他把家裡送給他的所有東西都送給別人，有海報、圖畫等；他為卡拉布里亞人做了一張卡拉布里亞小地圖；他能像一個紳士一樣，對誰都一視同仁地微笑給予一切。不可能不羨慕他。我也是，跟沃蒂尼一樣嫉妒他。

我感到苦澀，對他幾乎是一種因嫉妒而生的煩惱，有時候當我在家做作業很難受時，就會想到他那時肯定已經做完了，做得很好而且不花力氣。

但後來，等我回到學校，看到他這麼漂亮，笑著，一副勝利者的樣子，聽著他坦率、自信回答老師的問題，那麼有禮貌，全班都喜歡他，心裡就沒有了那種苦澀和煩惱，而且為自己曾有那種感覺而羞愧。

我想一直在他附近，我想什麼都能夠向他學習，他的存在、他的聲音帶給我勇氣，給我學習的渴望，給我快樂和愉悅。

老師給了他明天要讀的本月故事《倫巴第的小哨兵》，讓他抄寫；他今天上午抄好了，被英雄的故事所感動，臉紅紅的，眼睛濕潤了，嘴顫抖著，我看著他，多麼漂亮而高貴啊！

我真想當面對他坦率地說：「德羅西，你的一切都比我更有價值！跟我相比，你是個男子漢！我尊敬你，佩服你！」

本月故事·倫巴第的小哨兵

☼ 二十六日，星期六

一八五九年，在倫巴第解放戰爭中，在索爾弗利諾和聖馬蒂諾戰役裡，法國人和義大利人打敗了奧地利人，幾天後，六月的一個上午，薩盧佐的一小隊輕騎兵沿著一條無人的小路緩步前行，朝著敵方，仔細搜索著田野。指揮輕騎兵的是一位軍官和一個軍士，大家都看著前方的遠處，目不轉睛，默不作聲，隨時準備發現樹叢中敵軍前哨的軍裝。他們就這樣來到一處鄉間房子前面，房子周圍是歐洲白蠟樹，門前只有一個十二歲的小男孩，用一把刀削著一根樹枝皮，好把它做成一根木棍；房子的窗戶上掛著一面三色旗；房子裡面沒有人，農民掛好旗子後就都逃走了，因為害怕奧地利人。

一看到輕騎兵，小男孩扔掉了木棍，摘掉了帽子。是一個漂亮少年，一張無畏的臉，一雙藍色的大眼睛，滿頭金色長髮，穿著襯衫，挽著袖子，露出了胸脯。

「你在這裡做什麼呢？」軍官勒住馬問他，「為什麼不跟家人一起逃走？」

「我沒有家。」男孩回答說，「我是個孤兒。幫別人做點工。我留在這裡就是想看看戰爭。」

「你看到奧地利人過去了嗎？」

「沒有，已經三天了。」

軍官若有所思，然後跳下馬來，讓士兵還留在原地朝著敵方，自己走進房子裡，爬到屋頂上……房子不高：從屋頂只能看到一小片的田野。「需要爬到樹上去。」軍官說著，從屋頂下來了。在打穀場前面有一棵特別高的樹幹較細的歐洲白蠟樹，在藍天下搖擺著枝葉。軍官一會兒看看樹，一會兒看看士兵，考慮著什麼；然後，突然對男孩問道：「你視力好嗎，小朋友？」

「我？」男孩回答說，「我能看到一英里以外的一隻小麻雀。」

「你能爬到那棵樹頂上嗎？」

「那棵樹頂上？我？半分鐘就上去了。」

「你能告訴我在那棵樹頂上看到什麼嗎？那邊有沒有奧地利士兵、揚起的灰塵、閃光的槍支、馬匹？」

「一定可以。」

「為我做這些事情，你想要什麼報酬？」

「我想要什麼？」男孩笑著回答，「什麼都不要。這是好事情！再說……如果是為了德國人，沒辦法！但這是為了自己人，我是倫巴第人！」

「好，那你就去吧。」

「等一下，我把鞋脫掉。」

他脫掉鞋子，繫緊了腰帶，把帽子丟到草地上，抱住了歐洲白蠟樹的樹幹。

「不過，要小心……」軍官喊道，做出要留住他的手勢，好像突然害怕起來了。

男孩轉身看著他，用他漂亮的藍眼睛發出疑問。

「沒事，」軍官說，「上去吧。」

男孩像一隻貓一樣，跳上去了。

「你們看著自己的前方。」軍官對士兵說。不久後，男孩到了樹頂，抱著樹幹，兩條腿藏在樹葉之間，但身子露出來，太陽照著他金色的頭髮，像金子一樣。軍官隱約能看見他，他在上面身體顯得小小的。

「向前看，看遠處。」軍官喊道。

男孩為了能看得更遠，右手離開樹幹，用手掌遮著自己的額頭。

「你看到什麼了？」軍官問。

小男孩朝他低下頭，用雙手當作喇叭筒說：「兩個騎馬的男人，在白色的道路上。」

「離這裡有多遠？」

「半英里。」

「他們在前進嗎？」

「沒有，停住了。」

「你還看到什麼？」停了一下，軍官又問，「看看右邊。」

男孩看看右邊，然後說：「在墓地附近，樹叢中有什麼閃光的東西。好像是刺刀。」

「你看到人了嗎？」

「沒有，可能藏到田地裡了。」

就在這時候，一顆流彈聲音尖厲地從空中穿過，打到了房子的後面。

「趕快下來，孩子！」軍官喊道，「他們看到你了，我什麼都不要了，你趕快下來。」

「我不怕。」男孩回答說。

「下來……」軍官反覆說著，「那你看左邊有什麼？」

「左邊？」

「對，左邊。」

男孩的頭向左移動了一下，這時，又一聲尖厲的槍聲，子彈比剛才飛得更低，小男孩全都明白了，「可惡！」他叫著，「真的是衝著我來啊！」子彈從他身邊不遠處飛過。

「你下來！」軍官喊著，帶著威嚴和氣惱。
「我馬上就下去，但有樹幹擋著呢。您想知道左邊有什麼吧？」
「是，」軍官答道，「但不用了，你趕快下來吧！」
「在左邊，」小男孩喊著，身子從那邊探了出來，「有一頂帽子，我覺得看見了……」
第三聲憤怒的槍聲響起，子彈飛來，這時小男孩忽然跌落，有一段時間被樹枝攔住了一下，然後就頭朝下張著雙臂跌下來。
「可惡！」軍官喊著急忙奔過去。
小男孩後背著地，攤開雙臂仰面躺在地上，一股鮮血從左胸冒出來。下士和兩個士兵從馬上跳下來，軍官彎下身，揭開他的上衣，看到子彈打進了他的左肺。「他死了！」軍官喊道。「不，他還活著！」下士大聲說。「唉，可憐的孩子！」軍官喊著，「加油！加油！」他一邊說著，一邊用手帕壓住傷口。小男孩瞪大眼睛，頭垂了下來，他死了。軍官臉色蒼白，盯著他看了一陣子，把他的頭放到草上，站起身，繼續看著他，下士和兩個士兵也一動不動，其他軍人都面對敵方。「可憐的孩子！」軍官悲傷地重複著，「很棒的孩子！」
然後，他走到房子前面，從窗戶上把三色旗摘了下來，蓋到死去的小男孩身上，只讓臉露在外面。下士從旁邊把孩子的鞋子、帽子、棍子和刀子都撿了起來。

大家又默哀了一陣，然後軍官轉向下士，對他說：「我們請救護隊來拉走他。他是作為戰士而死的，戰士們會來埋葬他。」

說完，他用手勢送給男孩一個吻。然後喊道：「上馬！」大家都騎到馬上，馬隊集合完畢，又繼續前進了。

幾個小時之後，小男孩得到了他的戰爭榮譽，日落時分，整個義大利部隊的前鋒朝敵方推進，走的就是早上輕騎兵經過的那條路。狙擊兵營的主力兩人一排地行進，他們幾天前曾經在聖馬蒂諾山上流血奮戰過。

早在離開營地之前，小男孩為國犧牲的消息就傳遍了部隊。路邊有一條小溪，就離那棟房子不遠。當營裡的第一批軍官走過，看到歐洲白蠟樹下蓋著三色旗的小男孩屍體，都舉起軍刀向他致敬。其中一個人在小溪旁開滿鮮花的地上彎腰採下兩朵，朝他扔過去。

於是，所有的狙擊兵，凡是路過的，都採上幾朵花扔到死去的男孩身上。幾分鐘後，男孩身上就蓋滿了鮮花，路過的官兵都向他行禮致敬。

「做得好，小倫巴第人！」

「再見了，孩子！」

「給你，小金髮！」

「萬歲！」

「光榮！」

「再見！」

一個軍官把自己的軍功勳章扔給了他，另一個過去吻了他的額頭。鮮花繼續紛紛飛來，蓋住了他光著的雙腳、流血的胸脯，金色的頭髮。

他就睡在那草地上，蓋著那面三色旗，白色的臉似乎在微笑，可憐的孩子，就好像聽到了那些問候，很高興為他的倫巴第奉獻了生命。

可憐的人

☺二十九日，星期二

就像那個倫巴第小男孩，為自己的國家獻身，是一種偉大的品德，但是你不要忽略那些小的品德，我的兒子。

今天上午，我們從學校回家的時候，你在我前面走著，路過一個婦人，她坐在地上，在雙腿上抱著一個孩子，向你乞討。

你看看她，卻什麼都沒有給，其實，你口袋裡是有錢的。你好好聽著，孩子。不要讓自己習慣在伸著手的可憐人面前無動於衷，更不要對為自己孩子乞討的母親漠然。

你想想，那個孩子可能還餓著，那個可憐的女人飽受折磨。你想像一下，當有一天，你媽媽對你說：「恩里科，我今天沒辦法給你麵包了。」她那種絕望的抽泣。

我把一個錢幣給了一個乞丐的時候，他說：「上帝保佑您和您家人的健康！」你不能理解那些話給我心裡帶來的溫暖。我對那個可憐人感受到的是感恩。我真的覺得那個祝福能保佑我們很長時間的健康，我回到家裡，很高興，心想：啊！那個可憐的人給我的，比我給他的要多得多啊！

但願我能有時候聽到因為你而得到的祝福，也看到你值得人家祝福。你從自己的錢包裡拿出一個錢幣，讓它落到一個無助的老人手上，一個沒有麵包的媽媽手上，一個沒有媽媽的孩子手上。

可憐的人喜歡孩子的施捨，因為他們不覺得遭到羞辱，因為孩子跟他們一樣，都需要大家關愛。你看，學校附近總有一些窮人。

一個人的施捨，是一種仁慈的行為。但一個孩子的施捨，就是仁慈和親切的行為之和。你明白嗎？就好像你手中落到他手裡的是一個錢幣還有一朵花。你想想，你什麼都不缺，但他們什麼都缺。你想要幸福，而他們只滿足於不會死。

你想想，在高樓大廈之間，路上來來往往都是車輛和身穿華服的孩子，但卻有一些女人和孩子沒有東西可以吃，天啊！

一些像你一樣的孩子，像你一樣善良，像你一樣聰明，在一個大城市裡卻沒有吃的，就像是陷入荒漠裡的野獸！以後不要這樣了，恩里科！請不要走過一個乞討的女人身邊，卻連一個錢幣也不放到她手裡！

你的母親

十二月

小販

一日，星期四

我父親想讓我每個假日都請一個同學來家裡，或者去一個同學家裡，希望慢慢地跟大家都成為好朋友。

明天我跟沃蒂尼出去散步，就是那個穿得很好、總是非常嫉妒德羅西的同學。

今天，加羅非來我家，就是那個又高又瘦的同學，長著鷹鉤鼻，狡猾的小眼睛好像總是在搜索一切。

他是雜貨店老闆的兒子，是個獨特的人。

他總是數著口袋裡的錢，手指動作敏捷，做任何乘法運算都不用乘法表。

他努力存錢，已經有學生儲蓄銀行的存摺了。我敢說，他從來沒有花過一毛錢，就是掉到桌子下面一個錢幣，他也能花上一個星期時間找到它。

德羅西說，他就像喜鵲一樣。

所有他找得到的東西，用過的筆、貼過的郵票、別針，連凝結的蠟燭淚都收集起來。他收集郵票已經兩年多了，有了幾百張好多國家的郵票，全都放在一個大集郵冊裡，等裝滿一冊之後再賣給書商。

那個書商會免費給他一些練習本，因為他帶了不少孩子去那裡買東西。在學校裡，他也總是賣東西，每天都賣點小東西、彩票，以物易物；然後又後悔，再往回要換出去的東西；兩個錢幣買進的要四個錢幣賣出；他玩筆從沒輸過；把舊報紙賣給菸草商，他有一個小筆記本，記著他的每筆生意，上面都是加法和減法。

在學校，他只學習數學，如果說他希望得到獎章，那是為了能免費進入木偶劇院。他讓我喜歡、讓我開心，我們一起去市場，玩秤重量和算帳：他知道所有東西的準確價格，熟悉重量，包裝起來非常迅速，跟店鋪老闆一樣。

他說，他一畢業就要自己開一家商店，做他自己發明的新生意。

我給他一些外國郵票時他很高興，並且準確地告訴我們，每張要用什麼價錢賣給那些收藏者。

我父親假裝看報紙，聽著他的談話，也很開心。

他口袋裡總是鼓鼓的，裝滿那些小東西，然後再穿上一件黑色長披風，好像總是在那裡盤算著、操心著，像個商人。

但是，他最在意的還是郵票收藏：這是他的寶庫，他總是談論這事，好像是指望靠它發大財。

同學都說他是小氣鬼，是放高利貸的。

我不知道。

我喜歡他，他教了我很多東西，我覺得他是個男子漢。

那個木柴商的兒子科萊帝說，哪怕是為了救他母親的性命，他也不會給別人一張郵票。

我父親不相信。

「不要這麼快下評論，」他跟我說，「他還是有那份情感，有那顆心。」

虛榮心

☼ 五日，星期一

昨天，我跟沃蒂尼還有他父親沿著黎沃利大街散步。走到朵拉·格羅薩路，我們看到了斯塔爾帝，那個踢了搗亂鬼一腳的男孩，站在一家書店櫥窗前面一動也不動，眼睛盯著一張地圖；不知道他在那裡站了多久，因為他在街上也很用功，那位粗野的人只是勉強回應了我們的問候。

沃蒂尼穿得很體面，甚至太過分了：一雙山羊皮靴，上面有紅色刺繡圖案；一件帶刺繡和流蘇的絲綢衣服；一頂白色海狸皮的帽子，還有手錶。

我們沿著那條路走了好一陣之後，他父親走得慢，落在後面，我們就先坐在一條石凳上，旁邊是一個穿著很普通的孩子，他顯得很累，低頭思索著。有一個男人，好像是他父親，在樹下來回走著看報紙。

我們坐下來。沃蒂尼坐在我和那個男孩的中間。但他很快意識到自己穿得太好，就想讓自己的鄰座欣賞並羨慕自己。

他抬起腳，跟我說：「你看見了嗎，我的靴子是軍官的。」

他說這話是為了讓那個孩子看他的靴子。但那個孩子根本不理睬。

於是，他放下腳，又向我展示那件絲綢流蘇，一邊眼睛向下斜眼看著那個孩子，一邊對我說他不喜歡那個流蘇，想換成銀扣子。可是，那個孩子連看都不看一眼流蘇。於是沃蒂尼又把食指指向自己的白色海狸皮帽子。但那個孩子好像是故意的，連那頂帽子也都不看一眼。

沃蒂尼開始生氣了，摘下手錶，讓我看上面的小輪子。但那個孩子還是不抬頭。

「是銀上面鍍金的嗎？」我問他。

「不，」他說，「是金的。」

「不過，不都是金子，」我說，「也有銀子。」

「沒有！」他反駁道，故意讓那個男孩看他放到眼前的手錶，並對男孩說，「你說說，看，這都是金的，對吧？」

男孩生硬地回答說：「我不知道。」

「哦，不！」沃蒂尼氣壞了，喊起來，「太高傲了！」他說這話的時候，他父親過來了，聽到這句話，就盯著那個男孩看了一會兒，於是粗暴地對兒子說「住嘴」！然後俯身到兒子耳朵前面說：「他是盲人！」

沃蒂尼衝動地跳了起來，盯著那個男孩的臉看。他的眼眸是呆滯的，沒有表情，沒有目光。沃蒂尼非常沮喪，眼睛低低看著地面，沒話說了。過不久才結結巴巴地說：「哦，沒關係。」

是啊，他很虛榮，而這個盲人根本就對沃蒂尼沒有存什麼壞心。在後面整個散步途中，他再也沒有笑過。

第一場雪

☼ 十日，星期六

再見，在黎沃利大街上的散步。

現在孩子的好朋友來了！下了第一場雪！從昨天晚上，大片的雪像茉莉花一樣飛揚飄灑。今天早上，看到學校裡玻璃門窗和窗臺上落下的雪，真高興啊！

連老師看著都一直搓著手，一想到可以滾雪球，還能溜冰，之後還有家裡的小火爐，大家都樂不可支。只有斯塔爾帝不留意雪景，他上課很專心，兩隻手握成拳頭頂著太陽穴。

真好，校門口簡直就像過節啦！大家都在馬路上跑著、叫著，揮著手臂，抓著大把的雪，像小狗在水裡踩來踩去般玩耍。在校門外等著接孩子的大人都拿著變成白色的傘，警察戴著白色的頭盔，我們的書包沒一會兒就變成白色了。

所有的人都顯得非常快樂，甚至是普萊克西，那個鐵匠的孩子，那個從來不笑的蒼白臉孔；還有羅貝提，那個捨身救人的孩子，現在還是撐著拐杖走路。

卡拉布里亞人從來沒有見過雪，搓了一個雪球，吃了起來，好像是在吃魚一樣。

柯羅西，賣菜女人的兒子，把書包裝滿了雪；小瓦匠讓我們都樂壞了，當我父親邀請他明天到我家來的時候，他剛好滿嘴都是雪，既不敢吐出來，又不敢吞下去，只好把雪含在嘴裡看著我們，無法回答。

女老師也笑著跑出校門；我二年級的女老師也出來了，在雨雪交加之中跑著，把臉包在綠色的頭巾裡，還一邊咳嗽著。這時候，附近女校那幾百個女孩子路過，在白色的地毯上叫喊著奔跑。

老師、工友和警察都喊著：「回家！回家！」不斷飄落的雪花，讓他們的鬍子被染白了。但他們還是為學生歡慶冬季的快樂而開心地笑著。

你們歡慶冬季……但還是有一些既沒有麵包又沒有鞋子，或沒辦法烤火取暖的孩子。有幾千個孩子，從村子裡，要走好遠一段路，因為凍瘡而流著血的手裡還抱著一塊木頭，想要幫學校點火取暖。

有幾百所學校幾乎被雪埋住，光禿禿的牆壁，像洞穴一樣的校舍，孩子在裡面受到煙熏，或者凍得牙齒打顫，恐懼地看著白色的雪花沒完沒了地從天而落，堆到遠處的家的屋頂上，帶來雪崩的威脅。

你們在慶祝冬季，孩子。但想想那幾千個孩子，對於他們來說，冬季帶來的是悲慘與死亡。

你的父親

小瓦匠

☼十二日，星期日

小瓦匠今天來我家了，穿著獵裝，都是他父親不再穿的衣服，衣服上還有石灰的白點。

我父親比我更想讓他過來。他讓我們多麼高興啊！一進門，他就摘下被雪打濕了的帽子，塞進一個口袋裡。然後，邁著那種勞累工人的腳步往前走，那張長著圓鼻頭的像紅蘋果一樣的圓臉四下張望。他走到餐廳，看了一圈家具，目光盯住了畫著里戈萊托[1]的小方畫框——那是一個駝背弄臣——做了個「野兔鬼臉」。一看到那副鬼臉，沒有人能忍得住，都會笑出聲來。

我們開始堆積木，他搭建塔和橋的本領特別強，就好像在創造奇蹟一樣，他工作的樣子是認真的，有著大人的耐心。他一邊搭建塔樓，一邊跟我聊天：他們住在

1 義大利作曲家威爾第的歌劇《弄臣》中的主要人物。

一間小房子，父親上夜校學識字，母親是比耶拉人。他們都很愛他，這能看得出來，因為他穿得是個窮孩子的樣子，但衣服很保暖，縫補得很好，領帶也是他媽媽親手打的結。他告訴我說，他父親是個大塊頭，進出屋門都費力，但很善良，總是叫兒子「野兔臉」。但這個兒子卻是個小個子。

下午四點鐘，我們一起坐在沙發上，吃了麵包和白葡萄，等我們站起來後，不知為什麼，父親不讓我去撣被小瓦匠身上的白石灰蹭白的沙發坐墊：他拉住我的手，然後自己悄悄撣掉了白灰。

玩著玩著，小瓦匠弄掉了獵裝上的一個紐扣，我母親幫他重新縫好，他滿臉通紅，帶著驚訝與茫然的神情看她縫扣子，連大氣都不敢喘。然後，我讓他看漫畫書，他活靈活現地模仿著那些面孔，連我父親都被逗笑了。

他走的時候很高興，甚至忘了戴那頂破帽子。走到樓梯平臺上，為了再次表示他的感謝，他又做了一遍野兔臉。

他叫安東尼奧．拉布克，八歲零八個月了。

你知道嗎，我為什麼不願意你撣去沙發上的白灰？因為如果你去撣灰，被你的同學看到，就好像是在埋怨他弄髒了沙發。但這樣會讓他不好受，因為首先他不是故意的，然後那是他父親的衣服，是他父親在工作時弄髒的，工作時弄髒的並不是汙穢：是灰塵、是石灰，可能是其他的東西，但絕不是汙穢！

勞動不會讓人骯髒。你永遠不要說來工作的工人：「真髒。」你應該說：「你身上有痕跡，是勞動的痕跡。」

你要記住啊。你要愛小瓦匠，首先因為他是你的同學，然後因為他是工人的兒子。

你的父親

一個雪球

☼十六日，星期五

總是下雪、下雪。今天上午，我在學校大門口遇到了一件不好的事。

一群孩子剛下課就跑出來打雪仗，用那種潮濕的雪，做成的雪球很硬、很沉，像石頭一樣。很多人在人行道上走著。一位先生大喊著：「停下來，小淘氣們！」就在那個時刻，馬路對面傳來一聲尖叫，只見一位老人頭上的帽子沒了，搖搖晃晃地站不穩，雙手捂著臉，在他旁邊有一個小男孩大喊：「救命！救命！」聽到喊聲，人們從四面八方跑過來。他被一個雪球打中了一隻眼睛。

我當時就在書店門口，我父親已經進去了，我看到很多我的同學都跑過來，跟其他人混在一起，就在我附近，假裝在看櫥窗：他們是加羅內，口袋裡裝著常帶的麵包；科萊帝、小瓦匠，還有那個收集郵票的加羅非。

這時候，已經有一群人圍著老人，來了一個警察，還有其他一些人跑來跑去，帶著威脅的口氣問著：「誰啊？是誰啊？是你嗎？」邊問，邊看著孩子的手，上面有沒有雪水。

加羅非就在我旁邊，我發現他渾身顫抖，臉色蒼白得像個死人。

「誰啊？是誰啊？」人們還在繼續大聲問著。

這時我聽到加羅內低聲對加羅非說：「去，站出去自己說，要是讓大家抓了別人，你就是個懦夫！」

「可是，我不是故意的！」加羅非回答說，渾身抖得就像片樹葉一樣。

「沒關係，負起你的責任吧。」加羅內又說。

「但我沒有勇氣。」

「鼓起勇氣來，我陪著你。」

警察和其他人的喊聲越來越大：「誰啊？是誰啊？一塊眼鏡碎片刺進他的眼睛，弄瞎了他一隻眼！有人打瞎了他一隻眼！這些淘氣鬼！」我相信加羅非都要癱坐到地上了。

「你來，」加羅內口氣堅決地說，「我保護你。」說完抓住他的一隻手臂，一邊撐住他，一邊把他往前推，就像扶著病人一樣。人們見到這個情景，都明白了，好多人跑過來，高舉著拳頭。

但加羅內站到中間，大聲喊：「你們十個大人要對付一個孩子？」

於是，那些人停了下來。這時一個警察拉著加羅非的手，分開眾人，把他領到一家麵店，受傷的老人在那裡。一看到他，我立刻認出來，他就是我們家樓上五樓那個跟姪子一起住的老職員。他坐在一張椅子上，用一塊手帕捂著眼睛。

「我不是故意的，」加羅非哭著說，嚇得半死不活，「我不是故意的！」

有兩三個人用力把他推進店裡，大聲喊著：「跪下來磕頭！請求饒恕！」並把他推到地上。

但立刻就有兩隻結實的手臂又把他拉了起來，一個堅定的聲音說：「不，先生們！」

那是我們的校長，他看到了一切。

「因為他有勇氣自己站出來，」他接著說，「沒有人有權力再傷害他。」

眾人都不作聲了。

「請求原諒吧。」校長對加羅非說。

加羅非大哭起來，抱著老人的膝蓋，而老人用一隻手摸著他的頭，撫摸著他的頭髮。

於是，大家都說：「走吧，孩子，回家去吧。」

我父親把我拉出人群，邊走邊問我：「恩里科，如果你碰上了這種事，你有勇氣負責，去承認自己的過錯嗎？」

我回答說有，他說：「作為一個有良心講信用的人，你向我保證！」

「我保證，爸爸！」

女老師們

☼ 十七日，星期六

今天，加羅非嚇壞了，等著挨老師的數落。可是，我們的男老師並沒有露面，而且因為連替代的老師也沒有，柯羅米夫人就來代班上課了，她是女老師裡歲數最大的，有兩個大孩子，教過不少女士讀書寫字，現在她們都陪著自己孩子到巴雷蒂這邊上學。她今天憂心忡忡，因為有一個孩子生病了。

一看到她，學生就開始亂哄哄的，而她用緩慢而平靜的聲音說：「請你們尊重我的白頭髮——我不僅是個老師，還是個母親。」於是，沒有人再吭聲了，就連那個厚臉皮的富朗迪，也只是滿足於悄悄地做點小動作。

被派到柯羅米夫人班上的是德爾卡蒂，我弟弟的老師，而接替德爾卡蒂的是那個被叫做「小修女」的，因為她總是穿一身深色的衣服，有一條黑色的圍裙，一張又小又白的臉，頭髮總是光滑的，眼睛亮亮的，聲音細細的，好像是在低聲祈禱。

我母親說，真是搞不明白：她那麼溫柔，那麼膽小，總是那麼一個聲調的小聲音，從來不大聲喊，從來不生氣，卻能讓那些不聽話的孩子都安靜下來，只要用手指點一下，淘氣的孩子就立刻低下頭，在她的課上就好像是在教堂裡，所以大家才叫她「小修女」。

不過還有一位，我也喜歡，她是一年級三班的女老師，那張粉紅色的年輕的面孔，臉蛋上有兩個漂亮的酒窩，小帽子上有一支紅色的羽毛，脖子上掛著一個黃色的琉璃小十字架。

她總是快樂的，班上也就總是快樂的。她總是微笑著，用她那銀鈴般的聲音喊著，好像是在唱歌，她用教鞭敲打講臺，用拍手讓班上安靜；孩子出門時，她就像個小女孩，追在這個或者那個孩子後面，讓他們排到隊裡；一會兒幫這個拉拉帽檐，一會兒幫那個繫上大衣扣子，生怕孩子著涼感冒；她要把學生一直送到馬路盡頭，生怕他們會打鬧起來，還要叮囑接孩子的家長不要在家裡懲罰孩子；她帶藥給咳嗽的孩子吃；把自己的皮手筒借給怕冷的孩子；她不斷地受那些最小的學生折磨，他們總是讓她撫摸和親吻，總是拉著她的圍巾，而她則總是任憑他們拉，笑著吻他們每個人。她每天都是頭髮淩亂、口乾舌燥地回家，既擔心又高興，總是帶著那兩個漂亮的酒窩和那支紅羽毛。她還是教女生畫畫的老師，靠自己的工作養活母親和弟弟。

傷者的家

☼ 十八日，星期日

被加羅非的雪球打傷了一隻眼的老職員，他的姪子是在帽子上帶著紅羽毛的女老師班上：我們今天在他叔叔家裡看見了他，老人一直把他當親兒子撫養。

我抄寫完了下周要做的本月故事《佛羅倫斯小抄寫員》，那是老師安排我抄寫的，父親對我說：「我們去五樓，看看那位先生的眼睛怎麼樣了。」

我們走進了一間幾乎昏暗的房間，老人在床上坐著，背後墊了很多靠墊，他妻子在旁邊的枕墊上坐著，一邊是正在玩耍的小姪子。老人的眼睛包著繃帶。看到我父親，他很高興，讓我們坐下來，他說已經好多了，眼睛沒有瞎，不僅如此，而且再過些天就會好了。

「真是不幸啊，」他補充說，「我為那個可憐的孩子被嚇到而心疼。」然後，他告訴我們，說醫生這時候就該來幫他醫治了。就在這時，門鈴響了。

「是醫生。」夫人說。門打開了，我看到了誰？加羅非，穿著他的長披風，站在門口，低著頭，沒有勇氣進門來。「誰啊？」老人問。

「是那個扔雪球的孩子。」我父親說。

而老人說：「哦，可憐的孩子！過來吧，你是來打聽傷患的情況，對嗎？放心吧，我好多了，幾乎快痊癒了。你到這裡來。」加羅非懵懵懂懂，也沒看到我們，走近床邊，努力不讓自己哭出來，老人撫摸著他，他卻說不出話來。

「謝謝，」老人說，「你去跟你父親和母親說，一切都好了，不要讓他們擔心。」

不過加羅非還是不動，好像有什麼話要說，但又不敢。

「你有什麼要說的嗎？你在想什麼呢？」

「我……沒事。」

「那好，再見，孩子，放心地去吧。」

加羅非走到門口，卻又停下腳步，轉向一直跟著他走的老人的小姪子，小姪子好奇地望著他。突然，他從披風下面拿出一件東西，放到小姪子手裡，匆忙地對他說：「這是給你的。」然後就像閃電一樣消失了。

小男孩把東西交給叔叔，只見上面寫著：送給你這個，看看裡面，會讓你驚訝得叫起來。

就是那本著名的集郵冊，裡面是他收集的郵票，他一直談論的郵票，寄予了很多希望的郵票，為此他付出了很多辛勞，那是他的寶貝。可憐的孩子，那是他一半的心血，用來換取對他的原諒！

本月故事・佛羅倫斯小抄寫員

他是小學四年級學生，是一個可愛的十二歲的佛羅倫斯男孩，黑黑的頭髮，白白的臉蛋。他是家裡的老大，父親是鐵路職員，家裡子女多，薪水低，日子過得很吃緊。他父親很愛他，而且非常善良，對他很寬容，幾乎是要什麼就給什麼，但對他在學校的事情，卻管得很嚴。這是因為對他的期望很高，希望他從學校畢業後，能找到一份較好的工作，幫助全家生活過得好些。而要他能盡快成為有用之材，就得讓他短時間內過得非常辛苦。雖然小男孩自己知道要努力，但父親仍然總是督促他讀書。

父親年紀大了，過多的操勞使他顯得更衰老。為了能養家糊口，除了白天在鐵路局的繁重工作，他晚上還到處找來額外的抄寫工作，每天夜裡的大部分時間都要伏案抄寫。

最近，他從一家發行報紙和教科書的出版社得到了一份工作，負責抄寫貼在寄給訂戶的信封上的收件人名條，每寫五百張名條就能得到三個里拉的報酬，字要寫得很大而且很工整。這個工作的確很辛苦，他經常在吃晚飯時跟家人提起：「我的視力越來越不行了。做這種夜工，早晚會把我的命賠上！」

一天，朱利奧對父親說：「爸爸，讓我抄吧。你知道，我的字和你寫得一模一樣啊！」

但父親回答說：「不行！孩子，你得讀書，你的功課比我寫信封名條不知道重要多少倍！哪怕是剝奪你一小時的讀書時間，我心裡都過意不去。我感謝你的好意，但我不要你替我抄寫。以後不要再提這件事了。」

朱利奧知道父親的脾氣，對於這種事情，和他爭執也毫無意義，也就沒有堅持。但是，他暗地裡想辦法。他知道，每天晚上一到十二點鐘，父親就不再抄寫，而會走出工作的小房間，回去臥室睡覺。他有時候聽到：掛鐘一敲十二下，立刻就能聽到父親從椅子上起來的動靜，然後是緩慢的腳步聲。有一天晚上，朱利奧等父親上床躺下以後，悄悄起來穿好衣服，躡手躡腳地走到父親書房裡，關上房門，點亮油燈，坐到桌旁。桌面上放著一疊白紙條和雜誌的訂戶地址名冊，於是他就模仿著父親的筆跡開始抄寫。

他發自內心地願意抄寫，心裡既高興又有點害怕。他一筆一筆寫出來的名條越堆越高，放下筆，搓搓手，然後又繼續寫下去，越寫越快，同時還要豎著耳朵聽聽動靜，臉上微笑著。

一口氣寫了一百六十張，賺到一個里拉了！

於是，他把筆放回原處，熄了燈，踮著腳尖輕輕地回房睡覺。

那天中午，他的父親心情很好地坐到桌旁，居然什麼都沒有發現。他機械地抄寫，只是計算時間，並不想什麼其他的，第二天也根本不數算究竟抄寫了多少張名條，所以，並沒有發覺朱利奧代抄的事。

在飯桌上，父親很高興地拍著朱利奧的肩膀說：「喂！朱利奧！你父親還是工作的好手啊，你信嗎！昨天晚上我寫了兩個小時，竟然比平常多寫了三分之一。我的手指不太累，眼睛也還管用呢！」

朱利奧聽了雖然沒有說什麼，但心裡卻很快活。他心想：「可憐的爸爸，除了賺錢，我還要讓他得到這種滿足，相信自己變得年輕了。好好寫！加油吧！」

在這次成功的鼓舞下，第二天晚上，鐘敲過十二點以後，朱利奧仍舊起來抄寫。這樣過了幾個夜晚，父親還是毫無察覺，只是在一天晚餐的時候說：「真奇怪！近來燈油多用了不少！」朱利奧吃了一驚。幸好父親沒有再說什麼。

那天夜裡，工作還是繼續進行。

但是，朱利奧每天熬夜，睡眠不足，休息不夠，結果早上總是很難起床，晚上做功課時總是眼皮睜不開。有一晚，他竟然平生第一次伏在作業本上睡著了。

「喂！醒醒！起來！」父親拍著手，「做作業啦！」朱利奧猛然驚醒，繼續趕作業。

不過，第二天晚上，還有接下來的日子裡，他還是照舊，而且每況愈下，居然趴在書本上打瞌睡，起床比平時更晚，也總是疲憊不堪，好像不想讀書似的。父親開始注意到他的狀況，然後開始擔心，最後，終於忍不住動了氣，他從來不曾這樣對待過兒子。

一天早上，他說：「朱利奧！你總是支支吾吾的，根本不是原來的你了！這樣不行啊！你要記住，全家的希望都寄託在你身上。我很不滿意你近來的表現，你懂嗎？」

朱利奧有生以來沒有受過父親這樣的責備，心裡很難過。他暗地裡說：「真的，不能再這樣下去了，欺騙就到此為止吧！」

不過，那天晚飯時，父親非常高興地宣布：「你們知道嗎？這個月我靠著寫名條，比上個月多賺了三十二個里拉呢！」

他一面說著，一面從抽屜裡拿出一托盤的點心，說是買來慶祝這些額外收入的。弟妹們都拍手歡呼起來，津津有味地吃著久違的美食。朱利奧心裡受到很大的鼓舞，內心想：「唉！可憐的爸爸！我還是不能不瞞著你，只好白天多用點功，晚上還是要繼續抄寫，為了你，也為了全家。」

父親又接著說：「多賺了三十二個里拉，我很高興，但是，那個人，」他指著朱利奧，「他實在是讓我感到遺憾啊。」

朱利奧默默地承受著責備，忍住快要流出來的眼淚，但他心裡突然感到一種莫大的甜美。

此後，他還是繼續努力工作著。

不過，疲勞不斷地日積月累，他越來越難以支撐了。這樣又過了兩個月，父親不斷地抱怨著兒子，看他的眼神也越來越帶有怒色。

有一天，父親到學校去找班上的老師問個究竟，老師說：「他功課還可以，因為他算是聰明的。但是，他沒有像以前那麼用功了，上課時總是打呵欠、想睡覺，無法集中精神，叫他寫作文，也是寫得短短的就交卷，寫字也變潦草了。哦，他本來是可以做得更好，好很多的。」

那天晚上，父親把朱利奧叫到一邊，用更嚴厲的態度對他說：「朱利奧！你知道我為了養活全家，是多麼拼命地工作吧？但是，你卻讓我不滿意。你心裡沒有我，也沒有你的弟弟妹妹，也沒有你的媽媽！」

「啊！不！爸爸，請不要這樣說。」朱利奧哭出聲來說。他正想開口把兩個多月來的事情和盤托出，但父親不讓他開口，而是繼續說：「你應該知道家裡的條件，需要的時候，全家人都要做出犧牲。你看，我自己，我不是努力做著雙份的工作嗎？這個月本來指望鐵路局能發一百里拉獎金，今天早上才知道，這筆獎金不發了。」

朱利奧聽了，又把剛才要說出口的話都吞下去，心想：「不，爸爸，我還是什麼都不說好了，我守著這個祕密，為的是能夠幫助你工作！至於對你造成的痛苦，我會補償你的！我在學校的功課可以再進步。但現在最重要的是幫助你養活全家，我必須全力減輕你的負擔。」

就這樣，又過了兩個月，兒子繼續在夜間工作，白天疲憊不堪。兒子絕望地努力，父親更痛苦地責備。

最糟糕的是，父親對這個孩子的態度日漸冷淡。他認為這個兒子已經無可救藥，沒有指望了。從此不再和他說話，甚至不願意見到他。

朱利奧看到這樣的狀況，心裡十分痛苦，有時望著父親轉過身後的背影，悄悄地伸長臉，為父親送去一個飛吻，心裡充滿憐憫之情和憂傷。痛苦和辛勞折磨得他日漸消瘦，臉色蒼白，學校功課也越來越趕不上了。

他自己也知道應該停止夜工了，遲早有一天要結束這一切，每天晚上他都對自己說：「從今天夜裡開始，我不再起來了。」但是，一到十二點的鐘聲敲響，到了該執行自己的決心時，他又動搖了，總覺得如果躺在床上不起來抄寫，就是放棄了自己對家庭的責任，就是偷了爸爸和家裡的一個里拉。

於是，他還是起來，心想，父親總有一天夜裡會發現自己做的事，或者會數兩遍名條，那樣，一切就會自然而然地結束了，也就不用憑藉自己的意願停工，因為他覺得沒有勇氣這樣做。

因此，還是這樣繼續著。

有一天晚上吃飯的時候，父親對他說了一句很關鍵的話。母親端詳著朱利奧，發現他的臉色不好，比平時更加蒼白，就關心地說：「朱利奧，你生病了吧？臉色多不好啊！孩子，你覺得哪裡不舒服呀？」

說著，又憂慮地看著丈夫，焦急地說：「朱利奧病了，你看他臉色多蒼白啊！我的朱利奧，你怎麼了呢！」

父親看了朱利奧一眼說：「即使有病，也是他自作自受才搞壞了身體！他以前是好學生和好孩子的時候，並不是這樣的。」

「但是，他真的病了！」母親大聲爭辯說。

「我不管他了。」爸爸回答道。

這番話像刀子一樣刺痛這個可憐孩子的心。啊！以前他偶爾一咳嗽就問長問短的父親，現在竟然不在乎他了。

毫無疑問，在父親心中，他已經死了。孩子飽受折磨的心中自言自語地說：「不要啊！現在真的完了！我的父親，沒有你的愛，我是活不下去的，我要你的完整的愛，我把一切都說出來，再也不瞞你了；我還像從前一樣讀書，只要能重新得到你的愛，我可憐的父親！這次我已經下定決心了！」

不過，由於習慣的力量，他夜裡還是按時起來了，心滿意足而滿懷溫情地想在這靜夜中，向自己祕密工作幾個月的小房間做幾分鐘的最後告別。他走進房間，點上油燈，看見小桌上的白名條，想到從此再也不在上面寫那些已經熟悉到能背出來的人名、地址，又感到難捨難分，一時衝動，於是又拿起筆，坐下來繼續這習以為常的工作。

但在他伸手拿筆的時候，不小心碰到一本書，書掉到了地上，把他嚇得心驚肉跳：如果父親醒了怎麼辦？當然，這又不是做什麼壞事，況且自己早就決定要把一切都告訴父親了；但是，如果在這個萬籟俱寂的黑夜中傳出他的腳步聲，也會把母親驚醒，她一定會被嚇著。想到父親發現這一切後，將會第一次當著他的面，那時父親不知會如何懊悔和慚愧啊！

他這樣想著，幾乎嚇到了自己。他豎起耳朵，屏住呼吸，背靠在門上聽了聽。沒有任何動靜，家人都在睡覺，父親沒有發覺。這下他心裡才鎮定下來，又繼續抄寫。小名條一張接一張地堆起來。

樓下不時傳來警察在沒有人跡的路上有節奏的皮靴聲，還有突然熄火的汽車聲，又過了一會兒，還有一陣貨車緩慢通過的喧鬧聲。之後，一切又歸於寂靜，只是有時遠處傳來幾聲狗叫聲打破沉寂。他還是寫啊，寫啊；此刻，父親其實早就站在他背後了。

剛才，父親被書本掉在地上的聲音驚醒了，已經起來好一陣子，只是那些汽車、貨車通過的聲音，掩蓋了父親的腳步聲和開門聲。這時，父親白髮蒼蒼的頭俯在朱利奧的黑頭髮上面，看著那鋼筆尖在紙條上飛速地移動。幾個月來發生的種種事情，他完全猜透了，完全弄明白了，一種絕望的懊悔，一種無限的憐憫之情占據了他的心，使他被釘在兒子背後，一動也不動，幾乎窒息。

朱利奧忽然覺得有一雙顫抖的手臂抱住他的頭，不禁「呀！」的一聲驚叫起來。他聽到父親哭泣的聲音，轉過身來抱著父親說：「爸爸！原諒我！原諒我！」

父親含淚抽泣著，吻著他的額頭說：「孩子！你原諒我吧！我都明白了，是我該向你道歉！來吧！我的小天使！跟我來！」說著，扶著兒子，或者說是抱著兒子走到他母親床前。

「你吻吻我們的小天使吧！可憐的孩子，三個月來，他竟暗地裡不睡覺替我工作，為家裡賺錢，而我卻一味責罵他、傷了他的心！」

母親起來把朱利奧緊緊抱在懷裡，一時說不出話來，然後說：「寶貝！快去睡吧！快去睡吧！你去休息！」又向父親說：「你送他去睡吧！」

父親抱起兒子，把他送到臥室裡，放到床上，一邊喘著氣，一邊撫摸著他，替他放好枕頭，蓋上被子。

朱利奧說：「爸爸，謝謝！您也睡吧，我已經很滿足了。」

可是，父親還是想看著他入睡，就坐在床邊，拉著兒子的手，對他說：「睡吧！

睡吧！我的孩子！」

因為疲勞過度，朱利奧很快就睡著了；幾個月來終於好好地睡了一覺，竟做了許多快樂的夢。

當他睜開眼睛時，陽光照滿了全家，他發現滿頭白髮的父親就靠在床邊。原來，父親就是這樣把頭貼近兒子的胸前，在床邊睡了一夜。

意志

☼ 二十八日，星期三

我們班上的斯塔爾帝，他有力量做佛羅倫斯小男孩所做的事。

今天上午學校裡發生了兩件事：加羅非高興得快發瘋了，因為他們把集郵冊還給了他，而且還加了三張瓜地馬拉共和國的郵票，那是他找了三個月的郵票啊；而斯塔爾帝則得到了第二枚獎章。

斯塔爾帝是班上的第二名，僅次於德羅西！大家都感到驚訝。十月份，當他父親帶他來學校時，他穿著綠色的厚大衣，他父親當著全班的面說：「對他要非常有耐心，因為他頭腦愚鈍！」

所有人從一開始就認為他是個木頭腦袋。但他說：「不成功，便成仁。」於是他拼命讀書，夜以繼日，在家裡學、在學校學、在路上學，咬緊牙關，握緊拳頭，像牛一樣忍耐，像騾一樣固執，就這樣，他埋頭苦幹，不在乎別人的諷刺挖苦，不理會別人的干擾，最後終於超越了所有人。他起初對算術一竅不通，寫作文連個句子都想不出來，現在卻能解算術問題，很會寫作文，非常熟悉課本內容。

看著他那副模樣，身材矮胖，方頭方腦，短粗的手，粗糙的聲音，卻擁有鋼鐵般的堅強意志！

他甚至閱讀報紙上的段落，還有劇院的通知書，每次有一些錢，就去買一本書：他已經累積出一個小小圖書館，有一次心情好的時候，順嘴說出要帶我去他家看那些書。他不跟任何人說話，不跟任何人玩耍，總是在自己座位上，兩手頂著太陽穴，就像一塊石頭動也不動，聽老師講課。可憐的斯塔爾帝，他有多麼辛苦啊！今天上午，雖然老師不太有耐心，心情也不佳，但在給他獎章時說：「做得好，斯塔爾帝，只要堅持就能勝利。」但他似乎並沒有為此而自豪，也沒有笑容，領了獎章後一回到座位上，就又用兩隻手頂著太陽穴，比之前更加一動也不動，更加聚精會神。不過，最美好的還是在門口：他父親在那裡等著他。

「一個獎章！」他跟兒子一樣粗聲粗氣，大臉龐加上大聲音。

他父親沒料到他會得到那枚獎章，都不敢相信，還要跟老師確認是真的，才開心地笑了，在兒子脖子後面摸了一把，大聲說：「做得好，我親愛的小傻瓜，走吧！」他微笑著，驚喜地看著兒子，周圍所有的孩子都笑了，只有斯塔爾帝例外。他已經在大腦袋裡盤算著明天上午的功課了。

感恩

☺ 三十一日，星期六

你的同學斯塔爾帝從來不抱怨他的老師，我敢肯定。「老師心情不好，沒耐心。」你這麼說是帶著不滿的。你想想你多少次做了沒耐心的舉動，是對誰做的？是對你的父親和母親，你對我們的沒耐心是一種罪過。

老師有時候沒耐心是有道理的！你想想，他為孩子辛苦了多少年。他那麼有情有義、和藹可親，卻還是有人不領情，辜負他的善良，不承認他的辛苦，甚至，你們帶給他的苦楚要多於滿足。

你想想，就是把世界上最好的聖人放到他的位置上，有時也會被氣昏了頭。再說，如果你知道，有時候老師是帶著病上課的，只是因為還沒有病到必須請假，他沒耐心是因為他身體難受，看到你們這些人看不出他的難受或者辜負他的善意，當然就會非常痛苦。

尊重、敬愛你的老師吧，我的孩子！

敬愛他是因為你父親敬愛、尊重他；敬愛他是因為他把自己的一生奉獻給很多將要忘記他的孩子；敬愛他是因為他打開並照亮你的智慧，教育你的靈魂；敬愛他是因為有一天，你長大成人了，我和他都不在這個世界上了，他的形象會經常跟我的一起出現在你腦中，那時候，你看你這個正人君子的臉上也有痛苦和疲憊的表情，而這些你現在卻不在乎，到那時候，你回想起來，就會難受，就算是過去三十年，你也會害羞，會因沒有好好愛他、對他不好而感到傷心。

敬愛你的老師吧，因為他屬於五萬小學教師的大家庭，他們分布在義大利各地，就像是跟你一起成長的數百萬孩子的智慧之父，是沒有得到應有的認定和報酬的勞動者，是為我們國家準備更好的人民的人！

如果你對所有那些為你好的人，其中包括你的老師，對這些僅次於你父母的人沒有情感，那我就不會喜悅於你對我的情感。

敬愛你的老師吧，就像愛我的弟弟，當他快樂和藹的時候敬愛他，看到他傷心的時候更敬愛他！

永遠敬愛他，當你說到「老師」這個名字的時候，永遠要心存敬意，那是除了「父親」之外，能夠給一個人的最高貴、最溫柔的名字！

你的父親

一月

代課老師

☼ 四日，星期三

我父親說得有道理，老師心情不好，是因為他身體不舒服。實際上，已經三天了，那個小個子沒鬍子的代課老師代班上課，他就像個小男孩。今天上午又發生了一件不好的事情。

第一天和第二天學校裡都亂哄哄的，因為代課老師特別有耐心，只是說：「安靜，安靜，請你們安靜。」

可是，今天上午實在過分了。

教室裡嗡嗡響，老師的話都聽不見了，老師發出警告、請求，都是白費氣力。

校長兩次走到教室門口，來看我們班級。

但他一走開，低語聲又變大了，就像市場一樣鬧哄哄的。

加羅內和德羅西都轉向同學，示意大家要聽話，這樣吵鬧是一種羞恥。但沒有人理睬他們。

只有斯塔爾帝還鎮靜，手肘架在課桌上，兩隻手頂著太陽穴，也許是在想他那個著名的小小圖書館；那個長著鷹鉤鼻還收集郵票的加羅非在忙著開單子，列出願意用兩個錢幣買能裝口袋裡的袖珍墨水瓶的認購者名單。

其他人在喋喋不休、談笑風生，用鋼筆尖敲打課桌，用綁襪口的橡皮筋發射飛鏢。

代課老師一會兒抓住一個孩子的手臂，一會兒抓住另一個孩子，讓他們靠牆站著：都是浪費時間啊。

他真不知道能求助哪位聖人了，只好請求著：「你們為什麼這個樣子？你們想讓我不得不責備你們嗎？」

然後，他用拳頭敲打著講臺，用生氣的聲音叫喊並哭著說：「安靜！安靜！安靜！」他這樣子，真讓人難受啊。可是噪音越來越大。富朗迪朝他發了一個飛鏢，有人學貓叫，還有人互相拍腦袋，總之亂七八糟得無法形容。這時，工友突然進來說：「老師，校長叫您。」

老師站起來，匆匆離去，做了一個失望的動作。

這時喧鬧聲再次變大。

突然，加羅內站了起來，臉色失常，握著拳頭，用氣得哽咽的聲音說：「你們停下來吧，你們是畜生！你們辜負他，就因為他善良。如果他用腳踩你們的骨頭，你們就會像狗一樣老老實實了。你們是一群膽小鬼。誰再敢第一個跟他嬉皮笑臉，我就在門口等著，打掉他的門牙，我發誓，而且當著他父親打他！」大家都安靜了。

啊！看到加羅內那冒火的眼睛，多美好啊！就像一隻發怒的小獅子！

他一個一個地看著那些最膽大妄為的同學，所有人都低下了頭。

代課老師紅著眼睛回到班上，連喘氣的聲音都聽得見了，他非常吃驚。

不過，他看到加羅內還激動不已的樣子，就明白了，用非常溫柔的口氣，好像是對弟弟一樣地說：「謝謝你，加羅內。」

斯塔爾帝的小小圖書館

我去斯塔爾帝家了，他家就在學校對面，看到他的小小圖書館，我感到羨慕又嫉妒。

他不富裕，不能買很多書，不過他特別精心地保存了學校的書、父母親友贈送的書，而家人給他的所有錢，他都放到一邊，用來買書。他父親發現了他這個愛好，就幫他買了一個帶綠色小布簾的漂亮的核桃木書櫃，還把所有書都裝訂成他喜歡的顏色。

現在，他拉了一下那根小繩子，綠色的布簾就打開了，露出來三排五顏六色的書，都排列整齊，亮亮的，書背上印著燙金字。那些書中有小說、遊記、詩歌，還有畫冊。他善於組合色彩，把白色的書靠著紅色的，黃色的靠著黑色的，藍色的靠著白色的，總之，遠遠地就能看得出來，組成很好看的形象。他以變換組合為樂，還製作了自己的圖書目錄，就像一個圖書管理員。

他總是圍著自己的書打轉，幫書撣去灰塵，翻閱，研究裝訂，真的要看看他是如何認真地用他那短粗的手指翻書，輕輕吹著書頁，書本都顯得還很新。而我的書都已經破得不成樣子了！對於他來說，每次買回一本新書都是一次節日，他要輕輕地擦拭，放到書架上，再取下來逐字逐句地看，當作寶貝一樣愛不釋手。在一個小時的時間裡，他只是在看書。

由於總是讀書，他眼睛不舒服，過了一陣子，他父親就到他的房間裡，那個模樣跟他一樣，也是短粗的，長著大腦袋的人，在他脖子後面撫摸兩三下，同時粗聲粗氣地對我說：「他這個大腦袋，你認為怎麼樣呢？我想這個大頭真能做點事，我向你保證！」

斯塔爾帝在父親撫摸時微閉雙目，就像一條大獵犬。我不知道為什麼，我不敢跟他開玩笑，我不覺得他只比我大一歲。

在家門口，當他對我說「再見」的時候，我看著他幾乎總是板著的臉，差點說出：「再見了，您哪！」就像是對一個大人那樣回答。

然後，在家裡，我對父親說：「我不明白，斯塔爾帝不是天才，也長得不漂亮，甚至是一副好笑的樣子，卻能讓我感到敬畏。」

父親回答說：「因為他有別的特長。」

我又補充說：「我跟他在一起的一個小時裡，他說不到五十句話，沒有讓我看過一個玩具，沒有對我笑過一次，但我待在那裡卻覺得很高興。」

父親回答說：「因為你尊重他。」

鐵匠的兒子

是的，但我也尊重普萊克西，而且說我尊重他還不夠分量。普萊克西，鐵匠的兒子，那個小個子的臉色蒼白的人，一雙眼睛善良而憂鬱，一副被驚嚇的樣子，那麼膽小，以致對所有人都說：對不起。他總是病懨懨的，不過讀書很努力。

他父親喝完酒醉醺醺地回家，無緣無故地打他，把他的書扔到空中，筆記本丟到地上。他來上學時臉上帶著青腫，有時候整個臉都是腫的，雙眼哭得通紅。

可是，他從來都不說是他父親打了他。

「是你父親打你！」同學們對他說。

「不是的！不是的！」為的是不讓父親丟臉。

「這頁紙不是你燒的。」老師指著被燒掉一半的作業對他說。

「是，」他聲音顫抖地回答，「是我把它掉到火上了。」雖然大家都很明白，是他父親喝醉了，一腳踹翻了桌子，而他當時在做作業。

他住在我們家樓上的一間小房子，另一個樓梯上的小閣樓，看門的女人把一切都告訴我母親；我姐姐希爾維婭聽見他有一天在露臺上喊著，他父親把他踹得順著樓梯滾下去，因為他要一點錢買語法書。

他父親酗酒，家人挨餓。

好幾次，可憐的普萊克西餓著肚子來上學，偷偷地啃加羅內給他的麵包，或者是那個頭上戴著紅羽毛的一年級女老師給的蘋果。

但是，他從來不說：「我肚子餓，我父親不給我東西吃。」

他父親有時候路過，也來學校接他，臉色蒼白，兩條腿站不穩，面色凶狠，頭髮遮住眼睛，帽子斜戴著。一見到他，可憐的小男孩還在路上就渾身顫抖，卻仍然微笑著迎面跑過去，而他父親好像沒有看到他一樣，心裡想著其他事。

可憐的普萊克西！

他把撕壞的筆記本黏好，借書去上課，用別針把撕破的襯衫接好，看著他做操時穿著那雙大得不合腳的鞋，那條拖到地上的褲子，過長的上衣袖子都捲到手肘，實在讓人難過。他讀書很努力，如果能在家裡安靜讀書的話，他也會是班上數一數二的。

今天上午，他來上學時，一側的臉上有抓痕，大家都說他：

「是你父親，這次你不能否認；是你父親打的吧！」

「去告訴校長，把他帶去警察局。」

但是，他滿臉通紅地站起來，用氣得發抖的聲音說：「不是的，不是的！我父親從來不打我！」

不過，後來上課的時候，他的眼淚掉到了課桌上，當有人看他時，他努力微笑著，掩飾淚水。可憐的普萊克西！

明天德羅西、科萊帝和內利要到我家來，我想告訴他，讓他也過來。我想讓他跟我一起吃點心，送他幾本書，在我家裡玩樂一番，好讓他開心，在他口袋裡塞滿水果，好看到他至少能高興一次，可憐的普萊克西，他那麼善良，又那麼勇敢！

一次美好的來訪

☼ 十二日，星期四

對於我來說，這是今年最美好的星期四。一點整，德羅西、科萊帝和那個小駝背內利來我家了；普萊克西的父親不讓他來。

德羅西和科萊帝笑著提到，他們在路上碰到了柯羅西，那個賣菜女人的孩子，他一隻手臂殘疾，一頭紅髮，帶了一棵特別大的白菜在販賣，要用賣菜得到的錢買筆。他非常高興，因為日復一日等待的父親從美國來信了。

哦，我們一起度過了美好的兩個小時！

德羅西和科萊帝是班上最快樂的兩個人，我父親喜歡他們。科萊帝穿著巧克力色的毛衣，戴著那頂貓皮帽子。他是個小魔頭，總是想做點事，喜歡忙碌。他一大早就在肩膀上扛了半車木柴，還在家裡東奔西跑，觀察著一切，總是說著話，快活又敏捷，像隻小松鼠，路過廚房還問了做飯婦女，買十公斤木柴花多少錢，而他父親只要賣四十五個錢幣。他總是談論自己的父親，說他在四十九團當兵時參加了庫斯托紮戰役，就在翁貝托親王的部隊裡，說親王特別有風度。

出生並成長在木柴堆裡並不重要：正如我父親說的，他的血液和內心都很善良。

德羅西也讓我們感到很開心，因為他熟悉地理的程度就像老師一樣，閉上眼睛說：「喏，我看到了整個義大利，亞平寧山脈一直延伸到愛奧尼亞海，這邊和那邊都有江河奔流，白色的城市，藍色的海灣，綠色的島嶼。」他能一口氣快速地按照順序正確說出所有地名，就像在看著地圖一樣。

看著他仰著頭，閉著眼，金色的卷髮，有鍍金扣子的藍色衣服，筆挺、漂亮得像一尊雕像，所有人都欣賞他。在一個小時內，他背下來幾乎三頁後天要朗誦的文章，那是為了維托里奧國王葬禮紀念日。內利也驚奇而深情地看著他，揉搓著黑色罩衫的下擺，睜著那雙淺色憂鬱的眼睛微笑著。

他們這次的來訪讓我非常高興，好像帶來了一些火種，留在我的腦海裡，留在我的心裡。他們走的時候，看到可憐的內利夾在兩個又高又壯的同學中間，我也很高興，他們挽著手送他回家，從來沒有一路笑得那麼開心過。

回到餐廳裡，我發現那張畫著駝背弄臣里戈萊托的畫不見了。是我父親把它拿下來了，以免被內利看到。

國王的葬禮

☼ 十七日，星期二

今天兩點鐘，剛進學校，老師就叫德羅西站到講臺旁邊，面對大家，德羅西開始用自己那種強而有力的聲音朗誦，而且越來越清晰，越來越激動：

「四年前的今天，就在現在這個時刻，載著義大利第一位國王維托里奧·埃馬努埃萊二世遺體的靈車來到羅馬萬神廟。他治理國家二十九年後去世，在那些年裡，我們偉大的祖國義大利從分為七個國家、受到外國人和暴君的統治壓迫，到統一為一個獨立自由的國家，他治理國家二十九年，以價值、忠誠、面對危險的勇氣、贏得勝利的智慧、戰勝災難的恆心，贏得了尊重和聲望。」

「靈車載著花圈，在一片花雨中，在一片寂靜中，走過了羅馬大街，人們悲痛萬分，紛紛從義大利各地趕來，最前面是將軍和部長、親王的部隊，接著是殘疾人的隊伍，一個舉旗的隊伍，三百個城市代表的隊伍，代表著一個國家的力量和榮譽的人們，來到國王墓地所在的萬神廟前。這時候，十二名儀隊兵將棺木從靈車上抬下來。這時候，義大利與她去世的老國王做最後的告別，與大家無比敬愛的老國王、她的勇士、她的父親、她歷史上最幸運、最吉祥的二十九年做最後的告別。」

「這是一個偉大、莊嚴的時刻。所有人的目光和心靈都跟著靈柩，走過排成一字的義大利軍隊八十個團的八十名軍官舉著的八十面軍旗，因為義大利就在那裡，那八十面標誌性的旗幟，象徵著成千上萬的烈士、流淌成河的鮮血、我們最神聖的榮譽、我們最神聖的犧牲、我們最難過的痛苦。」

「靈柩由儀隊兵抬著走過，所有人都彎腰鞠躬，表示告別，有新的團旗，也有舊的破旗幟，戈伊托、帕斯特倫哥、聖露西亞、諾瓦拉、克里美亞、帕萊斯特羅、聖馬蒂諾、卡斯泰爾菲達爾多等八十個黑幔落下，一百枚獎章落到棺木上，嘈雜的聲音混合著人們的熱血，就像是數千人同時在大聲說：『再見，善良的國王，勇敢的國王，真誠的國王！只要太陽照耀著義大利上空，你將永遠活在人民心中！』」

「之後，旗幟再次高高舉起，維托里奧國王進入了陵墓，將會萬古流芳。」

富朗迪被轟出學校

☼ 二十一日，星期六

在德羅西朗誦國王葬禮的時候，唯一一個能笑出來的人就是富朗迪。我討厭這個人，他心懷惡意。當有哪個父親來學校對兒子態度不好時，他很開心；當有誰哭泣的時候，他居然笑著。

在加羅內面前他會顫抖，卻會打小瓦匠，因為後者個子小；他折磨柯羅西，因為他有一隻手臂殘疾；他取笑大家都尊重的普萊克西；他甚至嘲笑二年級那個英勇救人後必須拄著拐杖走路的羅貝提。他挑釁所有比他弱小的人，一打起架來就很狂暴，往往傷人。

他那低低的額頭，渾濁的眼睛，總有什麼讓人看了就起雞皮疙瘩，而他的眼睛總是被壓低的鴨舌帽檐遮住。

他什麼都不怕，當著老師的面嘲笑同學；有機會就偷東西，然後還厚顏無恥地不承認；他總是跟什麼人爭吵；帶著大頭針上學，為的是刺痛鄰座的同學；他從別人衣服上扯下扣子，然後當成玩具玩；他的書包、練習本和書都揉得不像樣子，髒兮兮的；尺的邊緣都凹凸不平，鋼筆啃壞了，指甲也啃壞了，衣服油漬斑斑，還在打架中撕扯得破爛不堪。

他們說他母親因他而焦慮不安，以至於生病；他父親三次把他趕出家門；他母親每每來學校打聽情況，總是哭著回家。

他恨學校，恨同學，恨老師。

老師有時候假裝看不見他的流氓行為，他就更得寸進尺。老師試著好意待他，他卻捉弄老師。老師對他說一些嚴厲的話，他用雙手捂著臉，好像在哭，實際卻在偷笑。他被學校停課三天，回來後比從前更奸詐、更蠻橫。一天，德羅西對他說：「你打住吧，沒看到老師為你多難受嗎！」他卻威脅著要在德羅西肚子上釘一顆釘子。

不過，今天早上，他終於像一條狗一樣被趕走了。老師把一篇《撒丁鼓手》作為一月份故事給加羅內抄寫的時候，他把一個鞭炮扔到地上，炸得學校裡像有人開槍一樣。全班都震撼了。

老師站起來，喝斥道：「富朗迪，出去，到學校外面去！」

他回答說：「不是我！」還笑著。

老師重複說：「出去！」

「我不要！」他回答。

於是，老師怒不可遏，撲過去，抓住他的手臂，從課桌邊拉了起來。他掙扎著，咬牙切齒地，被老師費盡力氣拉出門外。

老師幾乎是把他拉到校長辦公室的，然後一個人回到班上，坐到講臺邊，兩手抓著頭髮，一副疲憊痛苦的表情，讓人看了都難受。

「我在學校三十年了！」他傷心地搖著頭說。沒有人喘氣。他的手氣得顫抖著，前額上的皺紋那麼深，好像是傷口一樣。可憐的老師！

德羅西站起來說：「老師，不要難過，我們愛你。」

於是他心情平復了一些，說：「我們繼續上課，孩子！」

本月故事・撒丁鼓手

在庫斯托紮戰役的第一天，一八四八年七月二十四日，我們軍隊步兵一個團的六十多個士兵，被派去占領了一個山頭上孤立的房子。

突然，他們受到來自兩個連的奧地利兵的攻擊，子彈從各個方向傾瀉而來，士兵剛剛有一點時間躲進房子，顧不得外面田野裡留下的幾個死傷者，趕緊把大門關好。

關好大門後，我們的人趕緊跑到一樓和二樓的窗戶，用密集火力打擊進攻者，而敵人則一點一點地以半圓形隊伍給予有力還擊。

這六十多個義大利士兵由兩個下級軍官和一個上尉指揮，上尉是一個高個子老頭，冷淡，嚴峻，頭髮和鬍子都是白的，跟著幾個軍官的是一個撒丁鼓手，剛過十四歲，樣子顯得只有十二歲，小個子，一張棕色皮膚橄欖形的臉，兩隻深邃的黑眼睛，閃著光亮。

上尉在一樓的一個房間裡指揮防禦，發出的指令就像槍聲一樣響，在他鋼鐵般的臉上看不出一點激動的樣子。鼓手的臉色有點蒼白，但兩腿站得很穩，他爬到一個茶几上，伸長脖子扶著牆，從窗口朝外瞭望；透過煙霧，他看到田野裡都是奧地利兵的白色軍服，在緩慢地向前進。

房子坐落在一個陡坡上，朝著陡坡的方向只有一扇開得很高的窗戶，在屋頂下面的位置，因此奧地利人從那個方向威脅不到我方，而陡坡前面是空地：火力都集中在房子的正面和兩側。

不過，那是地獄之火，槍彈如冰雹一般傾瀉著，在房子外面打碎瓦片，在房子裡震壞天花板、家具、護窗板、門板，炸得木頭碎片、牆面和餐具、玻璃碎片都到處亂飛，彈跳起來，撞到各種物件上發出震得讓人頭疼的聲音。

不時有士兵從窗口重重跌落到地上，被後面預備隊的士兵拖下去。有的傷患從一個房間搖搖晃晃地走到另一個房間，雙手捂著傷口。廚房裡已經有一個犧牲了，前額都被炸開了。

敵人的半圓形包圍圈正在逐漸縮小。

突然之間，目前為止一直都不動聲色的上尉做了一個不安的動作，他大步走出房間，後面跟著一個下士。

三分鐘後，下士跑步回來，呼叫鼓手，跟他做了一個「跟我來」的手勢。少年跑步跟著他上了一個木頭樓梯，進入空無一物的閣樓，看到上尉就在那裡，用鉛筆在一張靠著窗戶玻璃的紙上寫著什麼，他腳下的地板上有一根水井的井繩。

上尉把紙折疊起來，那雙冷酷的灰色眸子盯著鼓手的眼睛，當著所有顫抖著的士兵說：「鼓手！」

鼓手右手舉到了太陽穴旁邊。

上尉說：「你有膽量嗎？」

少年的眼睛閃亮著。「有，上尉先生。」他回答道。

「你往下面看，」上尉說著，用手推開了那層樓的小窗戶，「在下方平原的維拉弗朗卡別墅的房子附近，有刺刀閃亮著，那邊有我們的人，他們駐守在那裡。你拿著這張紙條，抓住繩子，從窗戶溜下去，下了陡坡，穿過田野，到我們的人那邊，把紙張交給你看到的第一個軍官。摘掉皮帶和背包吧。」

鼓手摘掉了皮帶和背包，把紙條放到胸前的口袋裡；下士把繩子丟到窗外，兩隻手抓著繩子的一頭；上尉幫助少年爬上窗臺，後背轉向戶外。

「小心，」上尉說，「我們這支特遣隊是否能脫險，全靠你的勇敢和你的雙腿了！」

「是，請相信我，上尉先生！」鼓手回答著，身體已經懸在空中了。

「下去時彎著腰！」上尉一邊說著，一邊跟下士一起拉著繩子。

「您不用懷疑。」

「上帝會幫助你。」

不一會兒，鼓手下到地面；下士把繩子拉回來，而他已經走了。上尉焦急地在窗口望著，看著少年飛身下了陡坡。他看到少年身前身後飛起五六個小小的塵埃雲，真希望他能不被發現，平安脫身，可惜奧地利人發現了他，從坡上向下朝他開槍：那些子彈打到地上，又揚起了很多小雲朵。

不過，鼓手仍然飛快在跑著。

突然，他重重地跌倒了。

「他被打死了！」上尉吼著，手握成了拳頭。

不過，他還沒說完話，就看到鼓手又起來了。「啊，只是跌倒了！」他自言自語地說，喘了口氣。

實際上，鼓手又繼續全力奔跑，但腿瘸了。

「他踝關節扭傷了。」上尉心想。

少年身邊仍在揚起小小的塵埃，但越來越遠了。

他脫險了。

上尉發出了勝利的感歎。

不過，接下來隨著他的目光，他又焦急起來了，因為這是分秒必爭的事：如果不盡快把請求救援的紙條送到，自己的士兵都將被擊倒或是被俘虜。少年快速跑了一段路，然後瘸著腿減慢速度，之後又跑了起來，但越來越吃力，不時絆倒、停下。

「也許有子彈打中了他。」上尉心想，激動地注意著他的每個動作，跟他說著話，鼓勵著他，好像他能聽到自己說話一樣；用雙眼不停目測少年與陽光下平原上金色麥田中那些閃光刺刀之間的距離。與此同時，還聽到樓下子彈飛過的呼嘯聲，軍官和下士又急又氣的叫喊，一些傷患的尖叫呻吟聲，家具和牆面破裂的倒塌聲。

「加油！」他用目光跟蹤著遠處的鼓手，「前進！跑啊！停下啦？糟了！啊，又跑了！」

一個軍官氣喘吁吁地跑上來告訴他，敵人一邊不停火，一邊打起一面白旗，命令這邊投降。

「不要回答！」他吼著，眼睛還沒離開少年，他已經到了平原，但是不再跑了，而是吃力地拖著腿走。

「走啊！跑啊！」上尉咬緊牙關，握緊拳頭，「可惡，趕快走啊，走啊！」然後惡狠狠地罵了一句，「啊！丟臉的懶惰鬼，居然坐下了！」

實際上，直到那時，他一直能看到麥田裡露出的少年的頭，這時卻看不到了，好像是摔倒了。可是，過了一會兒，他的頭又露出來，最後消失在籬笆牆後面，上尉再也看不到了。

於是，他匆匆跑下樓，子彈呼嘯橫飛，房間裡擠滿了傷患，有些傷患像酩酊大醉似的扭曲著，抓住家具或者牆壁；牆上和地上都是血跡；有些屍體橫在門口；副官的右手臂被子彈打斷；煙塵圍繞著所有物體。
「加油！」上尉喊道，「堅守崗位，援兵就快要到了！再堅持一會兒！」
奧地利人繼續在接近，已經能在硝煙中看到他們的臉龐，在槍聲中聽到他們的野蠻叫聲，他們在辱罵，在勸降，並且用屠殺作為威脅。
有的士兵害怕了，從窗戶旁撤退下來，下士又把他們趕了回去，但反擊的火力減弱了，每張臉上都顯得灰心喪氣，無法再堅持抵抗下去。
某個時刻，奧地利人的攻擊減緩了，一個雷鳴般的聲音先用德語、後用義大利語吼道：「投降吧！」
「不！」上尉從一個窗口大叫著。
於是，槍彈又更加密集、更加憤怒地噴射起來，又有人倒下。已經不止一個窗戶沒有人反擊了，最後的時刻越來越迫近。
上尉咬著牙失望地大聲喊著：「他們不來了！他們不來了！」憤怒地東奔西跑，用激動而顫抖的手抽出軍刀，準備一決死戰。
這時下士從閣樓上跑了下來，發出非常尖厲的叫聲：「來啦！來啦！」
上尉也高興地重複著這話。聽到這個叫聲後，所有人，無論是毫髮無損或掛彩受傷的下士、軍官都從窗口反擊起來，再度奮力的抵抗。
過了一會兒，開始看得出敵人在猶豫，出現了混亂。上尉立刻在一樓召集一小隊人，刺刀上槍，準備向外面發起一次猛烈攻擊。

然後，他再次跑到樓上。

剛一上去，就聽到馬蹄飛奔的聲音，伴隨著洪亮的「烏拉」喊聲，他從窗戶看到在硝煙中頭戴兩頭帶尖帽子的義大利憲兵正靠近，他們身子伏在馬背上，像空中霹靂的閃電一樣，戰刀不斷揮舞著，落到敵人的頭、肩膀和後背上；與此同時，屋子裡的士兵小隊拿著刺刀衝出門，敵方招架不住，亂了陣腳，開始轉身逃跑。地面清空了，不久，義大利步兵營和兩門大炮占據了陡坡。

上尉帶著剩下的士兵回到自己的團裡，仍然在戰鬥，只是左手在最後衝鋒時被一顆流彈輕微擦傷。

這一天以我們的勝利而告終。

不過，第二天，又要開始戰鬥了，義大利人受到攻擊，雖然頑強抵抗，但奧地利人占壓倒性的多數，二十六日早上只能難過地開始撤退之路，前往明喬河。

上尉雖然受了傷，但仍然和戰士一起步行，大家疲憊不堪，悄然無聲，在落日時分抵達了明喬河的戈伊托。上尉立刻去找自己的副官：他因右臂被打傷而被我軍的醫護隊收容，應該是之前就抵達這裡了。

有人指給他一座教堂，那就是臨時設置的戰地醫院。上尉過去了。教堂裡面都是傷患，躺在排成兩行的病床和直接鋪在地面的床墊上；兩個醫生和一些護士跑前跑後，非常忙碌；還能聽到一些痛苦的叫聲和呻吟。

剛一進去，上尉就站住了，用目光搜索著自己的軍官。

那時，他聽到非常近的地方有一個細弱嘶啞的聲音：「上尉先生！」

他轉過身去，原來是鼓手！

他躺在一張行軍床上，身上用一塊從窗戶扯下的紅白格相間的窗簾一直蓋到胸口，手臂露在外面，臉上蒼白消瘦，但眼睛還是閃爍發光，就像兩顆寶石。

「是你啊！」上尉驚訝地說，但口氣生硬，「做得好，你盡了自己的義務。」

「我盡了自己所能。」鼓手回答說。

「你受傷了。」上尉說著，目光繼續搜索著附近的床位，還想找到副官。

「這不算什麼！」少年說，是受傷的驕傲感讓他第一次有勇氣跟這位上尉說話，否則他根本就不敢在他面前開口，「我彎著腰跑了一大段，但他們看到了我，要是沒有打中我，就能早到二十分鐘。」

「幸好我立刻就找到了上尉斯塔托．馬焦萊，把紙條給了他。不過被打傷之後的下坡路好難啊！我口渴極了，害怕到不了地方，想到自己每分鐘的延誤將造成多一個人去到另外一個世界，就氣得直哭。好了，我做到我能做的事情。我很高興。但您看看，上尉先生，您還在流血呢！」實際上，從上尉草率包紮的手掌上，還有幾滴血流到手指上。

「您讓我幫您把繃帶再紮緊一些吧，上尉先生？手伸過來一下。」上尉伸出左手，同時，為了幫助少年解開繃帶結並能重新紮好它，也伸出了右手。但少年剛從枕頭上抬起身來，臉色就變白，不得不又把頭靠在枕頭上。

「算了，算了，」上尉看著他，抽回了想要讓對方再紮好的左手，「照顧好你自己的事吧，別想其他人了，都是小事，可以不用管，還有更嚴重的事呢。」

鼓手搖搖頭。

「可是你，」上尉仔細看著他，「應該是失血很多，都虛弱到這個程度了。」

「我失血很多嗎？」少年答道，微笑著，「豈止是失血！您看！」

他一下子掀開了蓋在身上的被單。

上尉驚訝地往後退了一步。

孩子只有一條腿了：左腿被鋸掉了，只留到膝蓋上面。殘腿的截面包著浸透鮮血的紗布。

那時有個矮胖的軍醫經過，只穿著襯衫。

「啊，上尉先生，」他快速地指著鼓手說，「真是一個不幸的事件，如果他不是那麼發瘋似的拼命跑路，這傷本來不算什麼，但卻發炎了，只好就地截肢。哦，真是個很棒的少年，我敢以我的名譽向您保證，在我做手術的時候，他沒流一滴淚，沒喊過一聲痛！我很驕傲，因為他是一個義大利人！真是做得好啊，老天！」

醫生說完就匆匆離開了。上尉緊皺白色的眉毛，盯著鼓手，重新幫他蓋好被單，然後幾乎是不知不覺地將右手舉到頭上，敬了個軍禮，並摘掉帽子。

「上尉先生！」少年驚訝地叫出聲來，「這是在做什麼？上尉先生，是為我嗎？」

這時，這個從來沒有用溫和口氣對待過下屬的老軍人，用無以言表的深情和溫柔說：「我只是一個上尉，而你是一個英雄！」然後張開雙臂擁抱著鼓手，三次吻了他的心口。

對祖國的愛

二十四日，星期二

因為鼓手的故事震撼了你的心靈，你今天早上應該較容易起床，做好你的作文考試：為什麼熱愛義大利？

我為什麼熱愛義大利？

你沒有立刻想到一百個答案嗎？

我熱愛義大利，因為我母親是義大利人，我血管裡流淌的是義大利的血液；因為義大利的土地裡埋著我母親為之哭泣、我父親敬重仰慕的人；因為我誕生的城市，我所說的語言，我受教育的書籍；因為我的兄弟姐妹，我的同學，我生活在其中的偉大人民；因為我周圍美麗的自然，一切我看到的，我熱愛的，我學習的，我欣賞的，都是義大利的。

啊，你還無法完整地感受這種情感。

當你長大成人，當你長途旅行歸來，當你長期不在，早上在船上的圍欄邊，看到地平線上的藍色高山，想到那就是你的國家時：你就會感受到一股溫暖的激流蕩漾，眼中滿含淚水，發出一聲出自內心的呼喊。

在一些遙遠的大城市，在內心的衝動把你推向陌生的人群之中，當你遇到一個不認識的工人，聽到他在講你所說的義大利語時，你就能理解了。

當你受到傲慢而令人痛苦的輕視，怒火衝上額頭，當你聽到一個外國人的口中辱罵你的國家時，你就能理解了。

當有一天，一個敵對國家的人對你的祖國點起戰火，你看到四面八方的人都拿起武器，年輕人都奔赴軍隊，父親吻別孩子說「加油」、母親對兒子高喊再見並說「你們會勝利」的時候，你會感覺到一種神聖的快樂。當你有幸看到疲憊不堪、衣服破爛的軍隊再次回到你的城市，而他們的眼裡閃耀著勝利的光輝，高舉著被槍彈打爛的軍旗，後面有無數纏著繃帶、殘肢斷臂的士兵高昂著頭走過，得到瘋狂的群眾獻上的祝福鮮花和親吻時，你就能理解了。

那時你就會理解對祖國的熱愛，會感受到祖國之情啊，恩里科！

她是如此偉大和神聖，如果有一天你為她而戰歸來，我會迎接你；你就是我的血肉和靈魂。但如果我得知，你得以保存性命，是因為貪生怕死，作為現在接你放學的父親，我卻要難過地哭泣，再也不會愛你，內心好像被插上一把刀子一樣死掉。

你的父親

嫉妒

☼ 二十五日，星期三

關於祖國的作文，做得最好的還是德羅西。而沃蒂尼一直認為自己能得第一名。我喜歡沃蒂尼，雖然他有點虛榮，過分打扮；但這不會讓我看不起他，現在我是他的鄰桌，看到他對德羅西有多麼嫉妒。他想跟德羅西競爭，雖然以各種方式努力學習，但哪門課都比不上，德羅西每一項都超過他十倍，沃蒂尼只能啃手指甲。卡洛．諾比斯也嫉妒德羅西，但他本來就那麼高傲，因為身上的高傲讓人沒有察覺他的嫉妒。但沃蒂尼卻瞞不住，在他家裡抱怨評分，說老師不公正，當德羅西一如往常地跟老師對答如流時，他陰沉著臉，低著頭，假裝沒聽見，或者努力裝笑，卻是嫉妒的笑。因為所有人都知道這些，所以當老師表揚德羅西時，大家都轉頭看沃蒂尼，他一副心懷不滿的樣子，小瓦匠還朝他做鬼臉。比如說，今天上午，小瓦匠就做了個怪鳥鬼臉。

老師走進教室，宣布考試成績：「德羅西，滿分，一等獎。」沃蒂尼打了一個大噴嚏。老師看看他：很容易明白是為了什麼。「沃蒂尼，」

老師對他說，「不要讓嫉妒的毒蛇進入你的身體：那是能吃掉你的大腦、腐蝕你的心臟的毒蛇。」

大家都轉身看他，只有德羅西沒有；沃蒂尼想回答，卻不能；就像石頭一樣呆住了，臉色很蒼白。然後，老師上課時，他開始在一張紙上寫大字：「我不嫉妒那些受到保護和不公正待遇而得到獎狀的人。」

這是想要寫給德羅西的。但我看到德羅西的鄰桌都在咬耳朵，一個人用紙剪成一個獎狀，上面畫著一條黑蛇。沃蒂尼也發現了。老師出去了幾分鐘，德羅西的鄰桌同學立刻起來，要把那張獎狀隆重地發給沃蒂尼，全班都準備演出一場好戲。沃蒂尼已經在渾身顫抖。

德羅西大喊一聲：「把那個獎狀給我！」

那個同學說：「對，更好，你應該頒發給他。」

德羅西拿起獎狀，把它撕成碎片。恰恰那時候，老師回來了，又繼續上課。我盯著沃蒂尼，他面紅耳赤，慢慢拿出一張紙，失神地把紙揉成團，放進嘴裡，一點一點地咀嚼，然後吐到課桌下面。

在放學的時候，沃蒂尼經過德羅西面前，有點慌亂，嚼過又晾乾的紙團不小心掉了出來。德羅西很善意地把它放進他書包裡，幫他繫好背帶。沃蒂尼連頭都沒有抬起來。

富朗迪的母親

☼二十八日，星期六

不過，沃蒂尼是難以改變的。

昨天，上宗教課的時候，當著校長的面，老師問德羅西是否能背下閱讀課裡的兩節小詩：無論我望向何處，上帝啊，我都能看見你。

德羅西回答說不會，沃蒂尼卻立刻說「我會」，帶著一種微笑，好像是跟德羅西賭氣。不過，氣的倒是他自己，因為他不會背詩——也因為那時候富朗迪的母親突然來學校了，很激動，灰色頭髮蓬亂，浸著雪水，推著被學校停課八天的兒子進來。

我們看到的情景多麼令人傷心啊！

可憐的女人幾乎要在校長前面跪倒，雙手合十懇求著：「哦，校長先生，拜託您，請允許再把他放回學校裡！他在家裡三天了，我偷偷藏著他，但上帝看著呢，如果他父親發現了，就會殺了他，您可憐可憐我吧，我真不知道如何是好。我全心全意地求您了！」

校長想把她拉到外面去，但她堅持著，一直哀求再哀求。

「啊，要是您知道這孩子讓我多麼難受，您就會同情我了！拜託了！我希望他會改變！我已經活不長了，校長先生，我已經離死不遠了，但死前想看到兒子改變，因為……」她哭了起來，「他是我的兒子，我愛他，我會絕望而死；您再收留他一次，校長先生，不要讓這個家庭遭難，請憐憫我這個可憐的女人吧！」她雙手捂著臉，抽泣著。

富朗迪低著腦袋，麻木不仁的樣子。校長看看他，有在考慮的樣子，然後說：「富朗迪，回到你座位上去！」

於是，女人放下了雙手，滿臉高興，開始一直不斷說謝謝，讓校長沒有機會再開口。她朝著校門走去，邊走邊擦著眼睛，對大家說：「孩子啊，求你們了！大家都對他再多一點耐心！謝謝校長先生，他做了一件善事。聽話，孩子。謝謝，再見！」然後又再三道歉。

這位可憐的媽媽，到門口時，還用懇求的目光看了一眼兒子，一邊走一邊整理著被弄亂的圍巾，臉色蒼白，身體佝僂著，頭顫抖著，直到走在樓梯上還能聽到她的咳嗽聲。

在全班的寂靜之中，校長盯著富朗迪，用令人顫抖的聲音說：「富朗迪，你是在殺害你的母親！」大家都轉頭看富朗迪，這個臭名昭彰的小子，居然在微笑。

希望

😊二十九日，星期日

恩里科，你從宗教課回來就向我撲來的舉動，打動了我的心。是的，老師對你說了一些偉大的令人欣慰的事情。

上帝把我們每個人投向另一個人的懷抱，但不能指望永遠；當我死去，當你父親死去時，我們不會彼此說出那種絕望而可怕的話：「媽媽，爸爸，恩里科，我再也看不到你了！」

我們在另外一個世界中會再見的，那時候，誰這輩子受苦多，就會得到補償，誰在世上愛過別人，在一個沒有過錯、沒有哭泣和沒有死亡的世界裡，就會找到他愛過的靈魂。但是，我們要為自己贏得所有那些配得上另外那種生命的東西。

孩子，你聽著，對於那些愛你的人，你的每個善行，每個情義之舉；對於你的同學，你的每個有禮貌的舉動，你的每個友善的想法，都如同朝向那個世界更前進一步。

每次災難、痛苦都會讓你更靠近那個世界，因為每次痛苦都是對一次過錯的贖罪，每滴眼淚都會擦掉一個汙痕。你每天都要讓自己比前一天更善良，更充滿愛心。

每天上午：我今天想做點我的良心會表揚我的、我父親會高興的事情，做一點讓這個或那個同學，讓老師，讓我弟弟或者其他人喜歡我的事情。

你問上帝，請求他給你力量，把你的想法付諸行動。主啊，我想善良、高貴、勇敢、真誠，幫助我，讓每天晚上母親跟我最後一次告別的時候，我能夠對她說：你今天晚上吻的是比昨天更誠實、更值得一吻的孩子。你要時時存心並祈求：自己在今生今世後、到另一個世界可以成為如一位天使般。

你無法想像，當一個母親看到自己的孩子雙手合十的時候，內心感受到的那種溫柔。當我看到你祈禱的時候，我覺得在天上不可能沒有人正看著你、聽著你。我更加堅信，天上存在著一種至高的善良，無盡的憐憫。這讓我更愛你，更熱心工作，更有力量去忍受一切，更全心地原諒人，想到死亡時也更加坦然。

啊，偉大而善良的上帝！

希望到了天上，再度聽到去世母親的聲音，看到我的孩子，看到我的恩里科被賜福永生。緊緊地擁抱他，永遠永遠都不放手！啊！你祈求，我們祈求，我們彼此敬愛，良善生活，我們的靈魂帶著永恆的希望，我可愛的恩里科！

你的母親

二月

一枚獎章

☼ 四日，星期六

今天上午，教育局局長來頒發獎章，他是一位白鬍子先生，穿一身黑衣服。他跟校長一起，在放學前不久進來，坐到老師旁邊。

他問了很多話，然後把第一枚獎章頒給了德羅西，在頒發第二枚之前，他聽老師和校長低聲說了一陣子話。

大家都在問：「第二枚是給誰呢？」

局長大聲說：「本周的第二枚獎章屬於彼得．普萊克西：因為他做的家務，他的功課，他的作文，他的表現，他的一切。」

所有人都轉身看普萊克西，看得出來，大家都很高興。

普萊克西站起來，慌亂得手足無措。

局長說：「你到這裡來！」

普萊克西從課桌走到講臺邊。

局長仔細觀察他那蠟黃色的臉，看著他那瘦小身軀穿著不合身的寬大服裝，那雙善良而憂傷的眼睛，那不斷躲閃局長目光但能透露出苦難經歷的眼神，然後滿懷深情地把獎章別在他的胸前，說：「普萊克西，我把獎章給你。沒有人比你更有資格得到它。我不只是由於你的智慧和勤勉，而是由於你的心，你的勇氣，你作為一個優秀的好兒子的品行。」

他又轉向大家補充說道：「他配得上獲得這枚獎章嗎？」

「對，是的。」眾口一聲地回答道。

普萊克西的脖子做了一個動作，好像是吞下了什麼東西，然後用非常柔和的目光掃視了班上每張課桌，表達著他無限的感激之情。

「好啦，」局長說，「親愛的孩子，上帝保佑你！」然後就走了。

我們比其他班提早放學了。

一出教室門口，你猜我們看到了誰在大廳裡的入口處？是普萊克西的父親，那個鐵匠，臉色蒼白，和平時一樣，臉龐歪著，頭髮遮著眼睛，帽子斜戴著，兩條腿站不穩。

老師第一個看到了他，在局長耳邊低語了幾句，局長趕緊找到普萊克西，拉著他的手，把他帶到父親面前，孩子在顫抖著。老師和校長也一起走到附近，很多孩子都圍在四周。

「您是這個孩子的父親，對嗎？」局長問鐵匠，一副高興的神情，好像是老朋友似的。

沒等鐵匠回答，局長就接著說：「我替您高興。您看，他在五十四個同學中，榮獲了第二枚獎章。他的作文、算術，還有一切都配得上獎章。他是一個充滿智慧又勤勞上進的孩子，他還有很長的路要走：一個好孩子，得到了所有人的敬愛和尊重。您可以為他而驕傲，我向您保證。」

鐵匠張著嘴聽著，眼睛盯著局長和校長，然後又盯住自己的兒子：他就站在面前，低垂著眼皮，渾身顫抖。好像那時鐵匠才第一次想起來並理解這個可憐孩子所遭受的痛苦和心懷的善意，還有他在痛苦中那種始終堅持的英雄般的恆心。他的臉上突然表現出一種驚訝，然後又痛苦的皺著眉頭，最後是一種猛烈而憂傷的溫情，鐵匠一下子環繞住孩子的頭，把他抱在自己懷裡。

我們大家都走上前，我邀請他星期四跟加羅內和德羅西到我家，別人也都問候他，有的摸一摸他，有的摸摸他的獎章，大家都說了點什麼。

他父親驚訝地看著，一直緊緊地把兒子摟在懷裡，抽泣著。

美好的願望

☼ 五日，星期日

看到頒發給普萊克西的獎章，讓我心中感到懊悔，因為我連一枚都沒得到過啊。我有一段時間沒有好好讀書，對自己也不滿意，老師、父親和母親全都不滿意。當初自動自發地讀書時，做什麼都很開心。拿課桌當鞍馬跳過，快樂地玩自己的遊戲，但現在大約有一個月都沒有玩過，再也沒有那種快感了。

就連在飯桌上，家人也不如以往那麼高興。我心裡始終有一個陰影，一個聲音在不斷地說：「不行，不行啊。」

晚上，在廣場上，我看到那麼多孩子放學回家，還有許多工人，疲憊但很快樂，他們都加快步伐，迫不及待地趕回家吃飯，準備用被炭弄黑或被石灰弄白的手彼此拍拍肩膀，大聲地暢談和歡笑。我想他們從天剛亮一直工作到晚上。還有更小的孩子，整天都在屋頂上、窯爐前、車流中，或者在水裡、在地下，只是吃點麵包而已。而我，有那麼多時間，卻只是很不情願地胡亂塗抹了幾篇東西。

啊，我不滿意，不滿意啊！

我看得很清楚，父親的心情不好，他想跟我說，他很遺憾，但他還在等待。

親愛的父親，您工作多辛苦啊！一切都是您給予的，我在家裡看到的一切，我觸摸的一切，我穿的一切，我吃的一切，我受到的一切教育和我的一切娛樂，都是您工作的結果，而我卻不工作；一切都是您勞心、犧牲、難過、辛苦的付出，而我卻沒有好好努力！

啊，不，這樣並不公平，這讓我很難過！我想從今天開始，跟斯塔爾帝一樣，握緊拳頭，咬緊牙關，努力讀書，全心全力地學習。我想戰勝晚上的睏倦，早晨要起得更早，不停地鍛鍊我的大腦，不留情地鞭打自己的懶散個性，要吃苦受罪，甚至到生病的地步，要完全走出這種無精打采、無所事事、讓自己沮喪、也讓別人難過的糟糕生活！

我的靈魂啊，工作吧！用全部的心靈和精力工作吧！工作，讓我的休息時間更溫馨，遊戲時候更開心，生命變得更快樂！工作，讓我的老師對我再次展現笑容，讓我的父親再度給予我祝福的親吻！

小火車

☼十日，星期五

昨天普萊克西和加羅內來我家了。

我相信，就算是兩個王子，也不會得到我們比這更隆重的接待了。

加羅內是第一次來，因為他又高又壯，不好意思讓人看到這麼大個子還在上三年級。

門鈴響時，我們一起去開門。

柯羅西不來了，因為時隔六年，他父親終於從美國回來了。

我母親立刻吻了普萊克西，我父親把加羅內介紹給母親，說：「這位不僅是個好孩子，還是一個正人君子，見義勇為。」

他立刻低下了那個剃光的頭，偷偷朝我微笑。

普萊克西戴著他的獎章，他很高興，因為他父親重新工作了，而且連續五天沒有喝酒，希望兒子能在鐵匠鋪裡陪陪他，好像換了一個人一樣。

我們在一起玩，我把自己所有的玩具都拿了出來。普萊克西對鐵軌和小火車著了迷，只要上了發條，小火車就開始在鐵軌上跑起來，他從來沒有見過這種東西，用目光緊盯著那些紅黃相間的車廂。我把上發條的鑰匙遞給他，他跪下來玩，從此就沒有再抬起頭。

他從來沒有這麼開心過。

每次在那邊用手推著車頭，以免車子停下來，他都要說：「對不起，對不起。」然後萬分小心地拿起小車廂重新掛好，好像它們都是玻璃做的，生怕自己的喘息會讓它們失去光澤，他小心擦拭著，反覆端詳著，一邊笑著。

我們都站著看他：我們看著他那細細的脖子，那可憐的耳朵，有一天我看到他耳朵流血；那挽著袖子的寬大上衣，從袖口露出細弱的白色手腕，不知他有多少次抬起手，保護被毆打的臉部。

啊，那個時刻，我真想把我所有的玩具和書都堆到他腳邊，真想把我最後一塊麵包從嘴邊留下給他，真想脫掉自己的衣服幫他穿上，我真想跪下來吻他的手。我心想，至少這個小火車我要送給他。但我要徵求父親的允許。就在那時候，我覺得有一張紙條塞進我手裡，打開一看，是父親用鉛筆寫的：「普萊克西喜歡你的小火車，他沒有玩具，你的良心沒有建議你做些什麼嗎？」

我立刻雙手抓起車頭和那些車廂，把這些玩具都放到他的手上，說：「拿去，送給你了。」

他看著我，不明白。

「是你的了，」我說，「送給你了。」

此刻，他望望我的父母，更加迷惑了，問我：「為什麼？」

我父親對他說：「恩里科把它送給你，因為他是你朋友，他愛你，為了慶祝你得到獎章。」

普萊克西膽怯地問：「我能把它拿走，帶回家嗎？」

「當然啊！」我們一起回答。

他都到門口了，還不敢走出去。他嘴唇顫抖著，一臉高興卻笑著請求原諒。

加羅內幫他把小火車放進大手帕裡，一彎腰，口袋裡裝的脆麵包棍發出脆裂聲。

普萊克西對我說：「哪天你到我父親的鐵匠鋪裡去看他工作吧，我想送你幾顆釘子。」

我母親把一小束鮮花塞進加羅內衣服扣子的扣眼裡，讓他以她的名義送給他的母親。

加羅內粗聲粗氣地回說：「謝謝！」但下巴沒從胸口抬起來過。

不過，他眼裡閃耀著高貴善良的眼神。

高傲

☼十二日，星期六

聽說在普萊克西路過而擦撞到他時，卡洛．諾比斯居然裝模作樣地擦拭被碰過的袖子！這真是個高傲到骨子裡的人，只不過因為他父親是大富豪。但德羅西的父親也是有錢人呢！

他想要有一個人獨占的座位，害怕大家都不乾淨，居高臨下地看所有人，嘴角總是帶著蔑視的笑容。當兩個人一排走路時，如果踩到他的腳就糟糕了。

他會無緣無故地當面罵人，或者威脅說要他父親來學校。不過上次他欺負賣炭小販的窮孩子時，他父親確實好好教訓了他一頓。我從沒見過他有一個同伴，沒有人跟他說話，沒有人在他出門時對他說再見，當他在課堂上不會回答問題時，也沒有人給予提示。

諾比斯不跟任何人說話，尤其假裝蔑視德羅西，因為他是第一名，還有加羅內，因為大家都喜歡他。但德羅西根本就不理睬他，而加羅內在諾比斯說他壞話時則回應說：「他的高傲如此愚蠢，根本不值得踢他兩腳。」至於科萊帝，有一天當諾比斯嘲笑他的貓皮帽子時，就說：「你去德羅西那裡，學學做個紳士吧。」

昨天他跟老師抱怨卡拉布里亞人用腳碰了他一條腿。老師問卡拉布里亞人：「你是故意的嗎？」

「老師，不是。」卡拉布里亞人坦然地回答說。

老師說：「你太過斤斤計較，諾比斯。」

諾比斯一副常見的神情，說：「我要告訴我父親。」

於是老師發火了：「你父親會說是你無理，就像之前那些時候一樣。再說，在學校裡，老師才能做評判和處罰。」然後，老師溫和地補充說：「算了，諾比斯，你換個方式，對同學以善良、禮貌相待。你看，有工人和紳士的孩子，有富人和窮人的孩子，但大家都彼此相愛，以兄弟相待。你為什麼不能和別人一樣呢？其實讓別人喜歡你不需要多少代價，而你自己會更高興的！好了，你有什麼要回答我嗎？」

諾比斯用慣有的蔑視微笑地聽著，冷冷地回答道：「沒有，老師。」

「坐吧，」老師說，「我同情你，你是個沒有愛心的孩子。」

大家都覺得就該如此結束了，但坐在第一排的小瓦匠，小圓臉轉向坐在最後一排的諾比斯，朝他做了一個特別滑稽的兔子臉，惹得全班哄堂大笑。老師對小瓦匠吼了一聲，但不得不用一隻手捂著自己的臉，遮起憋不住的笑。諾比斯也笑了，卻是那種沒有情感的笑容。

受傷的工人

☼ 十三日，星期一

諾比斯可以跟富朗迪配成一對，今天上午面對眼前發生的可怕一幕，他們都無動於衷。

上午放學，我和父親走出校門，看到一群二年級的調皮鬼跪在地上，用小披風或者帽子蹭路上的冰面，好讓它更光滑。這時候，我們看到街道盡頭有一群人步履匆匆，個個表情嚴肅，像受到了驚嚇，低聲細語。

人群中有三個警察，他們身後有兩個人抬著一副擔架。孩子從四面趕過來，人群朝我們走來。擔架上躺著一個男人，膚色慘白，就像死人，頭歪在一邊肩膀上，頭髮浸著血，結成了一束一束的，嘴和耳朵還在流血。擔架旁邊有一個女人，懷抱著一個孩子，像發瘋一樣，不時喊著：「他死了，他死了！」女人後面有一個男孩，腋下還夾著書包，抽泣著。

「怎麼啦？」我父親問道。

一個旁邊的人回答說那是一個瓦匠，在工作的時候從五樓摔了下來。抬擔架的人停頓了一下。很多人嚇得扭過臉去，我看到那個頭戴紅羽毛的女老師，扶著幾乎要暈過去的我二年級的女老師。與此同時，我感到身邊有人撞了我的手臂：是小瓦匠，他臉色蒼白，從頭到腳都在顫抖。

他肯定是想到了自己的父親。我也想到了。至少當我在學校的時候，心裡是平靜的，我知道我父親在家裡，坐在茶几前，遠離各種危險；而我的同學卻在想，他們的父親正在一座高高的橋上，或者在車輪子旁邊工作著，一個動作、一個步伐不穩，就可能送命！許多士兵的孩子也跟他們一樣，他們的父親在打仗。小瓦匠看著看著，顫抖得越來越厲害，我父親發現了，就對他說：「孩子，趕緊回家去，立刻找你父親，你會看到他平安無事，去吧！」

小瓦匠走了，每走一步都回頭看一眼。這時候，那群人又開始走動，女人的喊聲撕心裂肺：「他死了！他死了！」

「不，沒有，沒有死！」四面八方的人說。然而她並不理會，撕扯著自己的頭髮。這時我聽到一個憤怒的聲音說：「你還笑！」與此同時，我看到一個大鬍子男人瞪著富朗迪還在笑著的臉。於是，那個男人一巴掌把他的帽子打到地上，說：「當有工傷者經過的時候，要脫下帽子、露出你的頭，你這個沒教養的東西！」

人群走過去了，路上留下了一條血跡。

囚犯

☼ 十七日，星期五

啊，這肯定是全年最奇特的事情！

父親昨天帶我去蒙卡列里附近的一棟別墅，準備夏天租用，因為今年我們不再去基耶里。我們發現拿著別墅鑰匙的是一位老師，他兼任別墅主人的祕書。他帶我們看了房子，然後到他的房間，請我們喝點東西。茶几上的杯子中間有一個木製墨水瓶，是錐形的，雕刻的方法很獨特。他看到我父親在注意它，就說：「那個墨水瓶對我來說很珍貴，先生，如果您知道它的故事就會理解了！」

他講到，多年前他在都靈教書，整個冬天去替關在監獄裡的囚犯上課。那是在監獄裡的教堂裡上課，教堂是一座圓形建築，在高高的、裸露無裝飾的牆壁上，開著很多方窗，都用十字交叉的鐵條封死了，每個方窗裡面都是一間小小的囚室。他在陰冷昏暗的教堂裡來回走動著講課，學生在方窗裡面探著頭聽課，筆記本靠在窗戶的鐵條上，露出來的只是昏暗中的一張張面孔，憔悴，皺眉，蓬亂的灰色鬍鬚，一雙雙殺人犯或盜竊犯的眼睛。其中有一個是七十八號犯人，學習比所有人都更認真，用充滿尊重和感恩的目光看著老師。

那是一個長著黑鬍子的年輕人，與其說他邪惡，不如說他倒楣。他是個做家具的木工，因為老闆有一段時間總是虐待他。一次在盛怒之下，他朝老闆的頭上扔出一個鉋子，導致老闆頭部受傷而死。為此，他被判做牢幾年。在三個月裡，他不斷的學習，學會了讀書寫字，越學習就變得越善良，越悔恨自己的罪行。有一天下課的時候，他示意老師到他窗戶前，傷心地對老師說第二天上午就要離開都靈，轉到威尼斯的監獄服刑，在道別時，他用謙卑激動的聲音請求老師讓他摸一下手，老師伸出了手，他摸了並吻了這隻手，然後說：「謝謝，謝謝！」之後就消失了。老師抽回手，看到手上面的淚水。

在那以後，他就再也沒有見到過他。六年過去了。

「我突然想到那個倒楣的人。」老師說，「前天上午，家裡來了一個陌生人，黑鬍子開始有點斑白了，穿得不怎麼樣，他說：『您就是那位老師吧？』我問：『您是誰？』」

「『我是監獄裡的七十八號，』他回答說，『是您教我讀書寫字，在六年前，如果您記得，最後一次上課，您把手伸給了我。現在我服刑結束了，到這裡是想請您接受我的一個心意，是我在獄中做的一個小東西，老師，您願意接受我的一個紀念品吧？』」

「我呆在那裡，無話可說。他以為我不肯接受，望著我，好像是說：『六年的懲罰不足以洗滌我雙手的罪惡嗎？』而他痛苦的表情如此生動，我看到就不由得伸出手，接了過來。就是它，我們仔細端詳這個墨水瓶：好像是用一顆釘子的尖頭雕刻的，用的是長時間的耐心，上面刻著一支鋼筆，橫放在一個筆記本上，旁邊寫著：給我的老師——七十八號的紀念——六年！下面是小字：學習與希望……」

老師沒有再說別的，我們就走了。但從蒙卡列里到都靈的一路上，我腦海裡都無法抹去那個從窗口裡探頭的囚犯，那個向老師的告別，那個在可憐的牢獄中製作的墨水瓶。夜裡我做了夢，到早上還在想著那些事……卻沒想到上午我在學校聽到了一件事，完全出乎意料之外！

我坐在德羅西的新座位旁邊，剛寫完了月考的算術題，就對他講起那個囚犯和墨水瓶的故事，描述那個墨水瓶是如何做的，說到了鋼筆橫放在筆記本上的模樣，還有那些話。

「六年！」德羅西聽到後，突然跳了起來，開始一會兒看看我，一會兒看看柯羅西，那個賣菜女人的兒子，他就坐在我們前面，後背對著我們，專注於自己的考題中。

「安靜！」德羅西抓住我的一條手臂，小聲說，「你不知道，前天柯羅西看到他從美國回來的父親手裡拿著一個錐形木頭墨水瓶，是手工製作的，上面有一支鋼筆和一個筆記本，還有六年的字樣。他說他父親在美國，其實是在監獄啊。命案發生的時候，柯羅西還很小，什麼都不記得，他母親騙了他，他什麼都不知道，這件事你一個字也不要提啊！」我說不出話來，眼睛盯著柯羅西。

這時，德羅西做完了算術題，從桌子下面傳給柯羅西；並給了他一張紙；還從他手中拿走了每月故事《爸爸的護士》，是老師讓他抄寫的，現在德羅西替他重抄，德羅西還送了他幾支筆，用手摸了一下他的肩膀。德羅西要我發誓，這件事絕不向任何人透露一個字。

我們走出校門時，他又匆匆對我說：「昨天他父親來接他了，今天也會來的。你就照我的樣子做！」

我們走到街上，柯羅西的父親就站在靠近路邊：一個黑鬍子的男人，鬍子開始有點斑白，穿得不怎麼樣，面無血色，若有所思。德羅西拉著柯羅西的手，好讓人看得見，然後大聲說：「再見，柯羅西！」還用手摸了一下他的下巴。我也照樣做了。不過，這樣做的時候，德羅西臉色變紅，我也是。

柯羅西的父親仔細看著我們，目光透著善意，但也顯露出一種不安和懷疑，讓我們的心裡發涼。

本月故事・爸爸的護士

三月份一個雨天的上午，一個鄉下人打扮的少年渾身泥水，腋下夾著一包衣服，出現在那不勒斯朝聖者醫院的門房，拿出一封信，打聽他的父親情況。

他長著一張漂亮的橢圓臉，褐色皮膚偏白，眼裡露出思緒重重，兩片嘴唇厚厚的，微張著，露出一口雪白的牙齒。他從那不勒斯附近的一個村子過來。

他父親去年離開家，去法國找工作，不久前回到義大利，在那不勒斯下了船，突然罹患疾病。他寫了一行字的信，寄回家裡報告消息，請家人到醫院來。他母親得知消息後焦急萬分，但帶著一個患病的小女兒和一個更小的兒子，無法離開家，就派大兒子去那不勒斯，給他一些錢，要他去照顧父親，他走了十英里的路才趕到。

守門的警衛看了一眼那封信，叫來一個護士帶他去看父親。

「你父親是誰？」護士問。

少年害怕聽到噩耗，渾身顫抖著說出名字。但護士不記得這個名字。

「一個從外面來的老工人？」護士問。

「是工人，」少年更擔心了，「但不太老，是從外面來的。」

「什麼時候進醫院的？」護士又問。

少年看了一眼那封信，說：「我想是五天前。」

護士想了想，好像突然想起來了，說：「啊！四號病房，最裡面的病床。」

「病得厲害嗎？他怎麼樣？」少年呼吸急促地問。

護士看看他，沒有回答。然後說：「跟我來。」

上了兩層樓梯，走到一個寬敞的走廊盡頭，面對著一個打開的房門，裡面有兩排病床。護士一面往裡走，一面說：「你過來。」少年鼓起勇氣，跟著進去。用害怕的目光環視左右，看著那些病人蒼白消瘦的面孔。有些人閉著眼睛，像死人一樣；有些人，圓睜著大眼睛，死盯著空中，好像被嚇到的樣子。不少人像小孩子似的呻吟著。病房裡光線昏暗，到處彌散著濃重的藥味。

兩個修女手裡拿著小瓶子來回走動。

到了病房的盡頭，護士停在一張掛著簾子的病床前，說：「這就是你的父親。」少年放聲哭了起來，丟下行李，撲到病人的肩膀上，用一隻手抓住病人露在被子外面那隻一動也不動的手臂。病人沒有動彈。

少年抬起頭，看著父親。這時，病人長時間地看著他，好像認出他了，但他的嘴唇沒動。可憐的父親，變化太大了！兒子絕對認不出他了。頭髮都白了，鬍子長長了，臉腫著，是紅色的，皮膚緊繃著，發著光，眼睛變小了，嘴唇變厚了，整個模樣都改變了，只有額頭和眉毛還是他的樣子。他呼吸很急促。

「爸爸，我的爸爸！」少年說，「是我啊，您不認識了？我是齊琪羅，您的齊琪羅啊！我從家裡來，是媽媽派我來的。您好好看著我，您不認識我了嗎？跟我說句話呀！」但病人在仔細看了他之後，閉上了眼睛。

「爸爸，爸爸！您怎麼了？我是您的兒子，齊琪羅啊！」病人不再動彈了，繼續沉重地呼吸著。

於是，少年一邊哭著，一邊拉了一把椅子，坐下等著，眼睛始終沒有離開父親的臉。「醫生會過來問診的。」他心想。

「他會跟我說點什麼的。」少年想著，沉浸在自己傷心的思緒中，回想起他的好爸爸的很多事情。他出發的那天，在船上的最後道別；他的遠行為家裡帶來的希望；他的信給媽媽帶來的悲傷。他甚至想到了死亡，想到了父親的去世，母親穿著黑衣，家裡陷入慘境。他就這樣過了很久。當一隻手輕輕碰了一下他的肩膀時，他被喚醒了，原來是一個修女。「我父親怎麼啦？」他立刻問道。

「是你父親？」修女溫和地說。

「是，是我父親，我來了。他怎麼了？」

「勇敢點，孩子，醫生馬上過來。」

修女沒有再說什麼，就走開了。

過了半個小時，他聽到門鈴響，然後看到一位醫生在一個助手的陪同下走進病房，後面跟著一個修女和男護士。醫生開始查房了，在每張病床前都要停下來。對於少年來說，這種等待顯得很漫長，醫生每一步走近，都讓他的呼吸更加急促。

終於到了鄰床，醫生是一個高個子彎著背的年長者，表情嚴肅。在他離開鄰床之前，少年站了起來，等醫生到了近前，他哭了出來。

醫生看著他。「是病患的兒子，」修女說，「今天上午從老家過來的。」

醫生拍了一下他的肩膀，然後俯身摸摸病人的手腕，又摸摸他的額頭，向修女提了幾個問題，修女說「沒有什麼新情況」。醫生若有所思，然後說：「你們繼續和先前一樣吧。」

這時，少年鼓起勇氣，帶著哭聲問道：「我父親怎麼啦？」

「勇敢點，孩子，」醫生又把手搭在他的肩膀上，「他患了面部丹毒，很嚴重，但還是有希望。你好好照顧他，你在這裡對他有好處。」

「但他不認識我了！」少年用傷心的口氣說。

「他會認識你的……也許，就是明天。希望會好起來，勇敢點！」

少年還想再問一點其他問題，但沒勇氣問。醫生又去看其他人了。於是，他又開始了護理的生活。他沒有其他事要做，就整理病人的床鋪，時不時地碰碰病人的手，趕趕蒼蠅，每當他呻吟的時候，就彎腰湊到他身邊。修女送水過來，他就替她把杯子和湯匙遞到病人手上。病人看了他幾次，但沒有表現出認識他的意思。不過，病人的目光在他身上停留得越來越久，特別是當他把手帕放到病人眼旁的時候。就這樣，第一天過去了。

夜裡，少年在病房的一個角落裡，睡在椅子上，早晨又開始了他的關懷照顧。那天，病人的眼中似乎開始有了意識。當少年撫摸他的時候，他的眼睛裡閃爍著一絲感激之情，有一次動了動嘴唇，好像是要說些什麼。每次打瞌睡之後，他總是睜開眼睛，好像在找他的小護士。醫生又來了兩次，發現他的病情出現好轉。快到晚上，少年把水杯遞到他腫著的唇邊時，看到他輕輕地微笑。於是，少年得到了安慰，有了希望。至少是帶著希望，他長時間地跟病人聊天，談到了媽媽、小妹妹、家裡的事情，鼓勵他，說了很多溫暖的話。雖然他對病人是否聽懂自己的話抱持疑問，但還是繼續說著，因為他看到即使聽不懂，病人也是高興地聽他的聲音，聽著他那種帶著情感和憂傷的音調。就這個樣子，在輕微的好轉和突然的惡化之間，第二天、第三天、第四天過去了。

少年如此的專心照顧病患，以至於他一天只是隨便吃些修女兩次送來的麵包和一點乳酪，而修女幾乎只是去注意他身邊其他垂死的病人。夜裡，有人死去，修女跑來跑去，家屬失望的哭泣、傷心的舉動，換作其他時候，這些醫院中的痛苦與死人的場面肯定會讓他震驚和沮喪，現在卻不以為意。一小時一小時，一天一天地過去了，他一直跟著他的父親，專注，關切，為父親的每次歎息和目光而心跳，不時地因希望而寬心，因沮喪而寒心。

第五天，患者病情突然惡化，醫生查看後，搖搖頭，好像是說他不行了，少年從椅子上跳了起來，抽泣著。不過，有一件事讓他感到欣慰，病人雖然在惡化，但卻在緩慢地恢復智力。他越來越執著地用更加溫柔的目光盯著少年，不願意接受少年遞過來的水或藥，而是努力地讓嘴唇做一個動作，似乎是想說一句話。這現象非常明顯，以致於少年有幾次都用力抓住他的手臂，懷著突然升起的希望，用幾乎高興的口氣對他說：「加油，加油！爸爸！你會好的，我們一起回家找媽媽，再加油啊！」

下午四點，少年正經歷那種溫柔和希望的時候，聽到隔壁病房的開門聲，腳步聲，然後是大聲說的兩句話：「再見，修女！」他喜出望外，跳了起來。

與此同時，一個男人走進這間病房，手上提著一個大行李，後面跟著一位修女。

少年發出一聲尖叫，像被釘在地上一動也不動了。

男人轉過身，盯著他看了一陣，也大叫了起來：「齊琪羅！」朝他撲了過來。

少年撲到父親懷裡，喘不過氣來。修女、護士、助手都聞聲趕來，充滿了驚訝地看著。少年激動得說不出話來。

「啊，我的齊琪羅！」父親盯著病人仔細看一眼之後，對少年吻了又吻，「我的齊琪羅，這位怎麼樣？他們把你領到了別人的病床啦，媽媽後來寫信說派你來了，我看不到你很絕望。可憐的齊琪羅，你在這裡幾天了？這個錯誤是怎麼回事？我自己還能對付，你知道，我身體還可以，已經準備出院了，我們走吧。啊，上帝！」

少年吃力地用簡單的話語介紹了家裡的情況。他結結巴巴地說，「哦，我真高興啊！看看這幾天我是怎麼過的！」他不停地吻著父親，但身子沒動。

「那就走吧，我們今天晚上要趕回家呢！走啊！」

少年看了一眼病人，正在那時候，病人睜開了眼睛，死死地盯著他。

於是，從內心湧出的話流淌了出來：「不，爸爸，等一下……這個……我不能走。還有那個老人。我在這裡五天了。他一直看著我。我以為他就是你呢。我愛他。他看著我，我給他水喝，他越來越靠近我。他現在情況很不好，請您耐心點，我沒有勇氣，我不知道，我太難受了，我明天再回家吧，讓我在這裡再照顧他一陣子，丟下他不管感覺真不好。您看他看著我的樣子，我不知道他是誰，但他需要我，他被丟下就會孤獨而死。讓我留在這裡吧，爸爸！」

「做得好，齊琪羅！」助手喊了一聲。

父親猶豫了一下，看看少年，又看看病人。問道：「他是誰？」

「一個和您一樣的農民。」助手回答說，「他是從外面來的，跟您同一天進了醫院。人們把他送來時他沒有知覺，什麼話都不能說。也許他遠方有一個家，有子女。他把您的孩子當成了他自己的一個孩子。」

病人始終看著少年。

父親對兒子說：「留下吧。」

「他剩下的時間不多了。」助手低聲說。

「你留下吧，」父親又重複了一遍，「你有一顆善心！我馬上回家去，讓你媽放心。這點錢留給你需要時用。再見，我的好兒子！再見！」

父親擁抱兒子，又看了他一眼，吻了他的額頭，然後走了。

少年回到床邊，病人似乎很欣慰。齊琪羅繼續當起了護士，不再哭了，但還是像之前一樣細心、一樣有耐心。他又開始給病人喝的，整理床鋪，摸摸他的手，溫柔地跟他說話，給他鼓勵打氣。他忙了一整天，又照顧病人一整夜，第二天在他身邊伺候了一天。可是，病人的情況不斷惡化，臉變成紫紅色，呼吸越來越急促，人越來越激動，口中發出幾個不連貫的發音，腫脹的樣子變得可怕。醫生說他過不了那夜了。於是齊琪羅加倍關注，眼睛一分鐘都沒有離開過他。病人看著他，嘴唇張合著，不時地努力想要說話，眼中一陣陣流露出特別溫柔的表情。他的雙眼越睜越小，最後終於閉上了。那一夜，少年守著他，直到窗外露出了魚肚白，修女出現了。修女走到床邊，看了一眼病人，然後快速離去。幾分鐘後，帶著醫生和一個護士過來，護士手中提著一盞燈籠。

「到最後的時刻了。」醫生說。

少年抓住了病人的手，他睜開眼睛，盯了少年一陣子，然後閉上了。

那時候，少年感到手背被握緊了，喊道：「他握了我的手！」

醫生俯身向病人看了一陣，然後直起身來。修女從牆上摘下一個十字架。

「他死了！」少年喊出聲來。

「走吧，孩子，」醫生說，「你的神聖職責完成了。你走吧，祝你好運，你值得走好運。上帝保佑你。再見！」

離開片刻的修女回來了，手裡拿著一小把從窗臺上一個瓶子裡取出的紫羅蘭，遞給少年，說：「我沒有什麼可以給你。拿著吧，作為醫院的紀念。」

「謝謝！」少年回答著，一隻手接過了花，另一隻手還在擦眼淚，「我還要走很長的路呢，會把花弄壞了。」他打開花束，把花撒在病人身上，「我把它們留給我這位可憐的死者。謝謝修女，謝謝醫生。」

然後他轉向死者：「再見……」他想找出一個名字來稱呼他，卻從嘴裡脫口說出那個叫了五天的名字：「再見了，可憐的爸爸！」

少年說完，腋下夾起自己的行李，邁著緩慢而疲憊的步伐，走了。迎著黎明的曙光。

鐵匠鋪

☼ 十八日，星期六

普萊克西昨晚來提醒我，去看他家的鐵匠鋪，就在樓下的街道上。今天早上，我跟父親出門，就帶他去了那裡。

我們接近那裡的時候，加羅非從裡面跑了出來，手裡拿著一個包，披風隨風抖動著，遮住了他的一些貨物。啊！我現在知道他是從哪裡拿到那些為了換取報紙而販賣的銼刀了，這個小販加羅非！

到了鐵匠鋪門口，我們看到普萊克西坐在一疊磚頭上，把書放在膝蓋上，正在學習功課。

他看見我們，立刻起身，帶領我們進去。這是一間大房子，裡面到處是煤灰，牆上掛滿了錘子、鉗子、槓子等各式各樣的鐵器工具，一個角落裡的爐子烈火熊熊燃燒，一個小男孩拉著風箱。

普萊克西的父親站在鐵砧邊，一個助手控制著火裡燒著的一根鐵條。

「哦，來啦！」鐵匠一見我們，就摘下帽子，「送我兒子小火車的好孩子！你是來看我工作的，對吧？好啊，正是時候！」

他笑著說著，再也沒有當初那張惡狠狠的面孔和斜視的眼睛！

小助手把一頭燒紅的鐵條遞了過來，鐵匠把它放到鐵砧上。

他在做露臺上的鐵護欄的欄杆。他舉起大錘，一下一下地敲打，不斷把燒紅的鐵條左轉右轉，一會兒放到鐵砧的尖頭上，一會兒放到鐵砧的中間，以各種方式翻轉著。看著在鐵錘快速而準確的敲打之下，那根鐵杆漸漸變成了一片可愛的樹葉狀，就像是用手捏麵團做成通心粉一樣，真是一種奇蹟。

這時候，他兒子驕傲地看著我們，好像是在說：「你們看，我父親的技術很厲害吧！」

「看見怎麼做了吧，小少爺？」鐵匠打完之後問我，把鐵條拿到我面前，活像一根大主教的權杖。

然後，把它放到一邊，再把另外一根放進火裡燒。

「做得真好。」我父親對他說。

然後又加了一句：「所以你又開始工作了？已經恢復從前的活力啦！」

「對，恢復啦！」鐵匠一邊擦汗一邊重複著我父親的話，臉有點紅，「您知道是誰讓我回復正常的嗎？」

我父親假裝不明白。

「是那個好孩子，」鐵匠說著，用手指指兒子，「那個好孩子讀書，為父親贏得榮譽，而父親卻尋歡作樂，拿他當畜生對待。當我看到那枚獎章時……嘿！我的小不點，個子矮得可憐的小不點，過來一下，讓我好好看看你的臉！」

普萊克西立刻跑過來，鐵匠抱起他，直接把他放到鐵砧上，雙手撐著他的腋下，對他說：「幫忙把你爸爸的臉頰擦乾淨吧。」

於是，普萊克西吻著父親的大黑臉，直到把自己也弄成了大黑臉。

「這就好了。」鐵匠說著，把他放到了地上。

「這就真的好了，普萊克西！」我父親說。

對鐵匠和他兒子說完再見後，父親帶我往外走。

我出門時，普萊克西對我說：「對不起。」並往我口袋裡塞了一包釘子。

我邀請他狂歡節到我家來。

「你把你的小火車送給了他，」走在路上，父親對我說，「不過，比起那個孩子為他父親找回的良心，就算是一輛黃金鑲珍珠的火車，都只能算是小小的禮物而已！」

小演員

☼二十日，星期一

整個城市都因為狂歡節而沸騰喧囂起來，節日就要結束了：每個廣場上都搭著臨時的大帳棚和旋轉木馬，我們家窗子下面就有一個馬戲團的大帳棚，那裡有一個威尼斯小馬戲團帶著五匹馬表演節目。

馬戲團就在廣場中間，廣場的一個角落裡有三輛馬車，裡面是演員睡覺和換衣服的地方。三輛馬車就是三間有輪子的小房間，各自都有小窗戶、小爐子，總是冒著煙；窗戶之間拉著繩子，上面晾著孩子的尿布片。

有一個幫孩子餵奶的女人，負責做飯和走鋼絲表演。

可憐的人們！對他們來說，「玩雜耍的」稱呼是很傷人的，他們用誠實的表演來賺取收入，逗大家開心，自己卻很勞累！

他們一整天都奔跑於大帳棚和馬車之間，冒著嚴寒，穿著毛衣，在兩場節目中間匆匆忙忙站著吃兩口東西，馬上又要跑去表演。有時候，馬戲團觀眾太多，刮一陣風掀起帆布，吹滅燈光，節目就告吹了！他們還要把辛苦半天才賺到的錢還給觀眾，再勞累一個晚上重新搭好大帳棚。

團裡有兩個孩子，我父親認出那個正在穿越廣場的最小的一位，他是團長的孩子，是去年我們在維托里奧・埃馬努埃萊廣場上看過的馬術表演的同一個人。他長大了，大概八歲了，是個小帥哥，一張漂亮的褐色小頑童的圓臉，從頭頂上的圓錐帽子下面露出來很多黑色卷髮。

他身穿小丑服，像是一種帶袖子的大口袋，白色布料上面繡著黑色圖案，腳踏布鞋，像是個小魔鬼裝扮。

大家都喜歡他，他什麼都會做。

一大早，我們看到他裹著一條大圍巾，幫他的房子裡送牛奶；然後去牽放在貝爾托拉路上的那幾匹馬；抱孩子，運圓圈、三腳架、繩子、橫杆等道具；擦車，生火，休息時總是黏著媽媽。

我父親一直在窗戶看著他，不住地談著他和他的家人，說他們都是好人的樣子，說他們愛孩子。

一天晚上，我們去了馬戲團，天很冷，幾乎沒有人，但小演員努力地讓為數不多的觀眾快樂起來：在空中翻轉，貼著馬尾巴，頭朝下腳朝上用雙手行走，唱歌，一個人忙著表演，漂亮的褐色小臉上總帶著微笑。他父親穿著一件紅衣服，一條白褲子，一雙高筒靴子，手上拿著鞭子，看著他，但臉上露著憂傷。我父親很同情他們，第二天和來看我們的一個畫家得利斯說到這件事。

「那些可憐的人做這麼危險的工作就是玩命啊！那個孩子，我特別喜歡！我們能為他們做些什麼呢？」畫家有了一個主意。「我們可以在報紙上寫一篇文章，」他說，「你會寫，你講述小演員的事蹟，我來畫他的肖像。希望大家看了報紙，至少都能去看一次表演。」

他們就這麼做了。我父親寫了一篇文章，很動人，文風詼諧，說到我們從窗戶看到的一切，讓人真想了解並撫摸這個小藝術家；畫家畫了一幅素描，很像他，很可愛，星期六晚上刊登上報了。

於是，星期日來馬戲團看表演的人群如潮水一般湧進。正如報上所號召的，那天是一次獻給藝術家和小藝術家的慈善表演。

我父親帶我坐在第一排。

在馬戲團門口，貼著那張報紙。

馬戲團裡座無虛席，很多人手裡拿著那張報紙，舉著報，朝小演員打招呼；小演員笑著，在觀眾中間跑來跑去，非常幸福。馬戲團團長也很高興。

想想看吧，從來沒有過一份報紙能給他們這麼高的榮譽，還讓他們的錢匣子裝滿錢。

我父親坐在我旁邊。在觀眾群裡，看得到我們認識的熟人。

在馬進場的入口處，站著那個跟加里波第共事過的我們的體育老師；我們對面第二排坐的是小圓臉的小瓦匠，旁邊是他的大個子父親；他一看見我就做了個兔子鬼臉。

再往那邊一點是加羅非，他在那裡數著觀眾人數，屈著手指計算馬戲團能有多少收入。

在第一排座位上，離我們不太遠的地方，坐著可憐的羅貝提，那個捨己救人的孩子，他膝蓋上放著拐杖，旁邊是擔任炮兵上尉的父親，父親摟著他的肩膀。

演出開始了，小演員在馬上、在秋千上、在鋼絲上展示著各種絕技。每當他跳下來的時候，大家都熱烈鼓掌，很多人往場子裡投硬幣。

接下來是其他人的表演，有走鋼絲、雜耍、馬術，他們穿著碎布拼的銀光閃閃的衣服。

不過，當小男孩不在，大家似乎都有點厭倦了。

到了某個時候，我看到我們的體育老師，站在馬匹入場的地方，跟馬戲團老闆咬了一會兒耳朵，老闆立刻把目光轉向觀眾，好像在尋找什麼人。

他的目光停到了我們身上。我父親發現了，明白老師一定是說他就是文章作者，為了不被感謝，他立刻溜走，對我說：「你留下，恩里科，我在外面等你。」

小演員跟他爸爸交談了幾句話，就又做了一個表演：站在飛奔的馬背上，四次更換衣服，分別是朝聖者的、水手的、士兵的和雜技演員的，每次經過我旁邊，都看著我。

然後，他下來，手裡拿著雜耍演員的帽子圍著場子轉了一圈，大家都站起身往帽子裡扔錢和糖果。我手裡準備好了兩個錢幣，但他到我前面時原本是面對著我，非但不伸過帽子來，反而抽了回去，看看我，走過去了。

我快快不樂，他為什麼對我如此無禮啊？

演出結束了，馬戲團團長感謝觀眾，所有人都站起來，湧向門口。

我混在人群中，已經到門口了，感到有人在碰我的手。我轉身一看，是小演員，那張褐色的小臉蛋和那頭黑色的卷髮，朝我微笑著，手裡捧著一把糖果。

於是，我明白了。

「你願意接受一個小演員的糖果嗎？」他問道。

我點頭示意，拿了三四塊。

「那，再親一下吧！」

「再給我兩下吧。」我說著，把臉伸了過去。

他用衣袖擦去臉上的粉飾，在我脖子旁邊吻了一下，然後在臉蛋上吻了兩下。對我說：「帶一個吻給你父親！」

狂歡節的最後一天

☼二十一日，星期二

今天在面具遊行時，看到了令人傷感的一幕！結局雖然不錯，但也可能造成一次悲劇。

在聖卡羅廣場，裝飾了紅、黃、白色的花束，人群熙熙攘攘，人們戴著五顏六色的面具轉來轉去；那些鑲金掛旗的彩車，有的像樓閣，有的像劇場，有的像帆船，上面載著演員或武士、廚師或水手，或者是牧人；到處都很熱鬧，讓人不知道該看哪裡；號角齊鳴，鑼鼓喧天，震耳欲聾。彩車遊弋，歌舞飛揚，路上駐足的和窗戶觀望的人們都為他們聲嘶力竭地喝采叫好。有人拋撒糖果和柳丁，在彩車和人群頭上，眼睛看得到的都是彩旗飄揚，頭盔閃亮，羽毛抖動，紙糊的大頭晃動，巨大的寬邊帽、喇叭，稀奇古怪的兵器、小鼓、響板、紅帽、酒瓶，似乎大家都瘋狂了。我們的車進入廣場時，前面有一輛四匹馬拉的漂亮馬車，馬身披金線繡花的馬鞍，頭戴玫瑰花的花環，車上有十四五位先生，戴的都是法國宮廷人物的面具，錦緞的服裝，白色的假髮，插著羽毛的帽子，腰佩短劍，胸前是各種飾帶，非常好看。他們一起唱著一首法國歌曲，向人們拋撒著點心，而人們都拍手叫喊著。

突然，我們左邊有一個男人把一個五六歲的女孩子舉過人群的頭頂，可憐的孩子絕望地哭著，晃動著手臂，像是受到了驚嚇。

男人撥開眾人，朝那輛拉著法國紳士的車子走來，車上一位紳士彎下腰，那個男人大聲說：「你們帶上這個孩子，她在人群中跟媽媽走散了，您抱著她，她母親一定就在不遠處，能夠看到她；應該沒有其他好辦法了。」

先生抱起了小女孩，其他人也停止了歌唱，女孩叫喊、掙扎著，抱著她的先生摘掉了面具，車子繼續緩慢前行。

那時候，在廣場另外的一頭，一個可憐的幾乎發瘋的女人，連推帶擠地撥開擁擠的人群，喊著：「瑪莉亞！瑪莉亞！瑪莉亞！我丟了我的孩子！有人把她偷走了！有人把我的孩子帶走了！」

有一刻鐘的時間，她都是如此絕望，這邊走走，那邊轉轉，在人群的擠壓之下，步履艱難。

這時候，彩車上的先生緊緊抱著孩子，把她貼在自己掛滿飾帶的胸前，目光在廣場上搜尋，同時安慰著可憐的小女孩，她用雙手捂著臉，不知道自己在哪裡，哭得撕心裂肺。

這位先生聽到她發自內心的叫喊很受感動，其他的先生都給女孩柳丁和糖果，但她一律拒絕，始終是被驚嚇得恐慌的樣子。
「你們找她母親啊！」人群中的那個男人喊，「去找她母親啊！」
大家朝向左邊或右邊看，但沒見到她母親身影。
最後，快到通向羅馬路的出口時，看到一個女人朝這輛車跑來。
啊！我永遠忘不了這一幕！
她幾乎都不像一個人了，頭髮披散著，臉孔扭曲，衣服扯爛了。她跑到車前，發出一聲重重的喘息，不知道是歡喜，是焦慮，還是生氣，伸出兩隻像爪子一樣的手，要抓住女兒。
彩車停了下來。
「給您！」抱著孩子的先生吻了小女孩之後，把她送到母親的雙臂之間，她立刻把孩子摟到懷裡。
不過，孩子的小手在先生的手中又停留了一會兒，這位先生從自己的右手上摘下一枚鑲著一顆大鑽石的金戒指，把它迅速套在小女孩的一根手指上。
「拿著吧，」他說，「做你結婚的嫁妝！」
母親像著魔一樣愣在那裡，人群發出了掌聲，這位先生戴上面具，他的同伴又開始唱了起來，彩車緩慢起步，在一片熱烈的掌聲和歡呼聲中繼續前進。

盲童

☼ 二十三日，星期四

我們老師病得很重，學校派四年級的老師代課，他曾經是盲人學校的教師，是所有老師中最年長的，那頭白髮白得就像是一堆棉花。他說話有一種特殊方式，就像是在唱一支歌，憂鬱的歌，但很美，而且他很有學問。

他一進學校，看到一個孩子一隻眼包紮著繃帶，就走近他的課桌，問他怎麼了。

「注意眼睛啊，孩子！」他對那個學生說。

於是，德羅西就問他：「是真的嗎？老師，您當過盲人學校的老師？」

「是的，我當了好幾年。」他答道。

老師回到了講臺邊的座位上。

科萊帝大聲說：「盲人學校在尼斯路上！」

「你們說盲人，盲人，」老師說，「就好像說病人、窮人一樣，但你們知道這個詞的意思嗎？想一想吧，盲人，什麼都看不見，從來就看不見！分不出白天與黑夜，看不到藍天和太陽，看不到自己的親人，看不到自己身邊的和觸摸到的一切。

他們沉浸在永久的黑暗中，就像生活在地球的深處！你們試試閉上眼睛，想像自己永遠都是這個樣子，就會立刻喘氣，會害怕，會無法抗拒地大喊起來，會發瘋甚至死亡！」

「然而……那些可憐的孩子，當你第一次走進盲人學校，在休息時間裡，到處都能聽到拉小提琴的，吹笛子的，大聲說笑的，看到在樓梯上快速上下的，在走廊和宿舍裡自由行走的，你就絕不會說他們是不幸的。要仔細觀察他們。」

「有一些十六到十八歲的年輕人，健壯而快樂，對失明坦然處之，甚至有些驕傲。但要知道，他們這種面對失明的坦然和驕傲的表現，是經歷過對這種不幸順從之前的可怕痛苦啊。」

「有些人，他們臉色蒼白，表情溫柔，看得出有一種聽天由命的順從；但他們的憂傷，有時候也會發洩出來，悄悄地哭出來。啊，我的孩子！」

「你們想想，他們有的人是在幾天之內失明的，有的是經過多年折磨和可怕的外科手術後失明的，有的是生來如此，出生於永遠沒有黎明的深夜之中，來到世界上就如同進入一個巨大的墳墓，不知道人的長相如何！你們想一想，當他們想到自己和有正常視力的人之間的可怕差距時，該是多麼痛苦，他們會問自己：如果我們沒有任何過錯，為什麼要承受這種痛苦？我跟他們在一起多年，記得那個班，所有那些永遠封閉的目光，那些沒有眼神、沒有視覺的眼眸，然後再看你們，我覺得你們不可能不幸福啊！」

「你們想一想，義大利有兩萬六千個盲人。兩萬六千個人看不到光明，明白嗎？那是一支大軍，如果他們排隊從我們教室經過，需要花費四個小時！」

老師沉默了，教室裡悄然無聲。

德羅西又問，盲人的觸覺是不是比我們更細膩。

老師說：「是真的，他們其他所有感官都比我們更靈敏，因為要補償失去的視覺，所以比有視力的人更好地發揮其他感官的功能。」

「早上，在宿舍裡，一個人問起有太陽嗎，穿衣服最快的人就趕緊跑到院子裡，在空中晃動著雙手，感覺是否有太陽的熱度，然後跑回去告訴室友：有太陽。」

「從一個人的聲音，他們就能聽出來他的身高，我們用眼睛來評價一個人，他們卻是憑聲音，即使過許多年都記得住那個人的音調和音色。哪怕房間裡只有一個人說話，其他人都不出聲，他們也能發覺房間裡有不止一個人。」

「只要摸一下，他們就知道湯匙是否乾淨。女孩子能區分出染色的毛線和純天然色的毛線。兩個人排一排的隊伍在街上走著，他們能聞出來所有店鋪的味道，包括那些我們覺得沒有味道的店鋪。」

「玩陀螺，只要聽著陀螺旋轉的嗡嗡聲，他們就能不失手地抓住陀螺。他們滾鐵環，玩九柱遊戲，跳繩，用石子蓋小房子，像看得到似的採花，用不同顏色的稻稈編織蓆子和籃子，動作熟練又敏捷，因為他們的觸覺得到了訓練。觸覺就是他們的視覺！他們最大的快樂之一就是用手摸和握住東西，猜想它們的形態。」

「很讓人感動的是我帶他們去工業博物館，讓他們觸摸那些他們想要了解的東西，看著他們對那些幾何體、房子的模型、工具機械發出興奮的叫聲，他們觸摸著、揉搓著，把所有東西放在手裡翻轉著，好弄清楚它們是怎麼製作的。他們自己說是『看』！」

加羅非打斷了老師，問他盲童是否比常人學習計算學得更好。

老師回答說：「是的。他們學習算術和寫字，他們的書本是特製的，字是凸出的，他們用手摸著，識別出他們的字詞，能夠順暢地讀書。要知道，這些可憐的孩子，當他們搞錯的時候臉都會發紅。」

「他們也寫字，但不用墨水。他們用一種穿孔的錐子，在又厚又硬的紙上，按照一種特殊的字母表扎出分組排列組合的小孔。把紙翻轉過來，那些小孔就是凸出的點點，用手指摸過去，就可以讀出他們寫的東西；他們就是這樣寫作文，還相互寫信。他們寫數字和計算也用同樣的方法。他們以一種難以置信的輕鬆態度做心算，不像我們眼前看著東西計算。」

「如果看到他們如何熱愛閱讀，如何專注，如何記憶一切，如何討論歷史和語言問題，五六個人坐在同一張長凳上，不需要互相轉身對望，第一個跟第三個，第二個和第四個，大家一起說著，誰也不會聽漏什麼，因為他們的聽力特別敏銳！他們非常重視考試的分數。我可以向你們保證，他們對老師的感情更深厚！」

「他們能聽出老師的走路聲音，聞出老師的味道，發覺老師的情緒是好是壞，身體是否健康，只不過是透過老師說話的聲音而已。他們喜歡老師撫摸他們，給予他們鼓勵和表揚，他們會用拍老師的手和手臂來表示自己的感激。」

「他們彼此相愛，都是好同學。在自由時間裡，總是老同伴聚在一起。比如女生部，按照各自的樂器分成了很多組：提琴組、鋼琴組、橫笛組，從來不會拆夥！當他們對一個人有了感情，就很難再變心。他們從友情中得到莫大安慰，彼此直言相對。他們對於好與壞都有著清楚而深刻的概念，在聽到見義勇為或者什麼偉大行動時，沒有人像他們那樣讚不絕口。」

沃蒂尼問他們是否演奏得好。

「他們火熱地喜愛音樂，」老師回答說，「音樂是他們的快樂，是他們的生命。」

「一些盲童剛進學校，就能一動也不動地站三個小時聽音樂演奏。他們學得輕鬆，演奏得有激情。當老師說某個人沒有音樂細胞時，他會很痛苦，但會拼命地學。啊！如果你們聽見，音樂就在他們內心；如果你們看到，他們高昂著頭，唇角帶著微笑，臉上充滿陽光，激動得發抖，在身邊無限的黑暗之中，如痴如醉地聽著和諧的音樂，音樂就好像是最神聖的安慰。當老師對一個孩子說：你會成為藝術家的，他會幸福得燦爛無比。對於他們而言，在音樂中最厲害的就是會拉小提琴或會彈鋼琴的人，就像個國王一樣，大家都愛他、尊敬他。如果兩個人吵架、傷了和氣，一定是去找他出面調解紛爭；跟他學習彈琴或拉琴的更小的孩子，把他當成父親一般尊敬。在晚上睡覺之前，都要去他那裡道晚安。」

「天晚了，大家都讀書讀得很累了，睏得半醒半睡，卻還是在床上繼續低聲談論音樂，討論歌劇、大師、樂器和樂隊。最大的處罰就是不讓他們朗讀或者上音樂課，他們會為此痛苦萬分，幾乎從來沒有勇氣接受這種處罰。我們眼中的光明就是他們心中的音樂啊。」

德羅西問是否能去看看他們。

「可以，」老師答道，「不過你們現在不能去。再晚些時候去，等你們能夠理解他們的不幸有多大，能感受他們值得受到憐憫。」

「那是一種傷感的景象，孩子。你們有時候看到那些孩子靠著打開的窗戶坐，享受新鮮空氣，臉龐都不動，好像是在看你們能看到的綠色田野、藍色山峰；但想一想他們什麼都看不見，那些極美麗的一切他們永遠都看不到，就會感到內心悲傷，好像自己那時候也變成了盲人。那些一出生就看不見的盲人，他們從來沒有見過這個世界，因為什麼形象都沒有見過，所以也不覺得遺憾，反倒讓人不覺得那麼難過。不過，有些孩子才失明幾個月，他們還記得一切，也理解自己所失去的一切，這些人每天都只能在黑暗中用頭腦思想自己親人的形象，感覺就像最愛的人離開了自己一樣，會更加痛苦。」

「有一天，這些孩子的其中一個帶著難以言喻的傷感對我說：『我真想恢復從前的視力，只要一點點時間就好，希望能夠看看我媽媽的臉孔，因為我都記不得了！』當他們的媽媽去看他們的時候，他們都用手摸媽媽的臉，仔仔細細地從前額到下巴，到耳朵，好感受她們的樣子，幾乎不相信無法再看清楚她們，於是一直呼喚著媽媽的名字，彷彿是要她們不要離開，讓他們再看一遍。許多人都是哭著離開的。看到這種場景，就算是鐵石心腸的人也會動心啊！當他們出門的時候，我們覺得自己是一種例外，我們好像是一種不配能夠看到萬物的人，不配有看到房子和藍天的特權。」

「哦，我相信不論是誰，只要見過他們，誰都願意減少一點自己的視力，分給那些可憐的孩子一點點光亮，給予那些太陽沒有光、媽媽沒有臉孔的孩子一點點光亮！」

生病的老師

二十五日，星期六

昨天晚上放學後，我去探望生病的老師。他是積勞成疾的。他每天要上五小時的課，加上一小時的體育，兩小時的夜校，這就意味著他睡眠不足、沒時間好好吃飯，從早忙到晚，結果身體都弄壞了。

我母親跟我說，她在大門口等我。

我一個人上樓，在樓梯上遇到那個臉上長著鬍子渣的老師柯阿迪，他總是嚇唬所有人，卻不處罰任何人。他睜大眼睛看著我，開玩笑地發出獅子吼聲，但並沒有笑。

到五樓按門鈴時，我還在笑。不過，當僕人帶我進入一間狹小的房子，看到裡面光線暗淡，我的老師躺在一張床上時，我立刻就感到難過了。

他躺在一張小鐵床上，鬍子長長了，為了看清楚我，他一隻手放在額頭前，用充滿情感的聲音叫道：「哦，恩里科！」

我走到床邊，他伸出手摸著我肩膀，說：「好孩子，你來看你可憐的老師，做得真好啊。看看我這副樣子，我可愛的恩里科。學校裡怎麼樣？同學們怎麼樣，我不在了，大家都還好嗎？你們終於沒有我這個老老師了，很高興吧？」

我剛想說不是的，他又打斷我，說：「算了，算了，我知道你們愛我。」他歎息了一下，我看著他掛在牆上的一些照片，「看見了嗎？那是所有把自己照片送給我的孩子，二十多年了，都是好孩子啊。那是我的紀念品。等我將要死去的時候，打算再看它們最後一眼，看看所有這些孩子，我的一生就是在他們中間度過的。等你小學畢業的時候，也會把你的照片給我，對嗎？」

然後，他從床頭櫃上拿起一個柳丁，遞到我手上：「我沒有什麼別的東西可以給你，這就是一個病人的禮物。」

我看著他，不知為什麼，心裡很難過。「你注意啊。」他又說起來，「我希望能夠好起來，但如果好不了……你要加強數學，那是你的弱點；要再努力一點！只是起頭比較困難，需要付出努力。許多人不是缺少天賦，而是有著偏執與成見，覺得自己做不到。」他說著話，喘得很厲害，看得出很難受。

「我在發燒，」他喘了一下，「已經剩下半條命了。記住啊。抓緊數學，這是你的問題。開始不行？沒關係，休息一下，再接著試試。還是不行？再休息一下，然後重新再來。往前走，放寬心，不要急躁。去吧，幫我向你媽媽問好！不要再來爬樓梯了，我們學校見。如果見不到了，你就偶爾回想一下你三年級的老師，他愛你。」聽到這番話，我情不自禁地流淚了。

「低下頭來。」他說。我在床頭低下了頭，他吻了我的頭髮，然後說：「去吧。」就面朝牆壁轉過臉去了。

我飛奔下樓。因為很需要母親的擁抱。

道路

☺二十五日，星期六

今天晚上，當你從老師家回來的時候，我從窗戶觀察你，看到你撞到了一個女人。你走在路上要更加注意。

人在路上也有一些義務。如果你在家裡知道控制自己的步伐和行動，為什麼在路上沒有這樣做呢？那是大家共同的家呀！

記住，恩里科！

每當你遇到一個步履蹣跚的老人、一個窮人、一個懷裡抱著孩子的女人、一個拄著拐杖的跛行者、一個身負重物的人、一家身穿孝服的人時，都要讓路表示敬意：我們應該尊重老年、貧苦、母愛、疾病、辛勞和死亡。

每當你看到有車輛正朝一個人開來時，如果是孩子，就趕快拉開他；如果是大人，就趕快告訴他；如果看到一個孩子在哭，就要問他怎麼啦；看到老人的拐杖掉落了，就要幫他撿起來。

如果看到兩個孩子打架，就要拉開他們；如果是兩個大人打架，就要遠離他們，不要觀看那些暴力的行為，因為會讓人心變得剛硬。

當看到有兩個警察押著一個人路過時，不要站到好奇的觀眾群中，因為很可能他是一個無辜的人。

看到醫院的擔架時，要停止和同學的談笑，因為上面抬著的也許是一個垂死的人，也許是已經去世的人，而有朝一日，你家裡也會有這樣的人被抬出去。

對於排成兩人一列的幼稚園孩子，對盲人、聾啞人、佝僂病人、孤兒和棄嬰，都要心懷敬意地看著他們。

對於那些讓人覺得噁心或可笑的身體畸形者，要假裝沒有看到。在路過時，要踩滅你見到的每根火柴，因為它可能會奪取某個人的性命。

要禮貌地回答路上向你問路的人。不要嘲笑地看人，不要在不需要時快跑，不要大聲喊叫。要尊重道路；一個國家人民的教養如何，就看人們在道路上的舉止表現。

哪裡的人在路上粗野，在家裡也就會粗野。要研究，研究道路，研究你生活的城市。如果你明天遠離了城市，你會喜歡她在你記憶中的美好形象，會樂於在腦裡重新回想走過的那些道路。

你出生的城市，是你的小小祖國，是你生活多年的世界，在那裡，你在母親身邊邁出了人生最初的步伐，體驗了最初的情緒與感受，在頭腦裡形成了最初的想法，交到了最初的朋友。

對於你而言，她就是母親：她教育了你、娛樂了你、保護了你。研究她的道路和人們。要愛她。當你覺得有人侮辱她時，保護她。

你的父親

三月

夜校

二日，星期四

爸爸昨天晚上帶我去看我們的巴雷蒂學校的夜校，燈都開著，工人開始陸續到達。一剛到，我們就看到校長和老師都非常生氣，因為剛才有一塊石頭打碎了一個窗戶的玻璃：工友跳出來，抓住了一個過路的孩子；這時斯塔爾帝出現了，他家住在學校對面，他說：「不是他，我親眼看見的，是富朗迪扔的，他還跟我說『假如你敢說出去，就等著倒楣吧』。但我不怕。」

校長說富朗迪將被學校永久地開除。

這時他關注著三三兩兩進來的工人，已經來了二百多人。

我從來不知道夜校這麼美！

那裡有十二歲以上的少年，有下班後來的留著鬍子的男人，帶著書本，有一臉被煤炭染黑的樵夫和司爐工，有手上沾著石灰的泥瓦匠，有頭髮上沾著麵粉的麵包房助手，空氣中能聞到油漆味、瀝青和油的異味，所有職業的氣味。

還進來了一隊穿著軍服的炮兵營工人，有一個二等兵指揮他們。大家都快速地找到自己的課桌，把桌子下面我們踏腳用的木條抽去後，馬上低頭做作業。

有些人拿著打開的作業本去請教老師。

我看到那個衣冠整潔外號叫「小律師」的年輕老師，他的小桌周圍有三四個人，他在用筆批改作業；還有那個瘸子正在對洗染匠笑著，後者帶來一個被紅色藍色染得亂七八糟的筆記本。那裡也有我的老師，他的病已經好了，明天他就會返回學校。每個班的門都開著。我很驚訝，課程開始後，所有人都那麼聚精會神目不轉睛。校長說大部分人下班後都沒有時間回家吃一口飯，雖然很餓，但他們怕遲到。不過年齡小的同學半個小時後就開始覺得疲倦，有人居然頭趴在課桌上就睡著了；老師用一支筆撓他的耳朵把他叫醒。

成年人卻不疲倦，他們很專注，張著嘴聽課，眼睛都不眨一下；我看到我們課桌上那些大鬍子的男人時特別感動。我們也到了樓上那層，我跑向我們班的教室門口，看到在我的座位上坐著一隻手纏著繃帶留著八字鬍的人，也許是在一臺機器上工作使他受了傷；儘管如此，他在努力地寫字，慢慢仔細地寫。

但我最喜歡看的還是小瓦匠的位置，同樣的課桌、同樣的角落裡坐著他父親，那個巨人般的泥瓦匠，縮手縮腳地坐在那裡，拳頭頂著下巴，眼睛看著書，專注得像一口氣都不出。

他坐那裡並非偶然，是他第一天晚上來夜校就對校長說：「校長先生，請讓我坐在我那有野兔臉的兒子的座位上。」因為他總是那樣稱呼他的兒子……

我父親讓我待在那裡一直到下課，我們看到在路上有很多婦女抱著孩子等待她們的丈夫，在門口他們交換工作：工人們抱起孩子，女人們拿著書本，就這樣一起回家去。

路上一時人聲鼎沸。

然後一切恢復寂靜，我們看到的只有校長那遠去的疲憊的長長的身影。

打架

☼ 五日，星期日

不出所料：被校長開除的富朗迪肯定要報復，放學後他在一個轉角等著斯塔爾帝和他妹妹路過，因為他每天都去朵拉．格羅薩路的一所學校接妹妹。我的姐姐西爾維婭從她的學校出來全都看見了，她回到家裡還一副驚恐狀。這就是當時發生的情況。

富朗迪斜戴著蠟染布的帽子，踮著腳尖，跟在斯塔爾帝的後面，為了激怒他，他拉了一下他妹妹的辮子，拉得那麼用力，幾乎讓她向後倒下去。小女孩發出一聲尖叫，哥哥才轉過頭來看。

富朗迪比斯塔爾帝高得多壯得多，他想：「要麼他害怕，要麼我揍他一頓。」但斯塔爾帝連想都不想，撲向那個大個子，開始用拳頭揍富朗迪，雖然他如此矮小。不過，他挨揍的拳頭要比打到對方的多。

路上只有一些女孩子，沒有人能分開他們。

富朗迪把他摔在地上，但他馬上站起來，又撲了上來，富朗迪拼命地打他：不一會兒，就撕破了斯塔爾帝半隻耳朵，打傷了他一隻眼睛，讓他鼻子流血。但斯塔爾帝毫不屈服，吼道：「你可以殺了我，但我會讓你付出代價！」

富朗迪又是一頓拳腳；斯塔爾帝在下面，頭頂腳踢地反抗。

一個婦女在窗戶上喊道：「小個子做得好！」

其他人說：「這孩子是在保護他的妹妹。」

「勇敢點，給他一點顏色瞧瞧。」

人們對富朗迪喊道：「狂徒，儒夫。」

但是富朗迪也瘋了，用腳絆倒斯塔爾帝，害斯塔爾帝倒下了，他騎上去喊：「投降！」

「不！」

「投降！」

「不！」斯塔爾帝一個猛力又站了起來，攔腰抱住富朗迪，用一種瘋狂的蠻力將他摔在地上，用一個膝蓋頂住他的胸膛。

「啊！壞蛋，你有刀子！」一個男人喊著，要來奪下富朗迪的武器。但斯塔爾帝打紅了眼，雙手抓住他的手臂，在他手上狠狠咬了一口。刀從富朗迪手上掉下來，手上流出血來。

人們趕過來，把他們分開，讓他們站起來；被打傷的富朗迪拔腿就跑；斯塔爾帝站在那裡，臉被抓壞了，眼被打青了，但打贏了，站在哭泣的妹妹身旁。

這時，一些女孩幫忙把散在路上的書本撿起來。

「真棒，小個子！」周圍的人都說，「他保護了他的妹妹！」

但是，斯塔爾帝心裡想的是他的書包，而不是勝利，他開始一個一個地檢查書本，看有沒有缺什麼或損壞，用袖子擦乾淨，看看鋼筆，收拾好一切，然後一如既往地鎮靜嚴肅，對他妹妹說：「我們快走吧，我還有一個四則運算的作業呢。」

孩子的家長

☼ 六日，星期一

今天早上斯塔爾帝大個子的父親來等兒子，因為害怕他再次遇見富朗迪，但人們說富朗迪不會再來了，因為他將被判處無期徒刑。

今天早上有很多家長。

其中有木柴商人，那是科萊帝的父親，跟他兒子一模一樣，聰明，快樂，他留著尖尖的小鬍子，上衣口袋上別著雙色飾帶。我差不多已經認識所有孩子的家長，總是在那裡看到他們。

有一位彎著身子的老奶奶，不管是刮風下雨還是下雪，總是戴著白色的帽子，每天來四趟送或接她上一年級的小孫子，幫他脫下大衣，幫他穿大衣，為他整理領帶，替他撣灰，撫平衣服，看他的作業本：一看就知道她的心思都在小孫子身上，在她眼裡，世界上沒有比這更美好的事了。

經常來的還有炮兵上尉，那個曾從馬車下救過一個小孩而拄拐杖的羅貝提的父親；因為所有的同學走過他面前時都會摸他一下，他也會以摸一下回報或是打招呼，從不會怠慢任何人，向所有人致意，越是窮困、越是穿得簡陋的人，他似乎越高興和他們打招呼，感謝他們。

有時也會看到傷心的事：一位先生已經一個月沒來了，因為他的一個兒子死了，派他的女傭來接另一個孩子。昨天是他第一次回來，看到他死去孩子的同學，看到他們的班級，他走向一個角落，雙手捂著臉嗚咽起來，校長挽著他的一條手臂把他帶到辦公室去了。

有些父親和母親能夠叫出他們孩子所有同學的名字。有些附近學校的女生和初中的學生來等他們的兄弟。有一位老先生是上校，只要看到孩子把作業本或是筆掉到路上，他都會幫他們撿起來。也能看到穿著講究的女士和其他人談論學校的事，她們頭上戴著圍巾，手臂上掛著籃子，她們說：

「啊！這一次考題真可怕！」

「今天早上一堂語法課上不完了！」

當一個班裡有人生病時，她們都知道；當一個人病情好轉時，她們也都會高興。的確，今天早上大約有八個或十個太太或女工，她們圍繞著柯羅西的母親，那個賣菜的女人，問她關於我弟弟班上的一個孩子的情況，那危在旦夕的孩子與他們家住在同一個院子裡。

這裡好像人人平等，學校讓所有人都是朋友。

七十八號

☼ 八日，星期三

昨天晚上我看到了感人的一幕。

很多天以來，賣菜的女人每次走過德羅西的身旁，總是不停地看著他，充滿了溫情。因為德羅西在發現了墨水瓶和七十八號犯人後，對犯人的兒子柯羅西──那個長著紅頭髮、一條手臂殘疾的孩子開始關愛起來：在學校裡幫他做作業，教導他如何回答問題，送他白紙、鋼筆、鉛筆，總之待他親如兄弟，似乎要彌補他碰到了卻不知情的父親的遭遇。

已經好幾天了，賣菜的女人看著德羅西，好像眼睛離不開他，因為她是個好心腸的女人，她的生活都圍繞著她的孩子，德羅西的幫助讓她很有面子；德羅西是一個體面人，全校第一，她眼裡的他就是一位國王、一位聖人。

她總是看著他，似乎有話對他說，又難於啟齒。

但昨天早上，她終於鼓起勇氣，在大門前攔住他，對他說：

「請您原諒，先生，您這麼善良，對我兒子這麼好，請您務必收下一個可憐的媽媽這份小小的心意。」說著從菜籃子裡拿出一個白色金邊的小紙盒。

德羅西滿臉通紅，堅決地拒絕說：「給您的兒子吧，我什麼都不接受。」

那女人遭到了拒絕，結結巴巴地道歉說：「我並不想冒犯您……只不過是一些糖果。」

但德羅西再次拒絕，搖著頭。

接著，她小心翼翼地從籃子裡抓出一把水蘿蔔說：「至少您得接受這些蔬菜，帶回去給您的媽媽。」

德羅西微笑了，回答道：「不，謝謝，我什麼都不要。我盡我所能幫助柯羅西，但我不能接受任何東西；總之，謝謝。」

「但您沒生氣吧？」女人擔心地問道。

德羅西微笑著說「沒有、沒有」，就走了。而她滿心歡喜地喊道：「多善良的孩子啊！我從沒見過這麼善良的小帥哥！」好像到這裡就結束了。但下午四點鐘，不是柯羅西的媽媽，而是他的父親神情憂鬱臉色蒼白地來了。

他攔住德羅西，從他的眼神中我立刻明白了他懷疑德羅西知道他的祕密；他盯著德羅西看，用憂傷而熱烈的語氣對德羅西說：「您對我兒子很好……為什麼要對他這麼好？」

德羅西的臉上像火燒了一樣。

他本想回答說：「我對他好是因為他不幸；因為您，他的父親，您與其說有過失，更應該說是不幸，您很光榮地為您犯的過錯贖罪了，您是一個熱心的人。」

但他沒有勇氣這樣說，因為到底他還是有些害怕面前這個曾經殺人而且坐了六年監牢的人。

不過那個人猜出了一切，他低聲對著德羅西的耳朵幾乎顫抖地說：「您對我兒子好；但會對他的父親不好……瞧不起他，是不是？」

「啊不，不！正相反！」德羅西一時衝動地喊道。那男人好像要用一隻手臂摟住他的脖子；但他沒敢，只是用兩根指頭抓住一縷蜷曲的金髮，拉直後放開；然後把手放到嘴上，吻著手掌眼睛濕潤地看著德羅西，好像說那個吻是給他的。然後拉起自己的兒子快步地走開了。

一個夭折的孩子

☼ 十三日，星期一

在賣菜的女人院子裡的孩子，那個二年級的學生，我弟弟的同學，他死了。女老師德爾卡蒂星期六晚上來了，極度悲傷地來把消息告訴他的老師；加羅內和科萊帝主動要求幫助抬棺材。

那是個好孩子，上周還得了獎章；他跟我弟弟很要好，曾經送給弟弟一個存錢筒，我母親遇到他時總是撫摸他。他總是戴著一頂帶有兩條紅布條的帽子。他父親是鐵路上的搬運工。

昨天是星期日，下午四點半我們去了他家，為了送遺體去教堂。他家住在一樓，院子裡已經有很多二年級的孩子，還有他們的母親，拿著蠟燭；五六個女老師，一些鄰居。

戴紅羽毛的女老師和德爾卡蒂跟著進來，我們從開著的窗戶看到她們在哭泣：聽到孩子的媽媽在大聲抽泣。兩位夫人，死去孩子的兩位同學的母親，帶來了兩個花圈。五點鐘，我們準時出發。一個舉著十字架的孩子走在前面，後面是一個神父，再後面是棺材，一口很小的棺材，可憐的孩子！棺材上蓋著一塊黑布，旁邊緊靠著兩位太太送的花圈。在黑布的一邊，人們別上了孩子生前一年裡獲得的獎章和三張獎狀。

加羅內、科萊帝和兩個同院的孩子抬著棺材。緊跟在棺材後面的是德爾卡蒂，她哭得就像是自己的孩子死了；她身後是其他女老師；她們身後是孩子，他們中有些很小，大家手裡拿著紫羅蘭花束，眼睛盯著靈柩，茫然無措，另一隻手被母親牽著，母親們替他們拿著蠟燭。我聽到一個孩子說：「以後他不再來學校啦？」

當棺材從院子裡出來時，從窗子裡傳出一聲絕望的叫喊：那是孩子的媽媽，但人們立即把她拉進屋裡。

到了路上，我們遇到另一個學校的孩子，他們兩人一排地走著，看到了別著獎章和獎狀的棺材，都摘下了帽子。可憐的孩子，他永遠地伴著獎章睡去了。我們再也看不到他的小紅帽了。

他本來挺健康的，只有四天的時間就走了。最後一天還掙扎著起來做作業，想把他的獎章放在床上，生怕別人把它拿走。沒有人會再把它拿走了，可憐的孩子！永別了，永別了。我們會永遠在巴雷蒂學校懷念你，孩子。

三月十四日前夜

今天比昨天歡樂一些。三月十三日！在維托里奧．埃馬努埃萊劇院頒獎的前夜，這是每年盛大美好的節日。但這一次不再是隨意選擇一些孩子上臺，從頒獎人手裡拿獎了。

今天上午放學時校長才到，他說：「孩子，有一個好消息。」然後喊道：「克拉奇！」卡拉布里亞來的孩子站了起來。「你願意參加明天在劇院把獎狀交給官員的隊伍嗎？」來自卡拉布里亞的同學回答願意。

「很好，」校長說，「這樣將有卡拉布里亞的代表。這將是一件好事。市政府今年決定頒獎的十名或十二名孩子應該來自義大利的各個地方，選自不同的公立學校。我們有二十所學校和五所分校，共有七千名學生：這麼多人中不難找出義大利各個大區的代表。」

「在托爾夸托塔索學校找出兩個島的兩名代表：一名薩丁島人和一名西西里人；邦孔帕尼學校出一名佛羅倫斯人，一個木雕藝人的兒子；湯瑪斯學校出一名羅馬出生的羅馬人，他們還有很多威內托、倫巴第人和羅馬涅人；蒙維索學校出一名那不勒斯人，他是軍官的兒子；我們出一名熱那亞人和卡拉布里亞人，你，克拉奇，再加上皮埃蒙特人，正好十二個人。」

「這樣很好，你們不覺得嗎?他們將作為你們在義大利各地的兄弟來為你們頒獎。注意：十二個人一起出現在臺上。要為他們熱烈鼓掌。他們是孩子，但他們像成人一樣代表國家：一面小三色旗作為義大利的象徵不亞於一面大旗，不是嗎?因此，你們要為他們熱烈鼓掌。顯示出你們的小小心靈也在燃燒，在祖國神聖的形象前也是充滿熱忱。」說完，校長就走了。

老師笑著說：「好了，克拉奇，你是卡拉布里亞的代表。」

所有人都笑著鼓掌。當我們走在路上時，人們圍住克拉奇，抱起他的腿，把他抬起來，開始帶著他凱旋遊行，喊著：「卡拉布里亞代表萬歲！」這樣吵吵鬧鬧，但顯然不是開玩笑，正好相反，是衷心地祝賀他，因為他是人人喜歡的孩子，他也笑著。

他們就這樣把他抬到了街道的轉角，在那裡遇見了一位留著黑鬍子的先生，他也笑了起來。卡拉布里亞人說：「這是我父親。」於是孩子們把他兒子投入他的懷抱，四散逃開了。

頒獎

☼ 十四日，星期二

快到兩點鐘時，巨大的劇院擠滿了人：正座、邊座、包廂、舞臺，全都擠滿了人，上千張臉，孩子、太太、老師、工人、平民婦女、兒童，一片人頭攢動，人們揮手致意，羽毛、飾帶、卷髮在抖動，一片熱烈的低聲談話，氣氛非常愉快。整個劇院都用紅、白、綠三色的帷布妝飾。在正廳裡搭建了兩排梯子：右邊的提供領獎人上臺用；左邊的提供領獎後下臺用。在舞臺前面有一排紅色的大椅子，中間的椅子背上垂下兩個桂花環；在舞臺底部有一簇旗幟；一邊有一張綠色桌子，上面放著用三色帶捆起來的所有獎狀。

樂隊在正座前、舞臺下；老師擠滿了為他們指定的一側邊座；正中的長凳和長地毯上擠滿上百個要唱歌的孩子，他們手裡拿著歌譜。在後面和周圍能看到來來往往的老師正忙著請得獎人排隊，很多家長正最後一次為孩子整理頭髮和領帶。

我剛和我的父母進入包廂，就看見了在對面包廂裡的戴紅羽毛的小老師，她笑著，臉頰上嵌著酒窩。與她一起的是我弟弟的老師和一身黑衣的小修女，還有我小學二年級的好老師，但可憐的她臉色如此蒼白，咳嗽如此劇烈，從劇院裡的這一邊到那一邊都聽得到。

在正座區，我馬上就找到加羅內那可愛的大臉，內利那金色的小腦袋，緊緊地貼在加羅內的肩膀上。再往遠一點我看到加羅非那像貓頭鷹嘴一樣的鷹鉤鼻，他正忙著收集得獎人的印刷名單，手裡已經有一大堆了，這是為了做交易……交易內容得明天才知道。靠近門邊有木柴商人和他的妻子，穿著節日的正裝，帶著他們的孩子科萊帝，科萊帝是三年級的三等獎得獎者。我很驚訝，看見他沒戴那頂貓皮帽子，也沒穿巧克力色的毛衣，這次他穿得如同小紳士一般。

在一個邊座上，我看到了沃蒂尼出現片刻，一個花邊大領子，後來就消失了。舞臺前旁邊的一個包廂擠滿了人，我看到羅貝提的父親，那個炮兵上尉，羅貝提就是那個拄拐杖的孩子，從公共馬車下救出兒童的那一位。

兩點的鐘聲一響，樂隊開始奏樂，同時從右邊梯子走上舞臺的有市長、省督、局長、省教育廳廳長，還有很多其他的先生，都穿著黑色衣服，他們去坐在舞臺前的紅色大椅子上。聲樂學校的校長拿著指揮棒走上前來。按照他的手勢，正座的孩子全體起立，他再比一個手勢，他們開始歌唱。七百個人同聲齊唱一首非常好聽的歌，七百個孩子的聲音一起高唱，多麼優美呀！

所有人都一動也不動地聆聽：那是一首甜美、清澈、悠揚的歌，像是教堂的歌。

歌聲停止時，全場鼓掌，然後又都肅靜下來。頒獎儀式就要開始了。此前我的二年級的小老師已經出現在臺上，他有一頭紅色的頭髮，一雙機敏的眼睛，他要念得獎者的名字。他等著十二個孩子進來把獎狀交給他。報紙已經透露說將是來自義大利各地的孩子。所有人都知道和期待著，好奇地看著他們將進來的那個方向，市長和其他先生也是如此，整個劇場鴉雀無聲……

突然間，十二個孩子跑步上了舞臺，微笑著站好隊形。全場三千名觀眾都起立並爆發出雷鳴般的掌聲。孩子們好像一時茫然失措。「這就是義大利！」臺上一個聲音說。我立刻認出了克拉奇，一如既往地穿一身黑衣的卡拉布里亞同學。一位和我們在一起的市政府先生認識所有的孩子，一一指給我母親看：「那個小黃毛是威尼斯的代表，那個高個卷髮的是羅馬人。」有兩三個穿得像紳士一般，其他的是工人的孩子，但所有人都穿戴整潔。最小的是佛羅倫斯代表，腰上圍著一條天藍色的圍巾。所有孩子都從市長面前走過，市長一一地吻他們的額頭，他旁邊一位先生微笑地輕聲報城市名：「佛羅倫斯，那不勒斯，博洛尼亞，巴勒莫……」每通過一個孩子，全場就鼓掌。然後所有孩子都跑向綠色的桌子取獎狀，老師開始念名單，所屬學校、班級和姓名，得獎者開始上臺排隊。

當第一批人上臺時，臺後就響起了輕柔的小提琴音樂，在整個頒獎儀式過程中都沒有間斷，一個不斷重複的柔和曲調，就像是很多輕言細語彙集在一起，母親、老師建議的聲音，祈禱和善意批評的聲音。與此同時，那些得獎的孩子一個接一個地走過那些坐著的先生面前，先生把獎狀給他們，對每個人都說一句或撫摸一下。每一次走過一個很小的孩子，或穿著顯得寒酸的孩子，或是頭髮蓬鬆蜷曲，或是穿著紅色或白色衣服的孩子，從正中座位區和邊座區都會發出孩子的掌聲。初小一年級的學生們到了那裡，暈頭轉向，不知道往哪邊轉身，引得全場哄堂大笑。有一個矮個頭的小不點通過，背著一個粉紅帶子打成的大花結，步履維艱，被地毯絆一下摔倒了，省督把他扶起來，所有人都大笑著鼓掌。另一個孩子下臺時從梯子上滾下來了，聽到了幾聲尖叫，但是沒受傷。各式各樣的表情都能看到，壞孩子的鬼臉、受到驚嚇的表情、櫻桃般通紅的臉、對著所有人笑的滑稽的小屁孩，剛一下到座位間就被爸爸媽媽拉起來帶走了。

當輪到我們學校時，這才是我開心的時候！科萊帝從頭到腳煥然一新地過來了，帶著燦爛的微笑，露出一口潔白的牙齒，但誰知道當天早上他背了多少木柴！市長在頒發獎狀時問他額頭上的紅印記是怎麼回事，把一隻手搭在他的肩上。我在座位之間用目光搜索他的父母，看到他們用手捂著嘴在笑著。

然後過來的是德羅西，一身深藍色的服裝，閃閃發光的衣扣，一頭金色的卷髮，瀟灑自如，如此高的額頭，如此英俊，如此和藹可親，我簡直要送他一個吻，所有那些先生都想跟他說話和握手。

然後老師喊道：「朱力奧．羅貝提。」人們看到炮兵上尉的兒子拄著拐杖過來了。上百的孩子都知道他的事蹟，一時間傳開了，爆發出一陣掌聲和歡呼聲，使劇院都顫抖了起來，男士全體起立，女士揮舞手帕，可憐的孩子在舞臺中央，驚慌地發抖縮作一團……市長把他拉到身旁，給他獎狀並吻了他，掛在大椅子背上的桂花環掉下來了，就把它穿放在一根拐杖的橫梁上……然後把他一直送到前臺的包廂他父親那裡去，上尉在「真棒」和「萬歲」的歡呼聲中把他舉起來放進包廂去。

小提琴那輕柔的音樂還在繼續，孩子在排隊行進。安然學校的學生幾乎都是小商販的孩子；萬奇利亞學校的學生是工人的孩子；邦孔帕尼學校很多學生是農民的孩子；最後是拉依內里學校。

頒獎剛結束，七百名孩子又唱起了另一首優美的歌曲，然後市長講話，之後是局長，他結束講話時對孩子說：「……如果你們沒有對那些付出很多辛苦、把他們的智慧和愛心都獻給你們、出生入死為了你們的人致敬，就不能離開這裡。他們在這裡！」他指向老師的邊座區。

這時，從其他邊座區，從包廂，從中央座位區，所有的孩子都起立，揮舞手臂向老師歡呼致意，老師也都起立激動地揮動手臂、帽子和手帕還禮。樂隊再次奏樂，觀眾最後一次向代表義大利各地排隊站在臺上的孩子熱烈致意，十二名孩子手挽著手接受著如潮水湧來的花束。

吵架

☼ 二十日，星期一

今天早上，我和科萊帝吵架了，但不是因為嫉妒他得了獎而我沒得獎。不是因為嫉妒，不過，確實是我的錯。

老師讓他坐在我身旁，我在我的練習本上寫作業，他用手肘碰了我，讓我身體一抖，把每月故事都弄髒了——我要替生病的小瓦匠抄寫《羅馬涅人的血》。我生氣了，罵了他一句。

他微笑著對我說：「我不是故意的。」我應該相信他，因為我了解他；但我受不了他得意的笑臉，我想：哦！現在他得獎了，就飄飄然趾高氣揚了。

過一會兒，為了報復，我撞了他一下，讓他的一頁作業報廢了。他氣得滿臉通紅：「你這就是故意了！」他對我說，舉起了手。老師看見了，他把手縮回去，但加了一句：「我在外邊等你！」

我很難過，氣已經消了，開始後悔。是呀，科萊帝不可能是故意的。他善良，我想著。我想起了在他家看到他工作，照顧他生病的母親，後來在我家為他慶祝生日，我父親多喜歡他呀。我多希望自己沒對他說那句話呀，沒有對他做出那樣的惡作劇！

我在想像我父親可能給我的建議：

「你錯了？」

「是的。」

「那就向他認錯請求原諒。」

但這我做不到，我怕自己丟臉。我眯著眼看他，看到他的毛衣在肩膀處裂開了，也許他背了太多的木柴，我覺得自己跟他很要好，我對自己說：「勇敢點！」但「對不起」這句話卡在我的嗓子裡。

他不時斜眼看著我，似乎更難過而不是生氣。這時我也斜眼看著他，為了表示我不怕。他對我重複說：「我們外面見！」

我也說：「我們外面見！」

但是，我腦子裡想的是我父親曾經對我說的話：「如果你錯了，要自衛，不過別打架！」

我對自己說：「我自衛，不過不打架。」但是我不高興，很難過，聽不進老師講課。

最終到了出去的時候。當我一個人在路上時，看到他跟著我。我停下來，等著他，手裡拿著尺子。他靠近了，我舉起尺子。

「不，恩里科，」他說，帶著善意的笑容，用手推開尺子，「我們和好如初吧。」

我遲疑了片刻，然後感覺就像有一隻手推擠一下我的肩膀，我已經在他的擁抱中了。

他親吻我並對我說：「我們永遠不再吵架了，是不是？」

「永遠不會了，永遠！」我說。

我們高興地分手了。但當我回到家裡把一切都告訴父親時，以為這樣他會高興，他卻生氣地說：「應該是你先向他伸出手，因為是你錯了。」

然後又補充道：「對一個比你好的人，對一個士兵的兒子，你不應該舉起尺子！」他從我手裡奪走了尺子，把它掰成兩半扔到牆上。

我的姐姐

☺ 二十四日，星期五

為什麼，恩里科，我們父親已經說你不該對科萊帝不好，你竟然還對我做出那樣的事？你無法想像我多難受。

你不知道，當你是嬰兒時，我終日都守在搖籃邊，而不是和朋友去玩；當你生病時，我夜裡起床看看你是不是額頭發燙。

你不知道，你冒犯你的姐姐，但當面臨可怕的災難時，我會像媽媽一樣對待你，就像對待兒子！

你不知道，當我們的父母不在人世後，我將是你最好的朋友，唯一能談論我們去世的親人和你童年的人。如果需要的話，恩里科，我會為你去工作，賺錢供你吃喝和上學，你長大後我也會永遠愛著你。當你遠走高飛時，我的思緒也會跟著你，因為我們是一起長大的，我們流著同樣的血！

哦，恩里科，你儘管放心吧，當你長大成人時，如果你有困難，如果你感到孤獨，你肯定會來找我的，你會來對我說：「希爾維婭，姐姐，讓我跟你在一起吧，我們聊聊過去的美好時光。你還記得嗎？我們聊聊媽媽，我們的家，那些遠去的美好時光。」哦，恩里科，你永遠會看到你的姐姐張開雙臂歡迎你。

是的，親愛的恩里科，原諒我現在對你的抱怨。我將不會計較你的任何過錯，即使你會帶給我其他的不愉快，有什麼關係？你將永遠是我的弟弟，我將只記得我懷抱中的孩童時期的你，記得我們共同愛過我們的父母，看到過你的成長，很多年我都曾是你最忠實的同伴。

但請你在這個筆記本上也寫一句讓我高興的話吧，我會在晚上之前過來讀它。

與此同時，為了表現出我沒有對你生氣，看到你很累，我幫你抄寫了每月故事《羅馬涅人的血》，這是你應該幫小瓦匠抄的，放在你桌子左邊的抽屜裡。這都是今天夜裡你在睡覺時我幫忙抄寫的。

為我寫一句好聽的話吧，恩里科，我求求你。

你的姐姐　希爾維婭

我不配吻你的雙手。

恩里科

本月故事·羅馬涅人的血

那天晚上，費魯喬家比平時安靜。他父親有一個小雜貨店，他去佛爾利進貨去了，他妻子也陪他去，而且也帶路易吉娜去看醫生，她的一隻眼睛需要做手術，他們要第二天早上才能回來。

快到半夜了。白天來做家務的女人在黃昏時就離開了。家裡只留下腿已經不能動的外婆和費魯喬，一個十三歲的孩子。

那是一棟只有地面一層的小房子，建在大路旁邊，離最近的村莊有一槍射程距離，那個村莊離羅馬涅大區的佛爾利市不是很遠。附近只有一棟無人居住的房子，兩個月前被大火燒毀了，在房子上還能看到客棧的標記。在小房子後面有一個用籬笆圍起來的菜園，有一個簡陋的小門通向它；雜貨店的門也是住家的門，開向大路。周圍是寂靜的農田，耕耘過的田地，種著桑樹。

就快要半夜了，下著雨，刮著風。

費魯喬和外婆還沒睡，待在廚房裡，在廚房和菜園之間有一個堆滿舊家具的小房間。費魯喬在外面逛了好幾個鐘頭後，十一點才回家。外婆一直沒闔眼，焦急地等著他，一動也不動地坐在一把帶扶手的大椅子上。她通常在椅子上一坐就是一天，也經常整夜坐在上面——因為呼吸困難，讓她不能躺著。

下著雨，風吹雨點打在玻璃窗上。夜很黑。

費魯喬疲憊地回來，渾身是泥，上衣撕破了，額頭上有被石子打到留下的青腫。他和朋友扔石子玩，後來就打起來了，這也是家常便飯，甚至，他賭輸了所有的錢，把帽子扔進了一個池塘。

儘管廚房裡只有放在一個桌角上的一盞小油燈照明，在大椅子旁邊，可憐的外婆馬上就看出外孫有多狼狽，至於原因嘛，一部分是她猜出來的，一部分是她讓他坦白交代了自己的淘氣壞事。

她全身心地愛著那個孩子。知道一切後，她哭了起來。

「啊！不，」沉默了很長時間後她說，「你根本就不關心你可憐的外婆。你爸媽不在家，你不管你這樣做會讓我多難受。你一整天都把我扔在家裡！你一點憐憫心都沒有。當心，費魯喬！你走上了一條會讓你完蛋的壞路。我看過其他人，開始跟你一樣，最終都沒有好下場。開始是離家出走，跟其他孩子打架，亂花錢。然後，慢慢地，從用石頭到用刀子，從賭博到其他惡習，從惡習……到偷竊。」

費魯喬聽著，站在三步遠的地方，靠著一個櫃子，低著頭，皺著眉，還沒完全從打架的憤怒中擺脫出來。一縷栗色的頭髮斜搭在額頭上，藍色的眼睛目不轉睛。

「從賭博到偷竊，」外婆重複說，繼續哭泣著，「想想吧，費魯喬，想想這個村子裡的那件倒楣事，那個維托・莫佐尼，如今在城裡流浪；他二十四歲的時候就坐過兩次監獄了，讓他可憐的媽媽傷心死了，我認識他媽媽，他父親絕望地逃到瑞士去了。想想那個倒楣鬼，你父親連跟他打招呼都覺得羞恥，他總是跟比他更糟的人鬼混，直到有一天會被終身囚禁為止。好吧，我認識他時他是個少年，他開始時就跟你現在一樣。你想讓你父親和母親落得像他父母一樣的下場嗎？」

費魯喬默不作聲。他的心眼並不壞，相反的，他的荒唐是由於精力過剩和冒失，而不是心地不良。他父親把他寵壞了，認為他實際上有付好心腸，而且覺得他具有堅強和慷慨的行為，於是放任著他，等著他自己能辨別是非為止。他其實很善良，並不壞；但很固執，很難對付，即使他心裡非常後悔，也不會說出那些讓人能原諒他的話：「是的，我錯了，我保證不會再這樣了，原諒我吧。」有時他心裡充滿了柔情，但卻驕傲得不讓柔情流露出來。

「啊，費魯喬！」看到他這樣沉默不語，外婆繼續說。「你連一句後悔的話都不對我說嗎？你看看我現在的樣子，我馬上會死的。你不應該毫無良心地讓我痛苦，讓你媽媽的媽媽哭泣，人都這麼老了，所剩日子不多啦。你可憐的外婆，一直非常愛你，你幾個月大的時候，我沒日沒夜地守護著你，為了逗你玩都顧不上吃飯，你都不知道！」

「我總是說：『這孩子是我的安慰！』現在你卻想讓我絕望而死！我願意把剩下的這點生命獻出來，看到你變成善良聽話的孩子，就像過去的日子……當我把你帶到教堂時，你記得嗎，費魯喬？你在我口袋裡裝滿了小石子和草，我把睡著的你抱回家。那時候，你對你可憐的外婆很好。現在，我半身不遂了，我需要你的關愛，就像喘氣時需要空氣一樣，因為在這個世界上我什麼都沒有，只是個半死的老女人，我的上帝啊……」

費魯喬感動得不能控制自己，準備撲向外婆懷裡，不過這時他好像聽到一個來自旁邊通往菜園的小房間裡微弱的吱吱聲。但他不知道這是風吹窗戶框的聲音，或是其他聲音。

他側耳傾聽。

大雨嘩嘩地響。

噪音重複地響著，外婆也聽見了。

「是什麼呀？」過了一會兒外婆不安地問道。

「雨聲。」少年嘟囔道。

「那麼，費魯喬，」老人擦乾眼淚說道，「你向我保證今後做個好人，不再讓你可憐的外婆哭了……」

一個新的響聲打斷了她。

「但我覺得不像是雨聲！」她臉色蒼白地喊道，「去看看！」
不過她馬上又說：「別去，留在這裡！」她抓住費魯喬的手。
兩個人都屏住呼吸，聽到的只是雨水的聲音。
然後兩個人都打了個寒顫。他和她都聽到了小房間裡的腳步聲。
「是誰呀？」少年呼吸困難地問道。
沒有回答。
「是誰呀？」被嚇壞了的費魯喬再次問道。
但話音剛落，兩個人就同時發出驚叫。兩個男人闖進屋裡來，一個抓住少年並用一隻手捂住他的嘴，另一個掐住老人的脖子。第一個人說：「住嘴，如果你不想死的話！」第二個人說：「你住嘴！」亮出一把刀。兩個人臉上都蒙著黑布，只在眼睛處露出兩個洞。
一時間只能聽到四個人艱難的喘息聲和下雨的嘩嘩聲；外婆發出沉悶的出氣聲，眼珠都快瞪出來了。
那個抓住少年的人對著少年耳朵說：「你爸把錢放在哪裡了？」
少年一口氣回答，牙齒咯咯作響：「在那裡……衣櫃裡。」
「跟我來。」那個人說。把他拉到小屋裡，掐著他的脖子。那裡有一盞燈放在地上。

「衣櫃在哪裡？」他問道。
喘不過氣的少年指給他看衣櫃的位置。
為了不讓少年逃跑，那男人讓他跪在衣櫃前，用自己的兩條腿夾住他的頭，這樣如果他喊叫就可以阻止他。那男人用嘴叼住刀，一隻手提著燈，另一隻手掏出一個磨尖的鐵塊，把它塞進鎖眼裡，摸索，破壞，打開衣櫃的雙門，快速地到處亂翻，裝滿了衣服口袋，又再亂翻一遍，然後抓著少年的脖子拎起他，把他推到另一個看著外婆的人那裡，她嚇壞了，仰著頭，張著嘴。
那個男人低聲問道：「找到了？」
同伴回答道：「找到了。」
又說：「要注意門口。」
那個看著外婆的男人跑到菜園的入口去看有沒有人，從小房間用哨音一般的尖聲說：「過來。」
那個留下來抓著費魯喬的男人，向少年和睜開眼睛的外婆晃著刀子說：「別出聲，否則我回來宰了你們！」他盯著祖孫倆看了一會兒。
那一刻，從遠方大路上傳來很多聲音合唱的一首歌。
盜賊迅速向門口方向扭過頭去，在那個劇烈的動作中，蒙臉的布掉了下來。
外婆喊了一聲：「莫佐尼！」

「可惡！」被認出的賊喊了一聲，「你去死吧！」
他舉著刀撲向被嚇昏了的外婆。
殺人犯準備下手了。
但費魯喬大吼一聲，迅速地撲到外婆身上，用自己的身體擋住了外婆。
殺人犯撞開桌子逃跑，打翻了燈，燈滅了。
少年慢慢地離開外婆的身體，跪在地上，保持著那個姿勢，用雙臂抱住她的腰部，頭靠在她的胸口上。
過了一會兒，天變更黑了，農民的歌聲也慢慢在農田裡遠去。老太太醒了過來。
「費魯喬！」她用勉強能聽到的聲音喊著，牙齒咯咯作響。
「外婆！」少年回答道。
老人努力地想說話，但恐懼讓她的舌頭僵硬了。
她呆了一會兒，身體劇烈地顫抖。
「他們不在了？」
「不在了。」
「他們沒殺了我。」她悶聲嘟囔著說。
「沒有，您還活著。」費魯喬嘶啞著嗓子說。
「您還活著，親愛的外婆。他們只把錢拿走了。但爸爸……幾乎把錢都帶走了。」

外婆喘了一口氣。

「外婆，」費魯喬一直跪在地上，抱著她的腰說，「親愛的外婆……您愛我，對嗎？」

「哦，費魯喬，我可憐的孩子！」她邊回答邊把手放到他的頭上，「你該多害怕呀！哦，大慈大悲的上帝啊！你把燈點上……算了，我們還是在黑暗裡吧，我仍然很害怕。」

「外婆，」少年接著說，「我一直讓您難過……」

「不，費魯喬，別這樣說。我不想那些事了，我都忘了，我非常愛你！」

「我一直替您添麻煩，」費魯喬接著用顫抖的聲音艱難地說，「但是……我一直愛著您。原諒我好嗎？……請原諒我，外婆。」

「是的，孩子，我原諒你，我衷心地原諒你。想一想呀，我能不原諒你嗎？站起來吧，我的孩子。我再也不會責備你了，你是好孩子，你是非常好的孩子！我們把燈點起來，為我們增加一點勇氣。站起來，費魯喬。」

「謝謝外婆，」少年說，聲音越來越微弱，「我現在……很高興。您會記得我，外婆，不是嗎？您永遠會記得我……您的費魯喬。」

「我的費魯喬！」驚訝不安的外婆喊道，把手放到他的肩膀上，低著頭好像要仔細看他的臉。

「請您永遠記得我，」少年還在喃喃地說著，聲音小得如一陣輕風，「您吻一下我媽媽……我爸爸……路易吉娜……永別了，外婆……」

「看在上帝的份上，你怎麼啦！」外婆喊著，艱難地摸著少年靠在她膝蓋上的頭，然後絕望地用盡全力喊出來，「費魯喬！費魯喬！費魯喬！我的孩子！我的愛！天堂裡的天使，你們救救我！」

但費魯喬不再答話了。小英雄，他母親的媽媽的救命恩人，背部挨了一刀，已經把自己的靈魂交給了上帝。

病危的小瓦匠

☼ 十八日，星期二

可憐的小瓦匠病得很嚴重，老師讓我們去看他，我們決定由加羅內、德羅西和我一起去。斯塔爾帝本來也該來的，但老師幫我們安排了描寫加富爾紀念碑的作業，他跟我們說，為了描寫得更準確，他要去看加富爾紀念碑。這樣一來，為了試試，我們也邀請那個傲慢的諾比斯，他乾脆地回答我們：「不去。」沃蒂尼也找了個藉口，也許他怕弄髒他那漿過的衣服。

我們四點下課後去的。雨下得很大。在路上，加羅內停下來，嘴裡嚼著麵包對我們說：「買什麼東西呀？」他把口袋裡的錢弄得叮噹作響。我們每個人出兩個錢幣買了三個大柳丁。

我們爬上頂樓。在門口，德羅西摘下了獎章，把它裝進衣服口袋。我問他為什麼。「我不知道，」他回答說，「為了低調……我覺得不戴獎章進去更得體。」

我們敲門，小瓦匠的父親出現了，那個像巨人一樣的人：他臉色難看，好像是受了驚嚇。

「你們是誰？」他問。

加羅內回答說：「我們是安東尼的同學，我們幫他送來三個柳丁。」

「啊！可憐的小安東尼，」大瓦匠搖著頭喊道，「恐怕他吃不了你們的柳丁了！」他用手背擦著眼淚說。他讓我們進去。

我們進入了閣樓頂層的房間，在那裡，我們看見小瓦匠睡在一個小鐵床裡，他的母親撲在床上用雙手捂著臉，她勉強轉過臉看著我們。一邊牆上掛著刷子、一把鎬和石灰篩子。在病人腳下墊著大瓦匠的外衣，沾滿了石膏。

可憐的孩子變得瘦極了，臉色慘白，鼻子變更尖了，呼吸急促。哦，親愛的小安東尼，原本是多麼善良和快樂啊！我的同伴，我多難受呀，多願意再看到他做野兔鬼臉，可憐的小瓦匠！

加羅內把一個柳丁放在枕頭上他的臉旁，香味讓他醒來了，他馬上拿起柳丁，隨即又放開，他盯著看加羅內。「是我，」後者說，「我是加羅內，你認得出我嗎？」小瓦匠做出一個勉強的微笑，吃力地從床上抬起他的小手伸向加羅內。加羅內雙手抓住它，把它放到臉頰上說：「勇敢點，小瓦匠。你很快會好起來，會回學校的，老師會讓你坐在我旁邊，你高興嗎？」但小瓦匠不回答。

母親大哭起來：「哦，我可憐的小安東尼！我可憐的小安東尼！多麼能幹，多麼善良，上帝卻要把他從我們身邊的帶走！」

「你住嘴，」絕望的大瓦匠對她喊著，「看在上帝的份上，你住嘴吧，不然我就要失去理智了！」

然後他喘著氣對我們說：「你們走吧，走吧，孩子，謝謝，走吧，你們在這裡能做什麼？謝謝，你們回家去吧。」床上的小孩又閉上眼睛，好像死了。

「他需要幫助嗎？」加羅內問道。

「不，好孩子，謝謝，」大瓦匠回答道，「你們回家去吧。」說著，把我們推到門外，關上了門。

但我們樓梯還沒下到一半就聽到他喊：「加羅內！加羅內！」我們三個人都馬上回到樓上。

「加羅內！」大瓦匠變了臉色喊著，「他叫了你的名字，他已經兩天沒說話了，他叫了你兩次，要見你，快來。啊，親愛的上帝，希望這是個好兆頭！」

「再見，」加羅內對我們說，「我留在這裡。」說著他就和孩子父親回到屋裡去了。

德羅西眼裡充滿了淚水。我對他說：「你是為小瓦匠哭嗎？他說話了，他會好起來的。」

「我相信，」他回答說，「但我沒想他……我是在想加羅內多好呀，他的心靈多美呀！」

加富爾伯爵

☺ 二十九日，星期三

這是你該做的：對加富爾伯爵紀念碑的描述。你可以寫。但加富爾伯爵是什麼人，你現在還不太了解。

現在你只是知道這些：他曾經當皮埃蒙特的總理很多年；是他派軍隊去克里米亞，在諾瓦拉失敗後，以切爾納亞的勝利重振了我們軍隊的軍威；是他讓十五萬法國軍人跨過阿爾卑斯山，從倫巴第趕走了奧地利人；是他在我們革命最嚴峻的時期領導義大利，在那些年代給了祖國統一大業最大的推動力，他有閃耀的智慧、戰無不勝的毅力、超人的勤奮。

很多將軍在戰場上度過艱難的時刻，但他在內閣度過更艱難的時刻，當艱巨的事業隨時都可能功虧一簣，就像不牢固的建築被地震摧毀一樣，他度過充滿鬥爭和焦慮的日子，身心疲憊、心灰意冷。是因為這個巨大又艱難的工作，讓他的生命少活了二十年。儘管如此，他被可能致命的發燒折磨，仍然拼命地與疾病搏鬥，想為他的祖國做些事。

「很奇怪，」他在臨終的床上說，「我不會讀書了，我不能再讀書了。」

當人們幫他抽血，他發燒更嚴重時，依然想著他的祖國，斬釘截鐵地說：「治好我！我的腦袋開始混亂了，但我需要所有的精力來處理重大事件。」

當他臨終時，整個城市都在騷動，國王在他的床前，他艱難地說：「我有很多話要對您說，陛下，很多東西要給您看；但我病了，我不能，我不能了……」他軟弱無力。他總是熱切的思想著國家，想著義大利新統一進來的省份，想著很多要做的事。

當他幾乎神志昏迷時，他喘著粗氣喊著：「教育兒童……教育兒童和青年……以自由去統治。」

昏迷時間在加長，死亡臨近了，他用最熱烈的言語召喚與他曾經不和的加里波第將軍，還沒有被解放的威尼斯和羅馬，他對義大利和歐洲的未來看得很遠，即使睡夢中還憂心外國軍隊侵入，詢問著軍隊和將軍在哪裡？依然為我們、為他的人民操心。

他最大的痛苦，你懂嗎？不是沒有了生命，而是不能再為祖國服務，祖國還需要他。但為了祖國，在短短幾年內，他身體裡的驚人力量被耗盡。他嗓子裡還留著戰鬥的吶喊就死去了，他的死跟他的生命一樣偉大。

現在你想一想，恩里科，跟那些人的艱苦卓絕和殊死搏鬥相比，我們的工作算什麼？儘管讓我們感到沉重，但我們的痛苦，甚至我們的死亡又算得了什麼？那些偉人的心裡裝著全世界！

想想這些，兒子，當你走過那大理石雕像前時，應該發自內心對他說：「光榮屬於你！」

你的父親

四月

春天

☼ 一日，星期六

四月一日！這個學期只剩下三個月。今天上午是今年最美好的上午之一。

我在學校很高興，因為科萊帝說他後天要去看到訪的國王，跟他父親一起去，他父親認識國王；因為我母親曾對我許願，在那一天帶我去參觀位於瓦爾多可街的幼稚園。

我高興，也是因為小瓦匠病情好多了，昨天晚上老師路過時，對我父親說：「他很好，他很好。」

再說，是一個春天的上午讓我高興。

從學校的窗戶裡，可以看到蔚藍的天空，院子裡長滿枝芽的樹木，家家戶戶打開的窗戶，還有泛綠的花圃和花盆。

老師卻不笑，因為他從沒有笑臉，但他情緒很好，以至於幾乎看不到額頭正中豎著的皺紋；他在黑板上解釋一個問題，說著俏皮話。

看得出他很高興，呼吸著從開著窗戶進來的院子裡的空氣，充滿泥土和樹葉的新鮮氣味，令人想起在鄉村的散步。

當他解釋功課時，可以聽到附近街上傳來一個鐵匠打鐵的聲音，對面的房子裡一個女人在唱歌哄孩子睡覺；遠處，在切爾納亞兵營裡，軍號在吹響。所有人都好像很高興，甚至是斯塔爾帝。突然間，鐵匠開始更猛烈地打鐵，女人更高聲地唱歌。老師停下來，側耳傾聽。然後，看著窗戶慢慢地說：「微笑的天空，唱歌的母親，工作的紳士，讀書的孩子……這就是美好的事情。」

當我們走出教室時，我們看到其他人也都很快樂。所有人都排著隊行進，跺著腳唱著歌，就像是一個四天長假的前夕；女老師開著玩笑，戴紅羽毛的女老師在她班級孩子後面跳躍著，像個學生的樣子；孩子的父母也在歡笑談論著；柯羅西的母親，那個賣菜的女人，她的籃子裡有很多紫羅蘭小花，香氣充滿了整個大廳。

看到我母親在路上等著我，我從來沒有像今天上午這樣高興。我朝她走過去，並告訴她：「我很高興。不知道是什麼讓我今天上午這麼高興？」

我母親微笑回答我說，是美好的季節和美好的心靈。

翁貝托國王

三日，星期一

十點整，我父親從窗戶裡看到老科萊帝，那個木柴商人，跟他的兒子一起在廣場上等著我，對我說：「他們在這裡，恩里科，去看你的國王吧。」我健步如飛地跑下去。

他們父子二人比平時更加靈活，我從沒見過他們像今天早上這樣相像，他父親的衣服上在兩枚紀念章中間別著一枚獎章，兩撇尖尖蜷曲的小鬍子像是兩個別針。

我們立刻朝火車站走去，國王會在十點半到達那裡。

科萊帝的父親抽著菸斗，搓著雙手。「你們知道嗎？」他說，「我從一八六六年的戰爭之後就沒見過他，十五年加六個月的漫長歲月。先是在法國的三年，然後是在蒙多維，還有在這裡，我本來應該看到他，但他來的時候，我卻倒楣地從來都沒機會到城裡來。這就是命運的安排。」

他稱國王「翁貝托」，就像是戰友。「翁貝托指揮第十六師，翁貝托那時二十二歲零幾天，翁貝托總是這樣上馬。」等等。

「十五年！」他大聲說，邁著大步，「我確實太想見他啦。我離開他時，他是王子，現在再見到他，他是國王。我也變了，我從士兵變成賣木柴的。」他笑著說。

兒子問他：「如果他看見你，能認出你嗎？」

他大笑起來。

「你瘋啦，」他回答說，「哪裡可能呀。他，翁貝托，只有一個，而我們就像是螞蟻。再說，他哪裡可能一個一個地注視我們。」

我們走到維托里奧·埃馬努埃萊大道，有很多人都朝著火車站走。一個吹著號角的阿爾卑斯連經過，又有兩個快步小跑的騎馬憲兵經過。氣氛嚴肅得不得了。

「是呀，」科萊帝父親激動地喊著，「我的確很高興見到他，我的師長。啊！我老得多快呀！就好像是昨天我肩上背著背包，雙手拿著槍，在那個短暫的停火間隙，六月二十四日早上，短兵相接的前夕。翁貝托和他的軍官來來回回地走著，遠處又響起了炮聲，所有人都看著他說：『只要炮彈別打到他就好！』我根本想不到，過一會兒就會離他非常近，就在奧地利槍騎兵的長矛面前；但我們之間只有四步距離，孩子。那天天氣很好，天空像明鏡一般，但熱死了！我們看看能不能進去。」

我們到了火車站，那裡擠滿人，馬車、衛兵、憲兵，舉著旗子的隊伍，一個兵團的樂隊在奏樂。科萊帝的父親企圖從門廊下進去，但被阻止了。他想擠到出口處人群的第一排，他用手肘擠出一條路，在我們前面推開他人，但如浪潮的人海左右移動著。木柴商人盯住門廊的第一根柱子，但那裡的衛兵隊不讓人靠近。「你們跟我來。」他突然說，拉著我們的手，兩步跳過空出的一塊地，到了那裡，肩膀靠著牆壁。

一個警官立刻發現了，對他說：「這裡不許停留。」

「我是四十九團第四營的。」老科萊帝摸著獎章回答說。

警官看了看他，說：「那就待在這裡吧。」

「我說嘛！」老科萊帝高興地喊著，「四十九團第四營是一句神奇的話！我難道沒有權利自在地看看我的長官，我曾經在他的軍隊裡！如果我當初近距離看過他，我覺得現在近距離看他也是應該的。我說長官！有半個小時的時間，他曾是我們營的指揮官，因為在那一刻是他指揮我們，而那時和我們在一起的不是烏里赫少校，是神父。」

此刻在候車大廳內外看到的全都是紳士和軍官，門前排著馬車和穿著紅衣服的侍衛。

科萊帝問他父親，當年翁貝托王子在陣地時手裡是不是拿著寶刀。

「他肯定手裡拿著寶刀，」他回答說，「來防衛長矛的攻擊——長矛可不長眼睛。啊！瘋狂的魔鬼！他們攻擊我們就像是天神的憤怒。他們在小隊、方陣、大炮之間穿梭，就像是旋風吹動的風車一般，無所不入。阿萊桑德里亞的輕騎兵、福賈的長矛兵、步兵、槍騎兵、狙擊手，一片混亂，像是在什麼也分不清楚的地獄。我只聽到喊聲：『殿下！殿下！』看到落下的長矛，我們開槍，一片煙霧什麼都看不見了……後來煙霧散開……大地上滿是受傷、死亡的馬和槍騎兵。我往後看，看到翁貝托騎著馬在我們中間，他鎮靜地看著周圍，似乎在問：『我的孩子中有人受傷嗎？』我們朝著他的臉，瘋狂一般地喊道：『萬歲！』老天，那是什麼時刻呀……看呀，火車來了。」

樂隊奏樂，軍官立正，人群都踮起腳尖。

「唉，不會馬上出來的，」一個衛兵說道，「現在他們會對他致歡迎辭。」

科萊帝的父親得意洋洋。「啊！只要我一想，」他說，「就能看見他在那裡。他在瘋狂的躁動中泰然自若，不管怎樣，他在哪裡都是最棒的。在我腦子裡，他還是當年看到他時的樣子：在我們中間，神情自若。我敢肯定，他也記得四十九團第四營，即便今天是國王，他會很高興與當年的所有人同桌共餐。現在他身邊都是將軍、大官和顯赫人物，而當時只有可憐的士兵。如果我能面對面跟他說上幾句話該有多好！我們的二十二歲的長官，我們的王子，我們曾經用刺刀保護他。我們的翁貝托，十五年沒看到他了！啊！這個音樂讓我熱血沸騰。」

一陣喊聲打斷了他的話，上千頂帽子拋向天空，四個穿黑衣服的紳士上了第一輛馬車。

「是他！」老科萊帝喊道，就像是被迷住了一般。

然後緩緩地說：「我的天呀，他頭髮都白了！」我們三個都摘下帽子，馬車慢慢地來到我們面前，離柱子只有一步之遙。

「萬歲！」很多聲音喊著。「萬歲！」老科萊帝在其他人之後喊著。

國王看著他的臉，目光在三枚胸章上停留片刻。

這時老科萊帝控制不住了，他喊道：「四十九團第四營！」

國王原本已經轉過身去，這時又轉向我們，盯著老科萊帝的眼睛，從馬車裡伸出手來。

老科萊帝往前跳一步，握住他的手。馬車過去了，人群湧動，把我們分開，我們看不見科萊帝的父親了。但只是片刻，我們馬上就找到氣喘吁吁的他，雙眼濕潤，喊著兒子的名字，高高地舉著手。兒子撲向他，他喊著：「這裡，小東西，我的手還熱著哪！」他把手放在兒子的臉上，說，「這是國王的撫摸。」

他就那樣，像出了神似的，兩眼盯著遠去的馬車，微笑著，雙手握著菸斗，在一群好奇地看著他的人群中。

「他是四十九團第四營的一員。」他們說。

「是一名認識國王的士兵。」

「是國王認出了他。」

「是他向國王伸出了手。」

「他請求了國王。」一個人大聲說。

「不是，」老科萊帝回答說，他猛然地轉向那人，「我沒有提出任何請求。但如果他請求我，我會給他另一樣東西……」

所有人都看著他。

他簡單地說：「我的鮮血。」

幼稚園

四日，星期二

我母親兌現了對我的承諾，昨天早餐後帶我去了瓦爾多可大街的幼稚園，為的是向主任說情收留普萊克西的小妹妹。我從來沒看過幼稚園，太開心了！

二百名兒童，都那麼小，跟他們比，我們一年級的學生都是大人。

我們到達時，正是他們排隊去餐廳的時候，那裡有兩排長長的飯桌，上面有很多圓洞，每個洞裡有一個黑碗，盛滿了米飯和青豆，旁邊放著一把錫製的湯匙。

一些孩子進門時一屁股摔在地上，然後就坐在地板上直到老師把他們扶起來。很多孩子在經過的一個碗前停留，以為那是自己的位置，馬上就用湯匙吃東西，一個老師過來說：「往前走！」那些孩子往前走三四步，又吃一匙東西，再往前走，走到自己的位置時，已經白白喝了半份湯了。

終於，在往前推和「快點！快點！」的喊叫聲中，所有孩子才各就各位，開始祈禱。所有在裡面幾排的孩子，為了祈禱得背對著碗，卻都扭頭向後看著自己的碗，生怕被他人偷吃，然後就這樣祈禱，雙手合掌，眼望天空，但心裡想著餐點。最後才開始吃飯。

啊，這是什麼樣的場面呀！一個孩子用兩把湯匙吃飯，另一個用手抓著飯往嘴裡塞，很多孩子一粒一粒地拿青豆放進口袋裡，其他孩子把豆子放到圍裙裡，然後搗成麵糊，也有孩子不吃飯，卻看著蒼蠅飛，有些孩子咳嗽，把米飯噴得到處都是。

這裡就像是一個養雞場，但是很可愛。兩排小女孩看起來有模有樣，頭髮都梳在腦後，用紅的、綠的、天藍色的絲帶紮起來。一位老師問八個一排的女孩：「稻米是在哪裡生長出來的？」

八個女孩都張開了滿是湯飯的嘴，異口同聲地唱著回答：「是從水裡長的。」

然後，老師命令：「舉起手來！」

太好玩了，看著那些幾個月前還在襁褓中的小手臂舉起來，那些小手搖晃著，就像是很多白色和粉色的蝴蝶。

飯後大家都跑去玩遊戲，但走之前都拿起掛在牆上的小籃子，裡面裝著餐點。到了院子裡，孩子就各自散開，把自己的東西都拿出來：一塊麵包、幾個熟李子、一小塊乳酪、一個水煮蛋、一些蘋果、一把熟鷹嘴豆、一隻雞翅膀。

一時之間，整個院子裡都是食物渣，就好像在那裡撒了要餵一群鳥的食物。

孩子以各種奇奇怪怪的方式吃東西，像兔子、老鼠、貓一樣，嚼著，舔著，吸著。一個小男孩胸前捧著一根麵包條，把它蘸上果汁，就像是磨亮一把軍刀。

有些小女孩手裡捏著軟乳酪，結果弄得像乳汁一樣，手指間都是黏糊糊的，還順著手流在袖子裡，但她們一點也沒發現。

孩子嘴裡咬著蘋果和麵包，奔跑著，追逐著，就像小狗一樣。我看見三個孩子，把一個水煮蛋用小棍掏空，以為裡面有什麼寶貝，把掏出的部分丟在地上，然後再一塊一塊地撿起來，非常有耐心，就像是撿珍珠一般。那些有新奇東西的孩子，被八個十個孩子一起圍著一個食物籃，大家都低著頭往裡看，就像看井裡的月亮似的。

二十多個孩子圍繞著一個小個頭的孩子，他手裡拿著一紙筒的白糖，所有人都向他獻殷勤，希望能用麵包蘸一點兒。他讓一些孩子蘸了麵包，而對另一些求了半天的孩子，只允許他們用手指頭蘸了糖舔一下。

這時我母親來到院子裡，摸一下這個孩子，摸一下那個孩子。很多孩子都湊到她的身邊，仰起小臉讓她親，就像是看著四層樓高的東西，小嘴一張一閉的，就像跟媽媽要奶吃一樣。

一個孩子送給她被咬過的一瓣柳丁；另一個送一塊麵包皮；一個小女孩給她一片葉子；另一個女孩很嚴肅地向她展示食指的指尖，如果仔細看，有小小的腫脹，這是前一天她摸蠟燭火苗的結果。

他們讓她看一些很小的昆蟲，就像是什麼神祕的東西，我不知道他們怎麼能看見並捉到牠們。還有一些半截的軟木塞，一些襯衫的扣子，或一些從花盆裡摘來的小花。

一個頭上纏著繃帶的孩子，無論如何要她聽他說話，對她結結巴巴地講我也搞不懂是怎麼摔了一個大跟頭的故事，我媽媽卻一句也聽不懂。另一個想讓我母親彎下腰來，對著她的耳朵說：「我爸爸做刷子。」

此時，這裡那裡正發生著無數意外情況，迫使老師東奔西忙：女孩在哭，因為解不開一個手帕的結；其他女孩在吵架，互相用指甲抓著喊著，為的是爭兩個蘋果核；一個男孩摔了一跤，趴在一個翻倒的小長凳上，在那裡哭泣，卻站不起來。

走之前，我母親抱起了三四個小孩，孩子都跑過來，希望被抱一下，臉上都是蛋黃和柳丁汁，有的抓著她的手，有的拿著她的手指，為的是看看戒指，有的拉她手錶上的鍊子，有的想抓她頭上的辮子。

「小心，」老師說，「他們會弄壞您的衣服。」但我母親才不在乎她的衣服呢，她繼續親他們，那些孩子更貼近她，前面的伸出手臂，就好像要爬到她身上去，後面的努力地往前擠，所有人都喊著：「再見！再見！再見！」

最後，她終於從院子裡逃出來了。所有的孩子都跑到大門口，臉貼著欄杆，想看到她過去，把手臂伸出去向她致意，繼續送給她麵包，幾片水果和乳酪皮，大家都喊著：「再見！再見！再見！明天回來！下次再來！」

我母親一邊逃走一邊輕拍那些張開的小手，就像在觸摸一個新鮮的玫瑰花環。

終於安全地到了路上，渾身都是食物殘渣和漬跡，衣服淩亂不整，一隻手上都是花朵，眼裡都是淚水，高興得就像是參加了一個聚會。

我們仍然能聽到裡面的聲音，就像是很多鳥在咕咕叫，在說：「再見！再見！下次再來，太太！」

上體操課

五日，星期三

天氣持續晴朗，於是我們從室內的體操轉移到院子裡做器械體操。

加羅內昨天在校長辦公室裡正好遇到前來談話的內利的母親，那位穿著黑衣的金髮女士，為了讓他兒子不參加新的訓練。

每一句話她都說得很吃力，她一隻手放在孩子頭上，對校長說：「他不行……」但是，內利顯得很難過：不能玩器械，還要忍受更大的難堪……「你看著吧，媽媽，」他說，「我能和其他人一樣。」

他母親默不作聲地看著他，表情充滿憐憫和愛意，然後猶豫地反駁說：「我怕他的同學。」她想說：我怕他們嘲笑他。」

但內利回答說：「我不在乎……再說有加羅內。只要他不笑我就滿足了。」

這樣他也被允許來上課了。

那個曾追隨加里波第作戰、脖子上有傷痕的老師，馬上把我們帶到很高的爬竿前面，要求大家都爬到頂端，然後直立在橫梁上。

德羅西和科萊帝像兩隻猴子一樣上去了，小個子的普萊克西也很快就上去，儘管那件及膝的大衣一直阻礙他，為了逗他笑，同學都重複著他的口頭禪：「對不起，對不起！」

斯塔爾帝喘著氣，臉紅得像隻火雞，咬著牙，像一隻發怒的小狗，但即使是冒著憋得快爆炸的危險，他也要爬上頂端，他的確爬到了；諾比斯也上去了，他站在上面時，擺出了皇帝般的驕傲姿勢；但沃蒂尼兩次滑下來了，儘管他穿著特地為體操課做的藍條圖案的漂亮新衣。

為了更順利地爬上去，所有人都在手上抹了希臘松樹的樹脂，俗稱松香。要知道，那個無所不賣的加羅非為所有人找來一紙包粉狀的松香，每包賣一個錢幣，他也算賺了一筆錢。

再往後就輪到加羅內了，他嚼著麵包爬上去，若無其事一般，我覺得他背著我們中的一個人上去也沒問題，反正他體格粗壯有力，像隻牛一般。

加羅內之後，就輪到內利。一看到他用細長的手抓住爬竿，很多人都開始笑起來，說著風涼話，是加羅內粗壯的雙臂交叉在胸前，眼裡射出一道銳利的目光，讓人明白即使在老師面前他也會打嘲笑的人，讓所有人立即停止了譏笑。內利開始往上爬，他費盡了力氣，臉憋得發紫，大口喘著氣，額頭上流下汗水。

老師說：「你下來吧。」但他不下來，努力，拼盡全力。我一直盼望著他可以放棄。

可憐的內利！我想，如果我像他一樣，如果我媽媽看見我，她會有多麼難過，我可憐的媽媽。想到這些，我對內利充滿了同情，我會給他一切，只要他能爬上去，我願意在底下推他一把，趁沒有人看見時。

這時加羅內、德羅西、科萊帝一起說：「加油，加油，內利，加油，再往上一點，勇敢點！」內利再次拼盡全力，哼了一聲，離橫梁只有兩隻手掌遠了。

「真棒！」其他人喊著，「勇敢點，再用點力！」這時內利抓到了橫梁。全體鼓掌。

「你真棒！」老師說，「但是夠了，你下來吧。」不過內利希望跟其他人一樣爬到頂端。一番努力之後，他成功地將手肘放在橫梁上，然後是膝蓋、腳，最後他站了起來，喘息著、微笑著看著我們。

我們又鼓起掌來，他卻看著路上。我也轉過臉看著那邊，通過遮住院子柵欄的植物，我看到他母親在人行道上散步，不敢往這邊看。內利下來了，所有的人都祝賀他，他很激動，臉紅，兩眼放光，好像換了一個人。

然後，在大門口，當他母親來接他時，擁抱著他，有些不安地問：「可憐的兒子，怎麼樣？怎麼樣？」

所有同學都一起回答：

「他成功了！」

「跟我們一樣，他上去了。」

「他很棒，您知道。」

「他很敏捷。」

「他跟其他人沒什麼兩樣。」

真應該看看她那時有多麼喜悅！

她想感謝我們，但是不能，她跟三四個人握握手，撫摸了一下加羅內，就急忙把兒子帶走了。我們看著他們快速地遠去，他們之間說著話，打著手勢，兩人都很高興，過去沒有人見過他們之間有這樣的場面。

我父親的老師

☼十一日，星期二

昨天我跟父親去郊遊，好棒呀！

事情是這樣的：前天午餐時，我父親讀著報紙突然驚叫起來，然後說：「二十年來，我一直以為他死了！你們知道嗎，溫琴佐．克羅塞帝，我小學第一個老師，他還活著，已經八十四歲了！我在報上看到教育部為他頒發六十年教育成就獎。六十年，你們知道嗎？他退休才兩年時間。可憐的克羅塞帝！他住的地方，孔多維，離這裡只要坐一個小時的火車，就是我們基耶里別墅老園丁的家鄉。」又加一句，「恩里科，我們去看他。」整個晚上，話題都是他，他小學老師的名字讓他回憶起小時候的很多事情，他最初的同學、已故的母親。

「克羅塞帝！」他感歎著，「我上學的時候，他才四十歲。我感覺還能看見他，一個已經有點駝背的矮個子，淡色的眼睛，臉上鬍子總是刮得乾乾淨淨。很嚴肅，但是和藹，對我們好得像個父親，也不放過任何錯誤。他來自農民家庭，全靠拼命讀書和省吃儉用才當上老師，是一位正人君子。我母親非常喜歡他，我父親待他如同好友。他怎麼從都靈跑到孔多維去了？他肯定認不出我了。不過這不重要，我一定能認得他。已經過了四十四年，恩里科，我們明天去看他。」

昨天早上九點，我們已經在蘇薩火車站了。我本來希望加羅內也一起來，但他來不了，因為他媽媽病了。一個春季的好天氣。火車在綠色草原和開花的籬笆間奔馳，空氣中彌散著春天的氣息。我父親很高興，時不時地把手放在我脖子上，像對朋友一樣跟我說話，看著窗外的田野。

「可憐的克羅塞帝！」他說，「除了我父親，他是對我最好和照顧我的人。我永遠不會忘記他對我的教誨，還有嚴厲的批評，每次讓我回家都還是覺得難過。他的手很大很短。我好像又看到他進入學校，把教杆放到一邊，把大衣掛在衣架上，永遠是同一個姿勢。每天都是同一個表情，總是很負責、善良和專注，就好像每天都是第一次上課。現在我仍然記得他對我喊著說：『博蒂尼，哎，博蒂尼！食指和中指在筆的那個位置！』四十四年以後，他可能變化很大。」

一到孔多維，我們就去找基耶里的老園丁，她在一條小巷裡有一個臨街的小商店，我們看到她和孩子在一起。她見到我們很高興，跟我們說她丈夫的情況，他在希臘那裡已經工作三年了，還沒有回來；講她的大女兒在都靈的聾啞學校上學。然後她告訴我們去老師家的路，這裡的人都認識他。

我們從小鎮出來，走一條上坡小路，兩邊都是開著花的籬笆牆。

我父親不再說話了，好像沉浸在回憶中，不時微笑一下，然後搖著頭。突然，他停了下來，說：「就是他，我敢打賭，那就是他。」

一個矮小的老人沿著小路向我們走下來，白鬍子，寬邊帽，拄著拐杖，拖著腳走路，他的手在顫抖。

「是他。」我父親重複說著，加快了腳步。

當我們走近他時，我們停住了。老人也停下了，看著我父親。他的樣子還算有精神，眼睛明亮靈活。

「是您嗎？」我父親摘下帽子問道，「溫琴佐．克羅塞帝老師？」

老人也摘下帽子回答說：「是我。」聲音有些顫抖，但很飽滿。

「太好啦，」我父親說著，拉起他的一隻手，「請允許您的老學生握您的手，並向您致意。我從都靈來看您。」

老人驚奇地看著他，然後說：「我太榮幸了……我不知道您是我哪時候的學生？對不起。告訴我您的名字。」

我父親說出他的名字，阿爾貝托．博蒂尼，還有他上老師課的年份，在哪裡上的。還補充說：「您不記得我，這很自然。但我卻很清楚地記得您！」

老師低下頭看著地面，一邊想著，一邊低聲念了兩三遍我父親的名字，我父親這時微笑盯著他看。

突然，老人抬起了頭，瞪大眼睛慢慢地說：「阿爾貝托．博蒂尼，博蒂尼工程師的兒子？那個住在康索拉塔廣場的工程師？」

「對呀。」我父親說著並握起他的雙手。

「那麼……」老人說，「請允許我，親愛的先生，請允許我。」他走上前來擁抱了我父親，他那滿頭白髮的腦袋剛剛到我父親的肩膀。我父親把臉貼到他的額頭上。

「你們跟我來。」老師說。

他沒說別的，轉身向他家走去。幾分鐘後，我們到了一個打穀場，前面有一個開了兩個入口的房子，其中一個周圍有一段刷成白色的牆。

老師打開第二扇門，讓我們走進屋裡。四面牆壁都是白色的，一個角落裡有一張支架床，上面鋪著藍白方格圖案的床單，另一個角落有一張小桌子和小書架，還有四把椅子，牆上釘著一張老地圖。空氣裡飄溢著蘋果的芳香。

我們三個人都坐了下來。我父親和老師默默地對視了片刻。

「博蒂尼！」老師喊道，眼睛盯住磚鋪的地板，陽光下像是一個棋盤。「哦，我記得。您的母親是個多好的太太呀！您，一年級，一段時間坐在左邊第一排，靠近窗戶。看呀，我記得對不對。我彷彿看到您當時的卷髮。」然後，他又想了想，「您是個活躍的孩子，對吧？非常活躍。二年級時，您得了咽喉炎。我記得他們把您送回學校時，瘦了很多，被圍巾包著。已經過了四十年了，不是嗎？您太好了，還記得可憐的老師。幾年前其他人也來過，您知道嗎，我過去的學生來這裡看我：一個上校，幾個神父，很多紳士。」

他問我父親從事什麼職業，然後說：「我很高興，打從心底感到高興。謝謝您，現在已經有一段時間沒有人來看我了。我真害怕您是最後一個，親愛的先生。」

「您說什麼呢！」我父親喊道，「您身體好，還很清醒，別說這樣的話。」

「不是，」老師回答說，「您看到我發抖了嗎？」他展示雙手，「這不是好現象。三年前，我還在上課時就有這個狀況了。剛開始我不在意，以為會過去，但卻沒有停止，而且越來越厲害。終於有一天，我不能寫字了。啊！那一天，我第一次在學生作業本上沾染墨水了，這對我是一個沉重的打擊，親愛的先生。我又這樣忍耐了一段時間，但後來堅持不住了。我教書六十年後要跟學校、學生和工作告別了，真是太殘酷了，您知道嗎。最後一次上課，所有學生送我回家，幫我慶祝，但我很難過，我明白，我的生活結束了。一年前，我已經失去妻子和我的獨生子，我只有兩個當農民的孫子。現在，我只靠幾百里拉的養老金過活。我什麼都不想做了，日子好像過不下去了。我唯一的事情，您看，就是翻閱學校的舊書、校報集，他們送給我的幾本書。都在那裡，」他指著小書架說，「那裡有我的回憶，我的全部過去……我在世界上只有這些了。」

突然之間，他轉換為一種快樂的語調：「我想要給您一個驚喜，親愛的博蒂尼先生。」

他起身走近小書桌，打開一個長抽屜，裡面有很多用繩子捆起來的信封，每個信封上都寫著四位數的編號。他找了一會兒，打開一個，翻了很多張紙，抽出發黃的一頁交給我父親。這是他四十年前的作業！標題上面寫著：阿爾貝托・博蒂尼。聽寫。一八三八年四月三日。我父親立刻認出他童年時的粗大筆跡，微笑著開始讀。但是，淚水突然濕潤了他的眼睛。我站起來，問他怎麼啦。

他一隻手放在我的腰上，緊緊地抱住我說：「看看這頁紙。看見了嗎？這是我可憐的母親幫我改的。她總是強調我寫的字母l和t。最後幾行都是她寫的。她學會了模仿我的字體，當我疲倦想睡時，她會替我寫完作業。我親愛的母親！」

他親吻那張紙。

「這些，」老師展示著其他信封說，「我的回憶錄。每一年我都保存一份我每個學生的作業，都在這裡整理好了，編了號。有時，我就這樣翻翻，這裡讀一行，那裡讀一行，回想起很多事情，就像回到了過去。多長時間過去了，親愛的先生！我閉上眼睛，就看到一張張的臉，一個個的班級，成百成百的孩子，誰知道有多少人已經死去了。我記得很多人，記得最好的和最壞的學生，記得那些給了我很多滿足感的和那些讓我難受的。當然您也知道，這麼多的學生中，有的也是危險如蛇。

但是，您明白，就好像我已經到了另一個世界般，所有的學生我都愛。」

他又坐下，雙手捧起我的一隻手。

「那我呢，」我父親微笑著問，「您不記得我做過什麼壞事嗎？」

「您嗎，先生？」他回答道，也微笑著，「沒有，暫時想不起來。但這不表示您沒做過。不過您很有正義感，在那個年齡，您算是很嚴肅。我記得您母親有多麼熱情……您太好了，太客氣了，還來看我！您怎麼能放下正事，來看一個年邁的可憐的老師？」

「請您聽呀，克羅塞帝先生，」我父親激動地回答道，「我記得，我可憐的母親第一次帶我去您的學校，那是她第一次要跟我分開兩個小時，讓我走出家門，把我交給其他人，而不是我的父親，總之，交給陌生人。我的入學就像走向社會，是一系列必要的痛苦分離的開始；是社會第一次從她手裡奪走兒子，不讓她再全部占有他。她很激動，我也是一樣。她把我託付給您，聲音顫抖，然後走了，在出口處向我告別，眼裡含著淚水。正是那一刻，您的舉動，一隻手揮動著向她告別，另一隻手捂著胸口，似乎在對她說：『夫人，請相信我！』的確，您的舉動，您的眼神，讓我知道您明白我母親所有的情感，所有的思緒，那個眼神似乎在說：『勇敢點！』那個舉動是充滿保護、關愛和寬容的保證，我從來沒忘記過，已經永久刻印在我心裡。因為那個記憶，讓我決定從都靈出發來到這裡。四十四年之後，現在，我想對您說：謝謝，親愛的老師。」

老師不回答，他用手撫摸著我的頭髮，他的手抖啊，抖啊，從頭髮跳到額頭，從額頭跳到肩膀。

與此同時，我父親看著那空空的四壁，那張寒酸的床，窗臺上一塊麵包和一小瓶油，好像要說：可憐的老師，工作六十年後，這就是對您的全部獎勵嗎？

但是，這位老人非常高興，重新打開話匣子，像我們家，像那些年代的其他老師，像我父親的同學那樣活躍；他記得某些同學，而另一些他不記得，互相談論著各自知道的資訊。我父親打斷了談話，請求老師去小鎮上和我們共進午餐。他爽快地回答說：「謝謝您，謝謝您。」但他好像在猶豫。

我父親用雙手扶起他，再次請求他。

「但是我怎麼吃呀，」老師說，「用這雙可憐的抖成這樣的手？別人看著也難受呀！」

「我們會幫助您，老師。」我父親說。於是，他微笑著搖晃腦袋，接受了。

「這是多美好的一天，」他從外面關門時說，「美好的一天，親愛的博蒂尼先生。我向您保證我會終生難忘。」

我父親用手攙扶著老師，老師則牽著我的手，我們沿著小路下去。

我們遇見兩個趕牛的赤腳小姑娘，一個肩上背著很多乾草跑過去的少年。老師跟我們說那是二年級的兩個女生和一個男生，他們上午趕牲畜去放牧，赤腳在田裡工作，下午他們才穿上鞋子去上學。已經快中午了，我們再沒遇見其他人。

才幾分鐘，我們就到了餐廳，坐在一張大桌子旁，讓老師坐在中間，然後馬上開始吃飯。

餐廳安靜得像是修道院。老師非常愉快，激動讓他的手抖動得更厲害，幾乎無法吃飯。我父親替他切肉，幫他掰麵包，幫他把鹽放進圓盤裡。他需要用兩手握著杯子喝水，杯子不時和嘴裡牙齒相碰。但他激動地不斷說著他年輕時讀過的書，說著當年的作息時間，說著他對高年級的讚揚，說著最近這些年的規定。他還是那張寧靜的臉，比先前更紅了一點。他有快樂的聲音，年輕人一般的大笑。我父親看著他，帶著我偶爾發現他在家看著我時的同樣表情：他想事的時候，就情不自禁地微笑，把臉扭向一邊。

老師把葡萄酒灑在胸前了，我父親就站起來，用餐巾幫他擦拭乾淨。

「別，先生，我不能讓您這樣！」他說，不停地笑著，不斷說些拉丁語詞。

最後，他舉起酒杯，手顫抖著，神情嚴肅地說：「為了您的健康，親愛的工程師先生，為了您的孩子，為了紀念您善良的母親！」

「為了您的健康，我的好老師！」我父親回答道，握著他的手。

餐廳裡有老闆和其他人，他們微笑看著我們，好像很高興有讓他們小鎮老師這樣體面的場面。

兩點過後，我們出來了，老師想要送我們去火車站。我父親再次攙扶著他，他也再次牽著我的手，我拿著他的手杖。人們停下腳步望著我們，因為大家都認識他，有些人還向他打招呼。走了一段路後，從一個窗戶裡，我們聽到很多孩子一起朗讀、拼寫的聲音。老人停住了，他好像很難過。

「這就是了，親愛的博蒂尼先生，」他說，「讓我難受的是，聽到孩子在學校裡的聲音，但自己卻不在裡面了，而是其他人在教書。我聽了這個音樂六十年，它抓走了我的心……現在我沒有家。我沒有孩子了。」

「不，老師，」我父親邊走邊對他說，「您還有很多孩子，分散在世界各地，他們記得您，就像我一直記著您。」

「不，不，」老師痛苦地回答，「我沒有學校了，我沒有孩子了。沒有孩子，我就活不了多久。我的壽限快到了。」

「別這樣說，老師，別這樣想，」我父親說，「不管怎麼說，您做了很多好事！您的一生過得很光彩！」

老師一時把滿頭白髮靠在我父親的肩膀上，握了一下我的手。

我們進了火車站。火車就要出發了。

「再見，老師！」我父親親吻著他的臉頰說。

「再見，謝謝，再見。」老師說著，用他顫抖的雙手握著我父親的手，把它放在心口上。

然後我也親吻了他，我感到他的臉都是淚水。

我父親把我推上了車廂，在上車時從老師手裡拿過粗糙的拐杖，而把他自己漂亮的刻有姓名的銀把手杖給了他，對他說：「送您留做紀念吧。」

老人試圖還給他拿回自己的，但我父親已經進入車廂並把門關上了。

「再見啦，我的老師！」

「再見啦，孩子，」老師回答著，火車已經開動了，「上帝會保佑你，你為一個可憐的老人帶來了安慰。」

「再見！」我父親喊著，聲音激動。

但老師搖著頭，好像說「我們不會再見面了」。

「肯定會的，肯定會的，」我父親說，「再見。」

老師舉著顫抖的手，指向天空回答說：「在那裡見。」

就這樣，他高舉著手，消失在我們的視線中。

康復

☼ 二十日，星期四

誰會想到，在我跟父親那次愉快的旅行之後，我整整十天都沒看見鄉村，也沒看見天空！

我病得很嚴重，生命垂危。我聽到母親的哭泣，看到父親臉色慘白盯著我看，我姐姐希爾維婭和我弟弟低聲交談，戴著眼鏡的醫生無時無刻不在床前，對我說些聽不懂的話。確實，我當時已經像是要跟大家告別的樣子了。啊，我可憐的母親！

至少有三四天，我什麼事情都記不得，就像做了一場糊里糊塗的夢。我好像看見在我床邊，我小學二年級的老師用手帕捂住嘴咳嗽，為的是不打擾我；我胡亂地記得，我的老師低頭親我，他的鬍子扎了我的臉；我在朦朧裡看見眼前走過柯羅西的一頭紅髮，德羅西的一頭金色卷髮，穿著黑衣的卡拉布里亞人，加羅內給我一個帶葉子的橘子，他馬上就走了，因為他母親生病了。

然後，我好像從一個長長的夢裡醒來，看到我父母都在微笑，我姐姐在輕聲唱歌，我知道，我好起來了。

哦，多痛苦的噩夢！

後來我一天天地好起來。小瓦匠來看我，又用那張野兔臉逗我笑，由於生病，拉長的臉裝得更像野兔了，小可憐！科萊帝來了。加羅非來了，送我兩張他的新彩票，能贏得他在貝爾托拉街小商店弄來的「五驚喜轉筆刀」。昨天普萊克西來了，我當時在睡覺，他把臉貼在我的手上，沒吵醒我，他好像是從他父親的鐵匠鋪來的，滿是煤炭的臉在我的袖子上留下痕跡，我醒來後看到它覺得很高興。

短短的幾天，樹都變得好綠呀！當我父親把我帶到窗戶旁時，我多麼羨慕那些抱著書本跑向學校的孩子！但過不了多久，我就能回去了。我迫不及待想再看到所有孩子，我的課桌，院子，那些街道，知道這段時間發生的一切，重新開始看我的書，彷彿一年沒看見它們了！

我可憐的母親，變得多瘦多蒼白。我可憐的父親，他顯得多憔悴。我的好同學，他們來看我，他們輕手輕腳，親吻我的額頭！

一想到有一天我們將分離，我現在就感到難過。我和德羅西及少數其他人也許還會一起繼續讀書，但其他人呢？一旦四年級結束就會永別，不會再見了。我如果再生病，就不會看到他們在我的床邊；加羅內、普萊克西、科萊帝，很多好孩子，很多善良親愛的同學，我再也見不到了！

工人朋友

二十日，星期四

恩里科，為什麼你會再也見不到同學了呢？

這取決於你。

四年級結束後，你將上初中，而他們將當工人，但也許你們將很多年都在同一個城市裡。

那麼，為什麼你們將見不到面了？當你上高中或大學時，你去他們的商店或工廠找他們，再看到你童年時的同伴長大成人，已經在工作，將是非常快樂的事。

我想看到你去尋找科萊帝和普萊克西，不論他們在哪裡。你會去跟他們共度幾個小時，你將看到，他們在社會的大課堂裡，能教導你有多少別人不能教你的東西，關於他們的職業、關於社會、關於你的國家。

注意，如果你不珍惜這份友誼，你將很難在未來建立新的友誼，我指的是在你所屬階層之外的友誼；這樣你將生活在一個單一的階層中，而只生活在一個單一社會階層的人，就像是只研究一本書的學者。

所以，從現在起，你就得保持與這些好朋友的聯繫，即使將來你們分開。從現在起就開始培養這份最佳的友誼，正因為他們是工人的孩子。你看：上流社會的人是當官的，工人是勞動的戰士，但社會就像是軍隊，戰士並不比軍官下賤，因為高貴顯現在工作中，而不是在收入上，顯現在價值中，而不是在軍銜上。如果論到功勞，那麼戰士和工人應該更高一等，因為他們從工作中獲利很少。

因此，與所有人相比，你要更熱愛同學中勞動戰士的孩子，尊敬他們父母的辛苦和犧牲，蔑視運氣和等級的差別，只有卑鄙的人才以這些作為情感和禮貌的標準。想一想，讓我們祖國復活的幾乎一切都是來自工廠和田野勞動者的鮮血。

愛加羅內，愛普萊克西，愛科萊帝，愛你的小瓦匠，在他們小小的工人胸膛裡面跳動著王子的心，對你自己發誓，任何變化都不能奪走你心靈裡這些神聖的童年友誼。

你要發誓，如果四十年後，走過一個火車站，你認出一個火車司機是加羅內，臉上滿是黑煤……哦，我不需要你對我發誓，我相信你會跳上火車，摟住他的脖子，儘管你可能是國家的參議員。

你的父親

加羅內的母親

☼ 二十九日，星期六

剛一回到學校，就聽到了一個壞消息。加羅內很多天都沒來學校了，因為他母親病得很厲害。她星期六晚上去世了。

昨天早上，剛一進學校，老師就對我們說：「加羅內經歷了一個孩子所能遭遇的最悲慘的事：他母親去世了。明天他回來上學。我從現在起就請求你們，孩子，尊重他撕心裂肺的悲痛。當他進來時，熱烈但嚴肅地歡迎他，不許開玩笑，不許對他笑，我要求你們。」

今天早上，可憐的加羅內進來得比其他人都晚一些。看到他，我的心往下一沉。他臉色很難看，雙眼通紅，站立不穩，就好像他大病一個月，幾乎認不出他來了。他一身黑衣，令人心生憐憫。沒有人敢喘大氣，大家都看著他。

他剛一進來，再次看到這所學校，過去幾乎每天他母親都來接他；這個課桌，每次考試她都多次俯下身來叮囑他；睹物思親，他多次想到母親，巴不得向她跑去，絕望地哭了起來。

老師拉近他，把他貼在胸前，對他說：「哭吧，哭吧，孩子，但你要堅強起來。你母親不在了，但她還看著你，還愛著你，仍然活在你身邊，有一天，你會再看到她，因為你跟她一樣好心和誠實。堅強起來。」

說完，老師把他帶到靠近我的座位上。我不敢看他。他掏出已經很多天沒打開的書本，當打開一本讀物，上面有一張畫著母親牽著兒子的圖畫，他再次哭了起來，頭伏在課桌上。

老師用手勢示意我們別打擾他，開始講課。我想跟他說幾句話，但不知說什麼。我把一隻手放在他的手臂上，對著他的耳朵說：「別哭了，加羅內。」

他不回答，頭也沒從桌子上抬起來，只是把手放在我的手上，握了一段時間。放學時沒有人跟他說話，卻都默默無聲地充滿同情地圍在他身旁。我看到母親在等著我，就跑去擁抱她，但她推開我，看著加羅內。我一時不明白為什麼，但後來我發現獨自在一旁的加羅內在看著我，用一種無以名狀的悲傷看著我，好像在說：「你能擁抱你的母親，我卻再也不能擁抱我的母親了！你還有你的母親，我母親已經死了！」

這時我才明白為什麼我母親推開我，於是，走出去的時候，我也沒拉著她的手。

朱塞佩．馬志尼

☼ 二十九日，星期六

今天早上，加羅內仍然臉色蒼白、哭腫著眼睛來上學。他只看了一眼我們放在他桌子上用來安慰他的小禮物。

老師帶來了一本書，找出一頁讀給他聽，用來安慰他。在此之前，老師通知我們：大家明天都去市政府，去看他們為一位從波河裡救了一個兒童的孩子頒發獎章，星期一將做關於頒獎描述的聽寫，以此來代替每月的故事聽寫。然後，他轉向低著頭的加羅內，對他說：「加羅內，努力一下，你也參加聽寫。」

我們都拿起筆來。老師開始念：「朱塞佩．馬志尼，一八〇五年出生於熱那亞，一八七二年去世於比薩，偉大的愛國者，偉大的寫作天才，義大利革命的發起者和第一個實踐者。出於對祖國的愛，四十年忍受貧困、流放、迫害、漂泊、疾病，對原則和理想堅貞不渝。朱塞佩．馬志尼敬佩他的母親，並在母親那裡吸取了最崇高和最純潔的，那堅強而溫柔的靈魂，而他為了安慰他最忠實朋友的最大不幸，這樣寫道——這大約是他的原話：朋友，在這片土地上，你再也看不到母親了。這是可怕的事實。我沒有來看你，因為你的痛苦是每個人要自己去忍受的莊嚴且神聖的痛苦。請理解我用『戰勝痛苦』這些話想表達的意思：戰勝痛苦中不太神聖、不太崇高的一面；那個非但不能強化心靈，反而弱化心靈的一面。但痛苦的另一面，高貴的一面，讓心靈擴大和上升的一面，應該與你同在的一面，再也不會拋棄你。在這世界上沒有人能替代一位好母親。無論生活還會帶給你其他的什麼痛苦和安慰，你永遠不會忘記她。但你得記住她、熱愛她，為她的死而痛苦卻不要辜負她。」

「哦，朋友，聽我說。死亡是不存在的，它算不得什麼，甚至都無法去理解。生命就是生命，遵守生命的規則：進步。昨天你在世界上有一個母親，今天你在別處有一個天使。在塵世生活裡，一切善良都會更強而有力地存在。因此，你母親的愛也一樣。她比以往任何時候都更愛你。你的行為要對她更加負責。在另一個世界裡能否再遇到她，能否再見到她，取決於你和你的行為。因此，出於對母親的愛和崇敬，你應該造就自己，讓她為你高興。從今以後，你的每一個行為都要對自己說：我媽媽會同意嗎？雖然她死去了，但你在這世界上卻多了一個保護天使，你要對她報告你的任何事情。你要堅強和善良；抵制絕望和痛苦；擁有偉大靈魂所有的堅忍：這是她所希望的。」

「加羅內，」老師補充說，「你要堅強和鎮靜，這是她所希望的。明白嗎？」

加羅內點點頭，這時他熱淚盈眶，淚水流到手上、筆記本上、課桌上。

本月故事・見義勇為

下午一點，我們和老師在市政大樓前，觀看政府頒發功勳獎章給拯救波河落水同學的孩子。

市府大樓正面的陽臺上飄揚著三色旗。

我們走進大樓的院子，那裡已經擠滿了人。院子深處有一張鋪著紅絨布的桌子，上面有些紙張，後面是一排市長和政府官員的金色高椅子，還有穿著藍襯衫和白褲子的市政府服務人員。

院子右邊是一排市政衛隊的旗幟，上面有很多獎章，旁邊有一個海關衛隊的旗幟；另一邊是穿著節日服裝的消防員，還有很多士兵隨便地站著，他們是來觀看的：有騎兵、狙擊手、炮兵。然後周圍是紳士、平民、一些軍官、婦女和兒童擠在一起。

我們擠在一個角落，那裡已經有很多其他學校的學生和他們的老師。我們旁邊有一些平民孩子，年齡在十歲到十八歲之間，他們高聲大笑和說話，一看就知道是波河鎮的，是得獎者的同學和熟人。

大樓上面，所有的窗戶都有市政府的職員；圖書館的走廊也擠滿了人，靠著欄杆；在欄杆對面，在正門的樓上，擠滿大量的公立學校的女學生，很多是軍人的女兒，戴著漂亮的藍頭巾。

這裡就像是一個劇院。大家都快樂地交談著，不時看著紅色的桌子那邊有沒有人出現。在走廊的深處，樂隊輕聲演奏著。太陽照耀著高牆，很美。

突然，院子裡，走廊上，窗戶前，大家都鼓起掌來。

我踮起腳尖往前看。站在紅桌子後面的人群閃開一條路，走出一男一女。男士領著一個小孩，就是那個救了同學的孩子。

男士是他的父親，一個泥瓦匠，穿著正式的服裝。女士，他的母親，矮個金髮，穿著黑衣服。男孩，也是矮個金髮，穿著灰色的上衣。

看著那些人，聽著如雷的掌聲，他們三個停在那裡，既不敢動，也不敢看。一個市政工作人員把他們推到右邊的紅桌前。

大家一時鴉雀無聲，然後再次響起了來自各方的掌聲。

男孩向上看著窗戶，然後看著走廊上的軍人的女兒；他手裡拿著帽子，好像不知道自己在哪裡。我覺得他的臉有點像科萊帝，但是更紅。他的父母目不轉睛地看著紅桌子。

此時，我們旁邊所有波河鎮的孩子都傾身向前，向他們的同學致意，希望被看見，小聲叫著他：「皮！皮！皮諾特！」不停地叫著想讓他聽見。男孩看著他們，帽子下的臉龐偷偷笑了。

突然，所有衛隊立正敬禮。

市長在很多紳士的簇擁下進來了。市長一身白衣，佩戴著三色綬帶，站在小桌子前；後面和兩邊的人也全都起立。樂隊停止了演奏，市長做了一個手勢，大家都安靜下來。

他開始講話，前幾句我聽不太懂，但我知道是講述孩子的事蹟。後來他的聲音提高了，他的聲音如此響亮而清楚，整個院子都聽得到，我一句都沒漏掉。

「……當他在岸上看到同學在河裡掙扎，已經快被死亡的恐懼帶走的時候，他脫下身上的衣服，毫不猶豫地去救援。人們對他喊道：『你會淹死的！』他不回答；人們抓住他，他又掙脫；人們叫著他的名字，他已經跳入水中。」

「河水高漲，即便對成人而言也非常危險。但是，他不怕死，以他弱小的身軀和偉大的精神奮力對抗；他及時到達，並抓住開始下沉的落水者，把他拉到水面上；奮力與可能捲走他們的水浪搏鬥，同學企圖抓住他；他多少次地消失，又重新出現，拼命地掙扎；他頑強地堅持救援，這不像是一個孩子拯救另一個孩子，而是像一個成人、一個父親在拯救他的兒子，兒子是他的希望，是他的生命。」

「最後，上帝是不會讓如此慷慨的勇氣落空的。善於游泳的孩子從洶湧的河水中把落水者奪了回來，把他帶到岸上，和其他人一起對他進行初步搶救，然後才平靜地獨自回家了，向別人若無其事地講述他的經歷。」

「各位，成人的見義勇為是美好的，是值得讚揚的！但一個孩子，不可能有任何野心勃勃的動機或為了其他利益；一個孩子，雖然熱血沸騰，但缺乏力量；一個孩子，我們對他不會有任何要求，他也沒有任何義務，不用他去做，而能理解和承認他人的犧牲行為本身就很難能可貴了；孩子的見義勇為是神聖的。」

「我不說別的了，各位。我不想用膚淺的讚揚來美化這樣純粹的壯舉。你們面前的這位就是偉大的救命恩人。士兵們，如同兄弟般向他敬禮；母親們，如同兒子般向他祝福；孩子們，記住他的名字，記住他的臉，希望他永遠在你們的記憶和心坎裡揮之不去。」

「走近點，孩子。我以義大利國王的名義，授予你功勳獎章。」

一片高聲歡呼的聲音在大樓裡久久迴蕩。

市長從桌上拿起獎章，把它別到孩子的胸前，然後擁抱和親吻他。孩子的母親把手放到眼睛上，父親低著頭。市長握了他們兩人的手，拿起絲帶捆著的獎狀交給他的母親，然後轉向孩子說：「今天對你來說如此榮耀，對你父親和母親來說如此幸福，願今天的回憶永遠伴隨你一生，始終走在美德和榮譽的道路上。再見！」

市長出去了，樂隊開始奏樂，一切都似乎結束了。當消防隊的旗幟出現時，一名婦女把一名八九歲的孩子推到前面，她馬上就消失了。這位孩子撲向得獎者，倒在他的懷抱裡。

又一陣歡呼的喊聲和掌聲響徹院子，人們立刻就明白了：那就是從波河裡救出來的孩子，他來感謝他的救命恩人。親吻過後，就手挽著救命恩人的手臂出去了。他們兩個先出去，緊跟著是他的父母，走向出口，很困難地從兩旁讓開的人群中走過——警衛、孩子、士兵和婦女組成的人群。所有人都往前擠，踮著腳尖，想看看孩子。那些前排的人摸他的手。當他走過學校的孩子面前時，大家都把帽子扔向天空。那些波河郊區的孩子嚷成一片，邊拉他的手臂和上衣邊喊著：「皮，皮萬歲！皮諾特真棒！」

我看到他走過，離我很近。他臉色通紅，十分高興，獎章裝飾著紅白綠三色的帶子。他的母親邊哭邊笑；他父親用一隻顫抖得厲害的手摸著鬍子，就像是發燒了一般。

大樓上面，窗戶和走廊上的人們繼續探出身子和鼓掌。突然，當他們走到走廊下方的時候，從上層軍人的女兒的走廊上落下一陣紙片、紫羅蘭和迎春花花束，落在孩子和他父母的頭上，散落在地上。很多孩子迅速地撿起來交給母親。

院子深處的樂隊緩緩奏起優美的樂章，像是很多銀鈴般的聲音的合唱，這些聲音沿著河邊慢慢地散開去。

五月

患佝僂病的孩子

☼ 五日，星期五

今天我沒上學，因為我不舒服，我媽帶我去了佝僂病學校，她去那裡是為了幫看門人的孩子報名；但她沒讓我進學校……

恩里科，你沒明白為什麼我沒讓你進學校嗎？為了不向那些在學校裡不幸的人展示一個健康強壯的孩子：他們已經有了太多機會經歷這種痛苦的比較。多令人悲傷的事啊！

一進入那裡我的心就在哭泣。

一共六十多個孩子，男孩和女孩……可憐的受苦的小骨架！僵硬且扭曲的可憐的手，可憐的小腳！可憐的變形小身軀！我馬上就看到很多漂亮的臉，充滿智慧和溫情的眼神。有一個女孩，小臉，鼻子細小，下巴翹起，就像個小老太太，但她有著天使般甜美的微笑。

有些孩子，從正面看，很漂亮，好像沒有毛病，但他們一轉身……就讓你心頭一緊。

那裡有醫生幫他們看病。讓他們站在凳子上，撩起他們的衣服來摸鼓脹的肚子和粗大的關節，但他們一點兒也不害羞，可憐的小朋友，看得出來孩子對脫衣服和被翻來覆去地檢查已經習以為常了。

想一想，現在是他們病情好轉的時候，幾乎不再遭受痛苦了。但誰能說出他們身體開始變形、病情逐漸變嚴重時的痛苦呢？誰能理解當他們越來越不被人喜歡，被丟棄在房子或院子的角落裡卻一直沒有人關心的心情呢？可憐的孩子，吃不飽，有時還被嘲笑或不斷被綳帶和毫無用處的矯正器折磨著！

而現在，由於治療、更好的營養或體操鍛煉，因此很多孩子好轉了。老師教他們做操。有些口令真是讓人心痛，看著那些在夾板之間被裹起來多瘤又變形的腿在凳子下伸展，這些腿本該讓人親吻的啊！很多人不能從凳子上站起來，就停在那裡，頭埋在兩臂之間，用手撫摸拐杖；其他人用手臂撐著，幾乎喘不過氣來，重新又坐下，面色慘白，但用微笑來掩蓋耗盡的力氣。

啊！恩里科，你們不知道珍惜健康，健康對你們來說只是一件小事！我當時想著被母親帶著在街上炫耀的強健漂亮孩子，為他們的美麗而自豪的母親，我真想把那些可憐的小腦袋都抱過來，緊緊地摟在胸口。如果周圍沒有人的話，我很想對他們說：我在這裡不走啦，我要把生命奉獻給你們，為你們服務，做你們所有人的母親，直到生命終結……

那時，他們在唱歌，用微弱的、甜蜜的、悲傷的聲音，令人心動。老師表揚他們，他們很高興。當她在桌子間走過時，他們吻她的雙手和手臂，因為他們感謝為他們做好事的人，他們很熱情。

那些小天使也很聰明，老師跟我說他們很好學。這是一位年輕友善的老師，在她充滿善良的臉上表現出一種憂傷，反映出她內心對於不幸孩童的憐憫。真是位可愛的姑娘！在所有靠勞動生存的人群中，沒有人比她從事著更高尚的工作。

你的母親

犧牲

☼ 九日，星期二

我母親很善良，我姐姐希爾維婭像她一樣，有著仁厚的心地。

昨天晚上我在抄寫《從亞平寧到安第斯山脈》故事的一部分，老師讓我們每人抄寫一部分，因為很長。希爾維婭輕手輕腳地進來，快速地小聲對我說：「跟我到媽媽那裡去，我早上聽到了他們的談話。爸爸的一樁生意失敗了，他很難過，媽媽安慰他。我們的日子變吃緊了，沒錢了，你明白嗎？爸爸說要做出犧牲，希望東山再起。現在需要我們也做出犧牲，不是嗎？你準備好了嗎？很好，我跟媽媽說，你表示同意，以你的名義向她保證你將做到我說的一切。」

說完這些，她拉起我的手把我帶到母親那裡，母親正在縫衣服，心情沉重。我坐在沙發的一端，希爾維婭坐在另一端，她馬上說：「聽著，媽媽，我有話跟你說。我們倆都有話跟你說。」

媽媽驚奇地看著我們。希爾維婭開口說：「爸爸沒錢了，是真的吧？」

「你說什麼？」媽媽紅著臉回答，「不是真的！你知道什麼？誰跟你說的？」

「我知道。」希爾維婭堅定地說，「那麼，聽著，媽媽，我們也應該做出犧牲。你答應我在五月底幫我買一把扇子，恩里科等著他的一盒彩色筆。我們都不要了，我們不願意浪費錢，我們依舊會過得很高興，你知道嗎？」

媽媽想說話，但希爾維婭說：「就這樣，我們已經決定了。只要爸爸一天沒有錢，我們就一天不要水果和其他東西，我們有湯就夠了，早餐我們只吃麵包，這樣在吃上可以省錢，因為我們花費太多了。我們向你保證，你會看到我們一如既往地很快樂。不是嗎，恩里科？」我回答說是。

「一如既往地快樂，」希爾維婭重複說，並用手堵住媽媽的嘴，「如果需要做出其他的犧牲，在穿衣上或其他事情上，我們非常願意，我們也可以把我們的禮物賣了。我願意傾注一切所有，像傭人一樣來照顧你。我們再也不出去玩了，我會整天跟著你工作，我能做到你要求的一切，我願意做一切！一切！」

她喊著，展開雙臂摟住母親的脖子：「只要爸爸媽媽沒有操心事，只要我再看到你們兩人像以前一樣，跟你們的希爾維婭和恩里科一起，心情平靜愉快。我們非常愛你們，願意為你們獻出生命！」

啊！我從沒見過我母親像聽到這些話時那樣高興，從沒有像那樣親吻我們的額頭。她又哭又笑，說不出話來。然後安慰希爾維婭說她聽錯了，幸運的是我們的狀況並沒有像她想像的那樣糟。她對我們萬分感謝，整個晚上都很開心，等我父親回來後，她對他說了一切。

他沒有開口，我可憐的父親！但今天早晨，坐在飯桌前……我悲喜參半：我在餐巾下發現了我的彩色筆盒，希爾維婭發現了她的扇子。

火災

☼十一日，星期四

今天早上，我抄完了分給我的那部分《從亞平寧到安第斯山脈》故事，我在想老師讓我們做的一份自選題目的作文，這時聽見來自樓梯的一個不尋常的聲音。不一會兒，兩個消防員到家裡來了，他們要求父親讓他們檢查爐子和壁爐，因為屋頂的煙囪被燒了，不知道是哪家的。

我父親說：「請檢查吧。」儘管我們沒有任何點著的爐子，他們開始在各個房間走動，把耳朵貼在牆壁上面，聽管道裡面是否有火的噪音，這些管道通往我家的高樓。

當他們在各個房間走動時，父親對我說：「恩里科，這可以當作你作文的題材——消防員。你試著寫一下我講給你聽的內容。

「我兩年前看過他們工作，一天深夜，我從巴爾博劇院出來。我走進羅馬大街，看到一片不尋常的光，人群在跑動：一棟房子著火了。火舌和煙雲從窗戶和屋頂上冒出來，男人和女人出現在窗臺前又消失了，發出絕望的喊聲，大門前一片混亂。

人群喊著：『他們會被活活燒死的！救命呀！消防員！』」

「這時一輛車到了，從裡面跳出四名消防員，他們是市政府派出的第一批消防員，他們迅速衝進房裡。他們剛剛進去，就看到令人驚恐的一幕：一個在四樓的女人叫喊著出現在窗戶，抓著欄杆，翻到外側，就這樣待在那裡，像懸空一樣，背朝著外面，在屋子裡冒出的煙火下蜷曲著身體，火苗幾乎燒到她的頭部。人群發出了驚恐的叫聲。消防員在三樓被嚇壞的居民耽誤了，他們已經打破一道牆，衝進一間屋裡。當上百人的喊聲告訴他們：『在四樓！在四樓！』他們又飛奔上四樓。那裡是地獄般的慘景，倒塌的房梁，燃燒的走廊，令人窒息的煙霧。為了接近居民被困的房間，只能從屋頂過去。」

「他們立刻爬上去，一分鐘後，煙霧中看到一個『黑色幽靈』跳躍在屋瓦之間。他是隊長，第一個到達，但要到達對應著火的屋頂部位，他必須穿過在天窗和房檐之間一段狹窄的空間。周圍的其他地方一片火焰，只有那一小段覆蓋著雪和冰，沒有可抓住的東西。『你沒辦法過去！』底下的人群喊著。隊長在屋頂的邊緣前進，所有的人都膽戰心驚，屏住呼吸看著他。他終於爬過去了，萬歲的歡呼聲響徹雲霄。隊長又跑起來，到達目的地，開始用斧頭拼命地砍磚瓦、大大小小的屋梁，打開一個缺口，好下到裡面去。這時，那個女人還在窗戶外面懸著，大火在她的頭上肆虐，再有一分鐘她就要摔到街上了。缺口打開了，人們看到隊長甩掉皮背帶，下去了，其他趕來的消防員跟著他。與此同時，一個趕到的高高的雲梯已經搭在房檐上，靠在噴出火焰和瘋狂叫喊的窗戶前。

「但是人們以為已經來不及了。『沒有人能救了，』他們喊著，『消防員被燒死了。』

『完了。』

『他們死了。』」

「突然間，人們看到帶欄杆的窗前出現了隊長黑色的身影，從頭到腳被火光照亮，女人摟住他的脖子，他雙手攔腰抱住女人，把她拉上去放進屋裡。人群中爆發出震天的喊聲，蓋過了火災的巨響。但其他人呢，怎麼下來？靠在屋頂的雲梯對著另一層的窗戶，離這一層的窗臺還很遠。他們怎麼才能接近等待救援的地方？當人們談論著這些時，一個消防員從窗戶裡出來，右腳踏在窗臺上，左腳踏在雲梯上，就這樣站在半空中，一個接一個地抱住其他人從裡面送出來的居民，把他們交給從地面上去的另一個同事，再將居民安放在梯子上，讓他們一個接一個地下去，由其他下面的消防員接應。

「第一個是欄杆上的女人，然後是一個女孩，另一個女人，一個老人。全部都得救了。老人之後，留在裡面的消防員也都下來了，最後一個下來的是隊長，他是第一個進去救援的人。」

「人群以掌聲歡迎所有人，但當最後一位出現時，這是救援隊的先鋒，在其他人之前面對險情，如果有人會犧牲的話很可能是他，人群對他的歡呼猶如對一位凱旋者，呼喊著伸出手臂，充滿了敬意和感激之情，他的名字在很短時間內傳遍眾人的口：『朱塞佩．羅比諾』……」

「你明白了嗎？那就是勇敢，心靈的勇敢，不猶豫彷徨，一旦聽到求救的聲音，就義無反顧地勇往直前。有一天我會帶你去看消防員演習，讓你看看羅比諾隊長。因為你會很高興認識他，不是嗎？」

我回答是。

「他就在這裡。」我父親說。

我馬上轉過身。兩位消防員檢查完情況，正穿過房間，準備離開。我父親指著戴軍銜的矮小的那位對我說：「握一下羅比諾隊長的手。」隊長停下來微笑著向我伸出手，我握住他的手。他向我表示了一下，就出去了。

「你好好記住了，」我父親說，「因為你一生將握上千次手，但也許不到十隻是像他那樣珍貴的手。」

本月故事·從亞平寧到安第斯山脈

很多年前，一個十三歲的熱那亞孩子，工人的兒子，隻身一人從熱那亞去美洲，去找他的母親。

他母親兩年前去了布宜諾賽勒斯，阿根廷共和國的首都，去某個富人家工作，這樣可以在短時間內賺很多錢來重振家業——他家由於種種不幸，陷於貧困和債務中。為了同樣目的遠渡重洋的勇敢女人並不少見，因為那裡付給傭人的工資高，幾年之內，她們就能帶幾千里拉回到祖國。可憐的母親有兩個孩子：一個十八歲，另一個十一歲。要離開自己的孩子，她哭得眼裡都快流血了，但還是勇敢地充滿希望地出發了。旅途很順利，一到了布宜諾賽勒斯，就通過丈夫的表兄弟，一個在那裡多年開店做生意的熱那亞人，找到了一家好人家，工資很高，待她很好。

有一段時間，她跟家人保持正常的通信聯絡。他們事先約好，丈夫把信寄給表兄弟，再轉給妻子，妻子回覆他的幾行字短信都寄到熱那亞。她每月賺八十里拉，從不為自己花錢，每三個月就寄給家裡一大筆錢。丈夫是個守信用的人，用這些錢來慢慢地按照輕重緩急還債，這樣又重新贏得信譽。他工作，為自己的事業高興，希望不久妻子就能回來，因為沒有她，家好像是空的一般，特別是小兒子，非常愛他的媽媽，他很難過，受不了沒有媽媽的日子。

但是，她去了一年以後，在一封短信中說到自己身體不好，之後就再也沒收到她的信。他們寫了兩封信給她丈夫的表兄弟，卻沒有回音。他們又寫信給她工作的那家阿根廷人，但也許信沒有送到，或者因為地址名字寫錯了，也沒有回音。他們害怕她遭遇不幸，就致函駐布宜諾賽勒斯的義大利領事館，請求幫助找人。

三個月以後，領事回答他們說，儘管在報刊上登出尋人啟事，但既沒有人前來，也沒有人提供線索。除了其他原因，也許還有一個可能：她覺得做傭人是丟臉的事，為了替家人保全面子，善良的女人沒有告訴阿根廷人家真實姓名。

又過了幾個月，仍然沒有任何消息。父子倆非常著急，尤其小兒子被無法戰勝的難過折磨得很憂鬱。怎麼辦？向誰求助？父親的第一個想法就是出發去美洲，去找他的妻子。但工作呢？誰來照顧他的兒子？大兒子也不能離開，那時他剛開始賺點錢，這錢是養家不可或缺的。他們在這種焦慮中度日，每天重複著同樣的痛苦話題，或相對無言。

一天晚上，小兒子馬可堅決地說：「我到美洲去找媽媽。」

父親痛苦地搖著頭，不作回答。想法很好，但不可行。他才十三歲，去美洲需要旅行一個月啊！

但孩子很有耐心地堅持著。那天堅持，第二天堅持，心平氣和地天天堅持，像成年人一樣地說服父親。

「比我小的人都去了，」他說，「一旦我上了船就跟其他人一樣能到那裡。一旦到了那裡，我就能找叔叔的商店。那裡有很多義大利人，總會有人告訴我怎麼走。找到叔叔，就找到了媽媽。如果找不到他，我就到領事那裡去，去找阿根廷人家。不管發生什麼，那裡人人都有工作，我也能找到工作，至少能賺到回家的錢。」

這樣，漸漸地，他幾乎說服了父親。他父親很喜歡他，知道他有主意和勇氣，他習慣了辛苦和犧牲，為了找到他熱愛的母親這樣神聖的目的，所有這些優良品格都會帶給他心裡雙倍的勇氣。再加上父親熟人的朋友是汽艇的船長，聽到這個事情，就主動幫他找到一張免費去阿根廷的三等艙船票。

又經過一段時間猶豫，父親同意了，決定了行程。父親為他準備一包衣服，在他口袋裡塞進幾枚五里拉的銀幣，給了他表兄弟的地址，在四月的一個晚上，把他送上了船。

「兒子，我的馬可，」父親站在即將出發的汽艇梯子上，最後吻別了他，眼裡含著淚水對他說，「勇敢點，你出發是為了神聖的目的，上帝會保佑你。」

可憐的馬可，他很堅強，準備好應對那次旅行的一切艱難困苦；但看到美麗的熱那亞消失在地平線時，在深海裡，在那個滿載著外出移民的鄉下人的大輪船上，他舉目無親，只帶著裝著全部家當的小行李，突然感到孤立無援。

有兩天的時間，他像狗一樣蹲在船頭，幾乎什麼都不吃，只是想痛哭一場。他腦子裡閃過了所有悲傷的念頭，但他總是擺脫不掉最悲傷、最可怕的念頭：他母親可能死了。在思緒萬千的斷斷續續的夢境中，他總是看到一個陌生人在憐憫地看著他，然後悄悄附耳對他說：「你媽媽死了。」於是，他強壓著不喊出聲地驚醒了。

過了直布羅陀海峽，第一眼看到大西洋，他重新振奮起來，滿懷希望。但那只是短暫的喘息而已。

那個一成不變的無邊大洋，不斷上升的溫度，周圍那些可憐人的慘狀，還有他自己的孤獨無助，都讓他神情沮喪。接下來空虛和無聊的日子，讓他記憶混亂，就像是病人一樣，覺得好像在大海裡航行了一年之久。每天早上醒來，他都驚奇於自己隻身一人在那無邊的大海中，駛向美洲。美麗的飛魚不時地會落在船上，那些美麗的熱帶黃昏景色，帶著火燒一般的大朵血色雲霞，夜晚的螢光使大洋如同燃燒的火山岩漿之海。對他來說，一切都不像是真實的東西，而像是夢裡見到的幻境。

有些天氣不好的日子，他一直把自己關在船艙裡，一切都在搖晃，都被毀壞，到處是一片抱怨和叫罵聲，他以為自己的大限已到。其他日子裡，大海平靜，泛著黃色，熱得難以忍耐，煩惱無邊無際，時光沒完沒了的，充滿痛苦。筋疲力盡的旅客一動也不動地伏在餐桌上，就像是死了一般。

航行沒完沒了：海天，天海，今天像昨天，明天像今天，沒完沒了，永遠周而復始。

他長時間地靠在欄杆上，看著無邊的大海，發呆，模模糊糊地想著媽媽，直到睏倦讓他哈欠連天，雙眼睜不開，頭也抬不起來。這時就會看到那張陌生的臉憐憫地看著他，對著他的耳朵重複說：「你媽媽死了！」一聽到那個聲音，他就驚醒過來，又開始睜著眼睛做夢，盯著不變的地平線。

航行一共持續了二十七天！但最後幾天是最好過的。天氣好，空氣清爽。他已經認識了一個倫巴第的善良老人，去美洲找在羅薩里奧附近種田的兒子。老人告訴他自己家的所有事，不時地用一隻手拍打著他的脖子，反覆對他說：「勇敢點，孩子，你能看到你媽媽健康快樂。」老人的陪伴讓他重新感到欣慰，他的種種預感都悲喜參半。

坐在船頭，在抽菸斗的老農民身旁，在繁星滿天的夜幕下，在一群唱歌的移民中，他上百次地想像到達布宜諾賽勒斯的情況，在某條街上，找到了那個商店，撲向他的叔叔問：

「我媽怎麼樣？她在哪裡？我們馬上去！」

「我們馬上去！」他們一塊兒跑，上樓梯，打開一個門……

到這裡，他的無聲獨白停頓了，他的想像力沉浸在一種無以名狀的甜蜜中。他偷偷地打開一個掛在脖子上的紀念盒，吻著它，低聲說著心裡話。

出發之後的第二十七天，他們靠岸了。那是一個美麗的五月黎明，輪船在寬闊的拉普拉塔河岸拋下了錨，岸上延伸著巨大的城市布宜諾賽勒斯，阿根廷共和國的首都。

那個好天氣對他好像是吉兆。他高興得忘乎所以，按捺不住。他的母親離他只有幾英里了！再過幾個小時就會看到她了！他在美洲，在新世界裡，他勇敢地隻身前來了！所有漫長的航行，現在他都覺得算不了什麼。他好像是飛過來的，猶如大夢醒來就到了那裡。他是如此幸福，幾乎不奇怪、不難受。當他摸自己口袋時，發現少了一個錢袋——為了更放心，他把自己的錢分裝為兩袋——這樣即使丟的話，也不會丟掉全部。他被偷了，他只剩下很少的里拉，但這沒有什麼大不了，他現在離母親很近了。他手裡拿著行李，隨著很多其他的義大利人下到一艘小汽艇上，汽艇把他們送到離岸很近的地方，那裡一艘叫做安德雷阿多利亞的小船才把他們送上碼頭。他告別了倫巴第的老朋友，大步地向城市走去。

走到第一條街的路口，他攔住一個過路人，問他去行會大街怎麼走。他攔住的正好是一個義大利工人，這個人好奇地打量他，問他識不識字。他表示識字。「那就好，」工人對他說，指向自己來的那條街，「從那裡一直走，在每一個岔路口都看一下路名，會找到你的那條街的。」少年感謝他之後，走進面前的那條街。

那是一條筆直而漫長的街，不過很窄，兩邊是白色的矮房子，就像是很多小別墅，人來車往，熙熙攘攘，有些掛著各種顏色的大旗幟，上面用黑體字寫著去往不知什麼城市的輪船出發時刻。

每走一段路，他就左看右看，看到互相交叉的兩條路也是筆直的，看不到盡頭，路兩邊也都是白色的矮房子，車來人往，遠處是一望無際的美洲大平原的平直輪廓，就像是海上的地平線。城市讓他覺得無邊無際，可能要走很多天或很多周，左右看到的都是類似的街道，整個美洲到處都是各種建築。他仔細看著街道的名字，那些奇怪的名字讓他讀起來很費力。每到一條街，就覺得心跳加速，想像是他要找的那條街。看著所有的女人，他心裡都想著可能是他的母親。

他看到前面一個女人，血液都快凝固了，他追上去，盯著她看：是個黑人。

他走著，走著，腳步越來越快。到了一個十字路口，讀路名，雙腳像釘在地上一般，那就是行會大街。他轉身，看到一百一十七號，他不得不停下來喘口氣。他自言自語：「我的媽呀！我的媽呀！我真的就要見到妳啦！」他往前跑，到了一個小雜貨店。正是他要找的。

他往裡看，看到一個滿頭灰髮戴眼鏡的女人。

「孩子，你想要什麼？」她用西班牙語問他。

「這裡是不是，」他用力發出聲來，「佛朗切斯科．梅萊利的商店？」

「佛朗切斯科．梅萊利死了。」女人改用義大利語回答他。

少年覺得胸口被什麼打了一下。「什麼時候死的？」

「有一段時間，」女人回答說，「有幾個月了。他做生意失敗，就逃跑了。人們說他去了離這裡很遠的白色海灣，一到那裡就死了。現在這間商店是我的了。」

少年臉變白了。然後他快速地說：「梅萊利認識我母親，我母親在這裡幫梅齊內斯家工作。只有他能告訴我母親在哪裡，我來美洲找我媽媽。梅萊利原來替她寄信，我要找到我媽媽。」

「可憐的孩子，」女人回答道，「我不知道。我可以問院子裡的孩子，他認識原來幫梅萊利工作的孩子。也許他會知道一些情況。」

她到商店裡面喊那個孩子，他馬上就來了。「跟我說一下，」女店主問道，「你記得有時幫梅萊利替一個在『國之子』家工作的女傭人送信的那個孩子嗎？」

「在梅齊內斯先生家。」少年回答說，「是的，太太，去過幾次，在行會大街盡頭。」

「啊，太太，謝謝！」馬可喊道，「告訴我號碼……不知道？你馬上陪我去，少年，我還有些錢。」

他很激動地說了這些話，不等女店主請求，那個少年就回答說「我們走吧」，說著就快步出去了。

他們什麼話也不說，幾乎是跑步到了那條長長街道的盡頭，進入一個白色小房子的大門裡，停在一個很漂亮的鐵欄杆前，從那可以看到裡面的小院子，擺滿了花盆。馬可按了一下門鈴。

一個姑娘出現了。

「這是梅齊內斯家嗎？」少年焦急地問。

「他家曾經在這裡，」姑娘用西班牙腔的義大利語回答道，「現在我們住這裡，哲巴羅斯一家。」

「梅齊內斯家搬到哪裡去了？」馬可問道，心臟跳得很快。

「他們去了科爾多瓦。」

「科爾多瓦？」馬可喊道，「科爾多瓦在哪裡？他們的傭人呢？那個女人，我的媽媽！女傭人是我媽媽！他們把我的媽媽也帶走了嗎？」

姑娘看著他說：「我不知道。也許我爸知道，在他們離開時他認識了他們。你們等一會兒。」

她離開了一會兒，然後就和她父親一塊兒回來，她父親是一位高個留著灰鬍子的先生。他打量一番這個長著黃頭髮鷹鉤鼻的熱那亞小水手似的人，用拙劣的義大利語問他：「你媽媽是熱那亞人嗎？」

馬可回答說是。

「那就好，那個熱那亞女傭人跟他們走了，我肯定。」

「他們去哪裡了？」

「科爾多瓦，另一個城市。」

少年喘了口氣，然後無奈地說：「那麼……我去科爾多瓦。」

「啊，可憐的孩子！」先生同情地看著他喊道，「科爾多瓦離這裡有幾百英里遠。」

馬可面色變得慘白如死人一般，一隻手撐著欄杆，不讓自己摔倒。

「我們再想想，再想想，」先生很溫柔地說，邊說邊打開了門，「進來待一會兒，看看能做點什麼。」他坐下來，並讓少年坐下來，讓他講述自己的故事，他很認真地聽著，很長一段時間若有所思。然後很果斷地說：「你沒錢，是不是？」

「我還有……一點兒。」馬可回答說。

先生又想了五分鐘，然後坐到小桌子前寫了一封信，把它封好交給少年，對他說：「聽著，義大利人。帶著這封信去博卡。那是個有很多熱那亞人的小城市，離這裡兩個小時的路程。人人都能幫你指路。去那裡找這位先生，這封信是給他的，那裡所有人都認識他。把這封信給他，他明天會讓你出發去羅薩里奧市，把你介紹給那裡的某個人，由他負責接下來去科爾多瓦的旅程，你就會找到梅齊內斯家和你的媽媽。現在先拿著這個。」他在少年手裡放了幾個里拉，「去吧，勇敢點，到處都是你的同胞，你不會被拋棄的，再見。」

少年對他說：「謝謝。」他找不到其他語言來表達，就提著行李出去了，告別了小嚮導，慢慢地走向通往博卡的路，穿過喧鬧的城市，內心卻充滿了憂愁和驚訝。

從那一刻直到第二天晚上發生的一切就像是發燒時做的夢，他都記不清了，他太累，太激動，太灰心了。第二天傍晚，他在博卡一個人家的小房間裡靠著一個港口搬運工睡了一夜之後，上了一艘裝滿水果開往羅薩里奧的帆船，幾乎一整天都坐在船尾甲板上，面對著幾千艘輪船、平底船和汽艇出神，船上有三個身強體壯曬得很黑的熱那亞水手。他們的聲音與熟悉的熱那亞方言，讓他心裡多少有了些安慰。

出發後，船航行了三天四夜，小旅人不斷地感到驚訝。三天四夜都在那條美麗的巴拉那河上，與它相比義大利的波河就是一條小溪，義大利領土全長的四倍都沒有它長。平底船慢慢地在那無邊的水上逆流而行，經過很多長長的蛇和老虎築窩棲息的島嶼，上面長著柳橙樹和柳樹，就像是一片漂浮的樹林。船時而經過狹窄的運河，好像是無法走得出去，時而又經過開闊的水域，就像是平靜的湖泊，然後又是島嶼，群島中曲折的河道蜿蜒在巨大的植物叢之間。萬籟俱靜。長長的水路，無人的河岸和無際的水流帶給他一條未知河流的形象，河上那張孤零零的帆，就像是第一個在世界上冒險的帆。越往前航行，那條可怕的大河就越讓他驚慌。他想像他的母親在河的發源地，需要航行很多年才能到達。

他和水手每天兩次一起吃一點麵包和鹹肉，他們看到他很憂愁，也就從來不跟他說話。夜裡，他不蓋被子睡覺，經常突然醒來，驚奇地看到清澈的月光照亮寬闊水域與遠處的河岸，他的心又開始緊張。「科爾多瓦！」他重複著那個名字，「科爾多瓦！」就像是他在讀神話故事時知道的神祕城市名中的一個，但他又想：「我媽來過這裡，她看過這些島嶼，那些河岸。」既然是母親看過的地方，那就不再覺得奇怪孤獨了……

夜裡，有一個水手唱起歌來，那歌聲讓他回想起母親在小時候哄他入睡時唱的歌。最後一夜，當他聽到那歌聲，他哭了。水手停止了歌唱，然後對他喊：「振作，振作點，孩子！一個熱那亞人可不能因為遠離家鄉而哭泣！熱那亞人曾經環遊世界並光榮凱旋！」

這些話讓他振作起來，聽到熱那亞血統的聲音，他驕傲地抬起了頭，用拳頭敲著船舵。「當然，」他對自己說，「我也應該環遊世界，常年在外旅行，行走無數的路，勇往直前，直到找到我的母親。即使我快要奄奄一息，也要倒在她的腳下！

只要我能再見到她！勇敢點！」

他懷著這樣的心情，在一個粉紅清冷的早上到達了羅薩里奧市，在巴拉那河上游的岸邊，河水映照著來自不同國家的上百艘船舶掛著的各色旗幟。

下船後不久，他就手提行李進城，去找一位阿根廷先生，他的博卡保護人給了他一張上面寫著一些介紹詞的名片。

進入羅薩里奧，他感覺就像進入了一個已經熟悉的城市。無盡的筆直街道，兩旁是白色的矮房子，通往各個方向的人行道，屋頂上大捆的電報線和電話線就像是巨大的蜘蛛網，腳步聲、馬蹄聲、車輪聲響作一團。他腦子有點亂了：他以為又進了布宜諾賽勒斯，再次尋找他叔叔。

他行走大約一個小時，轉彎再轉彎，覺得總是回到同一條街上，不停地問路，終於找到了新的保護人的家。他拉了門鈴，門前出現了一個身材魁梧的黃髮人，皺著眉，就像是個農場管理人，用外國人的腔調很粗魯地問他：「幹什麼？」

少年說出主人的名字。

「我們主人？」管理人說，「昨天晚上他和全家出發去布宜諾賽勒斯了。」

少年一時間無話可說，然後才結結巴巴地說：「但我……在這裡誰都不認識！無依無靠！」他拿出了名片。

管理人接過去，讀完後生氣地說：「我不知道怎麼辦！要等一個月後他回來時，我才能交給他。」

「但我只是一個人！我需要幫助！」少年用乞求的聲音喊道。

「哎！算了吧，」那個人說，「在羅薩里奧，你們國家的人還嫌不夠多嗎！你回義大利去要飯吧。」然後在少年面前關上了欄杆。

少年站在那裡目瞪口呆。

然後他慢慢地拿起行李，心煩意亂地離開了，一時間千頭萬緒纏繞著他。怎麼辦？去哪裡？從羅薩里奧到科爾多瓦需要坐一天的火車，他只剩下幾個里拉了。除去那一天的開銷，他幾乎一無所有。哪裡能找到錢來付旅費？他可以工作，但怎麼工作，向誰去討工作？乞討！啊！不行，就像剛才那樣，被人拒絕，被人辱罵，被人羞辱？不，永遠，永遠不！寧願去死！他懷著這個想法，考慮著眼前廣袤的平原又遠又長的無盡道路，又覺得心驚膽戰了，他把行李扔在人行道上，坐在上面肩膀靠著牆，把臉埋在兩手之間，沒有哭泣，一副很悲涼的樣子。

過路人的腳踢到他，車輛的噪音充斥街道，一些孩子停下來看他。他就那樣發了一陣子呆。

一個夾著倫巴第方言的義大利聲音對他說：「孩子，你怎麼啦？」

聽到這話，他抬起頭，立刻跳起來，驚喜地喊道：「您在這裡！」是那個倫巴第老農民，他們在航行旅途中結下了友誼。

老農民的驚喜程度不亞於少年。但少年沒給他提問的時間，就迅速地講述自己的經歷：「現在我沒錢了，我得工作，請您幫我找個工作，讓我賺點錢，我什麼都可以做，搬東西，掃馬路，跑腿辦事，在鄉下做工也可以，我吃黑麵包就滿足了，只要能早日出發，找到我的母親。拜託您幫我找個工作！看在上帝的份上，我實在受不了了！」

「當然啦，當然啦，」老農民看看周圍，抓著下巴說，「這是怎麼回事呀！……工作……說得太早，我們先看看，難道沒辦法在同胞中籌到三十個里拉嗎？」

少年看著他，有了一線希望之光的安慰。

「跟我來。」農民對他說。

「去哪裡？」少年拿起行李問道。

「跟我來。」

農民開始走了，馬可跟著他，他們一起走了很長一段路，沒有說話。農民在一家小飯館門前停下來，一星級的招牌上寫著「義大利飯館」，他往裡探了下頭，回頭對少年開心地說：「我們來得正好。」他們進入一個大房間，裡面有很多張桌子，很多人在裡面坐著，喝著酒。倫巴第老人走到最近的一張桌子，從他與旁邊六個人打招呼的樣子看，能明白他剛才還和他們在一起。他們都紅著臉，手中的杯子叮噹作響，說著笑著。

「大家，」肯定是倫巴第人在說話，他站著介紹馬可，「這是一個可憐的孩子，我們的同胞，從熱那亞來到布宜諾賽勒斯，只是為了找他媽媽。在布宜諾賽勒斯，人們對他說：『這裡沒有，她在科爾多瓦。』他坐船來到羅薩里奧，三天三夜，只有兩行字的介紹信，但拿出紙來，人家卻羞辱他。他身無分文，隻身在這裡，就像個絕望的人。他是個好孩子，我們不想想辦法，他不就沒錢付去科爾多瓦找他媽媽的旅費嗎？我們能把他像狗一樣地扔在這裡嗎？」

「在這世上不可能，天呀！永遠不能這麼說！」所有的人都敲著桌子喊道。

「一個我們的同胞！」

「過來，小東西！」

「有我們哪，移民！」

「看啊，多漂亮的小淘氣。」

「把錢拿出來。」

「喝一口，同胞。」

「真棒！自己來的！你真有勇氣！」

「我們把你送到你媽那裡去，別擔心。」

一個人在他臉頰上捏了一把，另一個在他肩上拍了一下，第三個人取下他的行李，其他桌的僑民也都過來了。少年的故事在飯館裡流傳，隔壁的三個阿根廷人也過來了。在不到十分鐘的時間裡，倫巴第農民伸出去的帽子裡已經有了四十二里拉。

「你看見了吧，」他轉過來對著少年說，「在美洲錢來得多快呀！」

「喝呀！」另一個向他喊著，端給他一杯葡萄酒，「為了你母親的健康！」所有人都舉起了杯子。

馬可重複著：「為了我母親的健康……」他高興得幾乎說不出話來，放下杯子，摟住了老人的脖子。

第二天早上，天剛開始發亮，他已經出發去科爾多瓦，他激動得笑顏逐開，充滿幸福的盼望。但在大自然令人恐懼的景象前，快樂無法持續很久。天色陰沉灰濛濛的，幾乎沒有乘客的火車奔馳在廣袤無垠荒無人煙的原野上。他一個人在長長的車廂裡，那車廂就像是運送傷患的，他左看右看，只能看到無邊的荒野，偶爾有一些奇形怪狀的矮樹，樹幹和樹枝都是扭曲的，他從來沒見過，彷彿充滿憤怒和焦慮，灰暗稀疏的憂傷的植物，使得平原顯得像無邊的墓地。他睡了半個小時，醒來再往外看，還是一樣的景觀。鐵路的車站都空蕩蕩的，就像是修士的居住地。當火車停下時，聽不到一點聲音，他感覺就像一個人在車上，在一個荒漠裡迷路，被人拋棄了。他覺得每個車站都是最後一個，再往前就是荒野的神祕可怕的土地。一股冷風吹打著他的臉。

他在四月底被送上熱那亞起程的船，他的家人沒有想到在美洲他會遇到冬季，他們只讓他穿了夏季的衣服。過了幾個小時，他開始感到寒冷，並伴隨著過去幾天強烈的感情波動，以及無眠的夜晚所累積的疲倦。

他睡著了，睡了很長時間，醒來後渾身僵硬，很不舒服。他隱隱地害怕自己生病死在旅途中，被扔在荒蕪的平原上，他的屍體將被野狗和猛禽吞噬，就像他在路邊看到那些馬和牛的屍體。他厭惡地避開目光。在那令人不安的難過時光，在大自然幽暗的寂靜中，他的想像力被激發，朝著黑暗面思想。他能肯定在科爾多瓦找到母親嗎？如果她根本就沒來過呢？如果那個行會大街的先生弄錯了呢？如果她死了呢？在這些思緒中他又睡著了，夢見自己半夜到了科爾多瓦，聽到從所有的門窗裡傳出喊聲：「不在！不在！不在！」

他突然醒來，驚慌了，看到車廂盡頭有三個留鬍子的人，圍著不同顏色的圍巾，他們看著他低聲交談著。他突然懷疑他們是殺人凶手、打算殺了他，奪走他的行李。寒冷、難過再加上害怕，渾噩的想像吞沒了他。三個男人一直看著他，其中一個人向他走來。他失去理智，張開雙臂向他跑去，喊著：「我什麼都沒有，我是個窮孩子。我從義大利來，要找我媽媽，我就一個人，你們別打我！」

那些人馬上就明白了，動了惻隱之心，他們撫摸他讓他安靜下來，說了很多他聽不懂的話。看到他凍得牙齒打顫，又把他們的一條圍巾幫他蓋上，讓他坐下並休息。天色晚了的時候，他又睡著了。當人們把他叫醒時，已經到了科爾多瓦。

啊！呼吸著多好的空氣呀，他立刻就跳出了車廂！

他問一個車站的工作人員梅齊內斯工程師家在哪裡，那人告訴他一個教堂的名字：「他家在教堂旁。」少年就跑開了。

深夜，他進了城市。看到那些筆直的道路，兩旁矮小的白色房屋，交叉著其他又直又長的道路，他覺得像又一次進入羅薩里奧。但是人很少，在很少的路燈燈光下遇見一些奇怪的面孔，一種沒見過的臉色，在發黑和泛綠之間。他不時地抬起頭來，看到一些建築風格古怪的教堂，在天際下顯得巨大和黑暗。城市在夜幕中很寂靜，但穿過那一大片無人之地後，他覺得相當愉快。

他問了一個神父，很快就找到了教堂和那個家，用顫抖的手拉門鈴，另一隻手按著胸口來遏止快從喉嚨裡跳出來的心。

一個老婦人前來開門，手裡提著一盞燈。少年一時說不出話來。

「你要找誰？」那女人用西班牙語問道。

「梅齊內斯工程師。」馬可說。

老婦人雙手交叉在胸前，搖頭回答他：「難道你也和梅齊內斯工程師有關係！我覺得應該告一段落了！已經折騰我們三個月了！報紙寫得還不夠嗎？真是應該貼在各個街角昭告天下：梅齊內斯先生已經搬到圖庫曼去了！」

少年做了一個絕望的手勢，然後勃然大怒：「真是可惡！再看不到我的媽媽，我得死在馬路上！我已經瘋了，我不想活了！我的上帝啊！那個地方叫什麼？在哪裡？離這裡有多遠？」

「唉，可憐的孩子，」老婦人被感動了，「去哪裡可不容易啊！少說也有四五百里路。」

少年用雙手捂住了臉，然後哭著問：「現在……我怎麼辦？」

「我能跟你說什麼，可憐的孩子？」婦人回答道，「我不知道。」

但她立刻有了想法，馬上補充說：「聽著，我有個想法。你可以做一件事。你往街道右轉，你會看到第三個院子，那裡有個叫做「卡帕塔茨」的商人，他明天要帶著他的車和牛群出發去圖庫曼。去問看看他願不願意帶你去，你可以幫他工作，也許他會給你一個車上的座位。快去吧！」

少年抓起行李，一邊跑一邊說謝謝。兩分鐘後，他到了一個燈火通明的大院子，那裡有很多人正在把貨袋裝上巨大的牛車，那種車就像是街頭藝人的流動住家，有圓頂棚和很高的輪子。一個高個子留鬍子的男人，披著一件黑白格的大衣，穿著一雙高筒靴，指揮著人們工作。少年走近他，害羞地提出要求，說自己從義大利來尋找母親。

卡帕塔茨，意思是領頭人（那個商運車隊的領頭人），從頭到腳打量了他一番，不客氣地說：「我沒有位置。」

「我有十五里拉，」少年回答說，充滿了乞求之意，「我把十五里拉給你，我在路上可以工作，幫牲口打水和餵草，我什麼工作都做。我吃一點麵包就夠了。拜託給我一個位置吧，先生！」

領頭人又重新審視他，口氣緩和些：「沒有位置……再說……我們不去圖庫曼，我們去另一個城市，聖地牙哥－德爾埃斯特羅，中途我們得把你放下，你還有很長的路需要步行。」

「啊！我再走雙倍的路都可以！」馬可喊道，「我會毫不猶豫地走路。不管怎麼樣，我都得去那裡，請給我一個位置。先生，請發發慈悲吧！別把我一個人扔在這裡！」

「你要知道這會是二十天的路程！」

「沒關係。」

「這會是一趟辛苦的旅程！」

「我什麼苦都能吃。」

「你得獨自旅行！」

「我什麼都不怕，只要能找到我的媽媽。可憐可憐我吧！」

領頭人把燈靠近他的臉，看了看他，然後說：「好吧。」

少年吻了他的手。

領頭人在離開他之前補充說：「今天夜裡，你在一輛車裡睡覺，明天早上四點我叫醒你，晚安！」

淩晨四點鐘，在星光下，長長的車隊開始出發，一片轟響：每輛車由六頭牛拉著，所有的車後面都跟著很多準備做替換的牛隻。被叫醒的少年被安置在一輛車裡，他坐在貨袋上面，馬上又沉沉地睡去了。

當他醒來時，車隊在一個空曠的地方停下來，在太陽下，所有的人，那些工人，圍坐在一塊小牛肉周圍。他們在露天燒烤，牛肉被放在一支插在地裡的劍上，一團大火在風中舞動。大家一塊兒吃，一塊兒睡覺，然後再一塊兒出發。就這樣，旅行一直繼續著，有秩序得就像是士兵的行軍。每天早晨五點鐘就開始走，九點鐘停下來，下午五點再出發，晚上十點再次停下來。工人騎馬行進，用長杆驅趕牛群。少年負責點火燒烤，幫牲口餵食，擦拭提燈，打水供牲口飲用。

各個村落從他眼前經過，像是千篇一律的景象：棕色的矮小樹木組成的樹林，散落著幾處房屋的村莊，房子都是紅色的，正面牆頂上有齒形城垛，廣袤的空間，也許是古代大鹽湖的湖底，眼力所及之處都是白色的鹽，各個方向都是平原，空曠、寂靜。偶爾會遇見兩三個騎馬的旅客，帶著一大群無束縛的小步快跑的馬匹，就像一陣旋風。天天如此，就像是在海上，令人煩躁且沒完沒了。但是天氣晴朗。

只是工人把少年當成他們理所當然的奴僕，一天比一天更挑剔：人人都毫不客氣地使喚他，有些人對他言語冷淡或威脅，讓他背著巨大的飼草捆，讓他去很遠的地方打水。他累壞了，夜裡還經常被車子的劇烈顛簸，以及車輪和木製車軸的吱吱作響吵得不能睡覺。再加上起風了，發紅油膩的灰土環繞著所有的東西，不斷地、沉重地、無法忍受地滲入到車裡，進入他的衣服裡，充滿他的眼睛和嘴，讓他看不見和無法呼吸。辛勞和失眠讓他筋疲力盡，變得衣衫襤褸、骯髒不堪，從早到晚挨打受罵。

可憐的孩子日漸沮喪，如果不是領頭人時常對他說些好言好語，他早就撐不住了。他經常在車子的一角，在沒有人看見時面對著行李哭泣，行李裡只剩下了一些破衣。每天早上他起來，更虛弱，更膽怯，看著村莊。望著無邊無際沒完沒了的平原，就像是土地的海洋，他自言自語：「哦！我熬不到今天晚上了，我熬不到今天晚上了！今天我會死在路上！」

他的工作越來越多，被虐待得越來越加倍。一天早上，因為他打水晚了，領頭人不在，其中一個人打了他。其他人也開始欺負他，每當給他工作時，會打他後腦勺一下說：

「把這個裝進貨袋，流浪兒！」

「把這一拳帶給你媽！」

他的內心承受不了，生病了，在車子裡待了三天，身上蓋著被子，發燒發抖，沒有人來看他，除了領頭人來幫他喝水和把脈。他覺得自己不行了，絕望地呼喚著他的媽媽，上百次地叫著她的名字：「哦，我的媽媽！我的母親！救救我！快來呀，我要死了！哦，我可憐的媽媽，我再也看不見你了！我可憐的媽媽，你將看到我死在路上！」他合掌在胸前祈禱。

後來，多虧了領頭人的照顧，他好起來，痊癒了。但病好了，卻遇上了整個旅途中最糟糕的一天，他得獨自一人度過的一天。

他們已經走了兩個多星期，當他們走到通往圖庫曼和聖地牙哥－德爾埃斯特羅的道路分岔的時候，領頭人對他說該分手了。領頭人告訴他之後的路該怎麼走，把行李繫在他雙肩上，以免妨礙走路，然後就果斷地和他告別，好像害怕動了感情似的。少年只來得及親一下他的手臂。其他人曾經那樣虐待他，看到他一個人如此孤獨，好像也起了憐憫之心，遠去的時候，大家對他做了一個告別的手勢。他也招手回應他們，站在那裡看著車隊消失在曠野的紅塵中，然後傷心地上了路。

應該說，從一開始就有一件讓他放心的事。很多天的旅途之後，穿越無邊無際一成不變的大平原，他總是看到眼前有一串天藍色高高的山脈，白色的山頂，讓他回想起阿爾卑斯山脈，讓他有接近祖國的感覺。那是安第斯山脈，美洲大陸的脊柱，巨大的山脈從火地島開始，直到南極的冰海，跨越十個緯度。另外，讓他放心的是感覺氣候越來越熱，這是因為越往北走，他就越來越靠近赤道地區。

走了很遠的路，他找到一片住房，一個小商店，他買了一些吃的東西。他遇見了一些騎馬的人，不時看到婦女和孩子坐在地上，一動也不動、神情很嚴肅，那些臉是他從未見過的，土黃色皮膚，翹起來的眼角，高聳的顴骨。他們都盯著他看，用眼神目送著他，慢慢地扭動著頭，動作很生硬。他們是印第安人。

第一天，他走到沒有力氣為止，在一棵樹下過夜，第二天，走得相當少，意志也更消沉。他鞋子破了，腳也脫皮了，吃得不好，讓他的胃口大減。快到晚上了，他開始害怕起來。在義大利，他曾聽說在那些國家裡有蛇：他好像聽見牠們的爬動，他停下來，又跑起來，從骨頭裡感到恐懼發抖。有時他非常可憐自己，邊走邊默默地哭泣。然後又想：如果我媽媽知道我在害怕，她該多傷心呀！這個想法又給了他勇氣。

再後來，為了擺脫恐懼，他回想很多關於媽媽的事。他想起當她從熱那亞出發時說的話，他躺在床上時她經常幫自己把被子拉到下巴的動作，小時候媽媽有時把他抱起來對他說：「跟我在這裡待一會兒。」媽媽會這樣頭頂著他的頭，待很長的時間。他不斷地想呀，想呀。

他暗自對她說：「有一天我能看見你嗎，親愛的媽媽？我能堅持到這個旅程的終點嗎，我的母親？」

他走啊，走啊，在不認識的樹叢間，在廣闊的甘蔗園裡，在無邊的草原上，那些藍山總是在眼前，高聳的山峰刺破了青天。

過去了四天，五天，一周。力氣很快就沒了，他的腳淌著血。終於，在一個晚上，太陽落山時，人們對他說：「圖庫曼離這裡五英里。」

他高興地喊了一聲，加快了步伐，好像突然恢復全部失去的體力。但這只是短暫的幻覺。突然間，他又覺得沒有體力了，筋疲力盡地倒在一個大坑旁邊。但他的心在興奮地跳著，群星閃耀的天空從沒有像現在這樣美麗。他躺在草地上準備睡覺，望著星空，他想或許此刻他的媽媽也在看著星空。他說：「我的媽媽，你在哪裡？此刻你在做什麼？想你的兒子嗎？想你的馬可嗎？他離你很近了。」

可憐的馬可，如果他看到那時他母親是什麼樣的狀況，他肯定會以超人的毅力走更多的路，爭取提前幾小時趕到她那裡。她病倒在床上，在一個富裕人家的房間裡，那裡住著梅齊內斯一家人。這家人跟她感情很好，也把她照顧得很好。當梅齊內斯突然要離開布宜諾賽勒斯時，她身體已經不太好了，科爾多瓦的清新空氣也沒有讓她好起來。但後來由於沒有收到丈夫和表親的音信，可能發生不幸的預感，在猶豫去留之間讓她非常煩惱，每天都擔憂可能有壞消息，讓她的身體進一步異常惡化。最近，她得了非常嚴重的病：小腸疝氣。

她已經十五天沒有起床了，必須動手術才能拯救性命。正是在那一時刻，當她的馬可呼喚她的時候，男女主人在她的床前，很委婉地勸她接受手術，她哭著堅持拒絕。一個能幹的圖庫曼醫生已經被請來一周了，沒有用。

「不，親愛的主人，」她說，「不用麻煩了，我沒有力氣撐過去，我會死在手術刀下的。最好讓我這樣死去，我已經不想活了。對我來說，一切都完了。最好在知道家裡發生了什麼之前死去。」

主人勸她不要這樣，希望她堅強點，很可能最後直接發往熱那亞的那些信會有回音，勸她最好做手術，這也是為了孩子。但長期以來纏繞著她的對孩子的思念，只讓她更加焦慮。聽到這些話，她痛哭起來。

「哦，我的孩子！我的孩子！」她合起雙手喊道，「也許不在人世了，我最好也死吧。好主人，我謝謝你們，衷心地謝謝你們。但我還是死吧，反正我知道手術不會讓我痊癒。好主人，非常感謝你們的照顧，但醫生後天不用再過來了。我想死，死在這裡是我的命。我已經決定了。」

主人還在勸她，重複道：「別，別這麼說。」拉著她的手拜託她。但她閉上眼睛暈過去了，像死了一樣進入一種昏睡狀態。主人留在那裡一段時間，在微弱的燈光下，慈祥地看著那位值得敬佩的母親，為了拯救她的家，她遠離自己的祖國，來到這六千多里之外的地方，在經歷多少苦難之後卻死在這裡，可憐的女人，如此誠實，如此善良，如此不幸。

第二天一大早，馬可肩上背著他的行李，彎著腰跛著腳，但精神飽滿，進入圖庫曼城，這個阿根廷最年輕、最充滿活力的城市之一。

他好像又看到了科爾多瓦、羅薩里奧、布宜諾賽勒斯：路是同樣的筆直漫長，房子是同樣的白色矮小，但到處是新的、漂亮的植物，芳香的空氣，美好的陽光，天空清澈深遠，即使在義大利，他也好像從來沒見過這樣的美景。

沿著街道往前走，他又感到非常激動，就像當時在布宜諾賽勒斯一樣。他看著所有房子的門窗，看著所有過往的婦女，迫切地希望能夠找到他的母親。他想問所有人，但他誰也不敢攔住。所有站在門口的人都看著這個衣衫襤褸風塵僕僕的少年，好像他來自很遠的地方。他在人群中尋找著可以信任的臉孔，想要詢問那個可怕的問題。他的目光落在一個店鋪的義大利語招牌上。店裡有一個戴眼鏡的男人和兩個女人。他慢慢走向門邊，鼓足了勇氣問道：「先生，您能告訴我梅齊內斯家住哪裡嗎？」

「是梅齊內斯家嗎？」店主反問了他。

「是梅齊內斯的家。」少年用微弱的聲音回答說。

「梅齊內斯家，」店主說，「不在圖庫曼。」

回應這句話的是一聲絕望的痛苦叫喊，像是一個人被扎了一刀。

店主和女人們站了起來，一些鄰近的人也趕來了。「怎麼啦？孩子，你怎麼啦？」店主說著，把他拉進店裡，讓他坐下，「別絕望呀！梅齊內斯家不在這裡，但也沒多遠，離圖庫曼只有幾小時的路程！」

「在哪裡？在哪裡？」馬可喊道，他就像是復甦的人一樣跳了起來。

「離這裡大約十五里，」男人接著說，「在薩拉迪尤河旁邊，人們在那裡建造一個大的製糖廠，一個住宅區，梅齊內斯家就在那裡，大家都知道，你幾小時之內就能到。」

「我一個月前去過那裡。」一個趕來的年輕人說。

馬可睜大眼睛看著他，馬上臉色慘白地問：「你看到梅齊內斯先生的女傭人了嗎？她是義大利人。」

「熱那亞女人，我看見了。」

馬可嗚咽起來，又破涕為笑。然後，他突然下定決心：「哪條路最近，我馬上出發，請你們告訴我路怎麼走。」

「但需要走一天哪，」大家對他說，「你累了，得休息，明天再出發。」

「不行！不行！」少年回答說，「你們告訴我從哪裡走，我一刻也等不了，我馬上走，哪怕會死在路上！」

看到他已下定決心，大家就不再勸他了。「上帝與你同在，」人們對他說，「注意別走進森林的路。」

「旅途順利，小義大利人。」一個男人陪著他出了城，為他指路，給他一些建議，就看著他出發了。幾分鐘後，背著行李一瘸一拐的少年就消失在路邊茂密的樹林後。

那一夜，對生病的女人是可怕的一夜，她劇痛難忍，痛苦的喊叫撕心裂肺，有時陷入昏迷。照顧她的女人們幾乎受不了了。不知所措的女主人不時來看看她。所有人都開始擔心，即使她同意做手術，醫生只能天亮後才到，恐怕將於事無補了。但當她神志清醒時，看得出她最大的痛苦不是身體的，而是遠方的家。失神，憔悴，臉都變形了，她雙手插在頭髮裡，絕望地喊著：

「我的上帝！我的上帝！我客死在他鄉，看不到他們！我可憐的孩子，沒有媽了，我的心肝，我可憐的骨肉！我的馬可，他還這麼小，才這麼高，多善良，多麼可愛！你們不知道他是什麼樣的孩子！太太，如果您看到的話！當我出發時，他們沒法把他從我脖子上抱走，他令人心碎地哭著呀，就好像他知道再也看不見媽媽了，可憐的馬可，我可憐的孩子！我覺得我的心已經碎了！啊，如果當他跟我告別時我就死了可能更好！沒了媽，可憐的孩子，他非常愛我，他非常需要我，沒有媽，貧窮，他得去討飯當乞丐，他，馬可，我的馬可，餓得伸出要飯的手！」

「哦，永恆的上帝！不，我不想死！醫生！你們快去叫他！來吧，幫我動手術吧，切開我的肚子，只要能救我的命！我要好起來，我要活著，出發，回家，明天，馬上！醫生！救命！救命！」

女人們抓住她的手，撫摸著她，祈禱著，讓她慢慢地恢復神志，跟她談著上帝和希望。她又陷入悲哀中，她哭著，手放在灰色的頭髮裡，抽泣得像個小女孩，長長地哀號，不時喃喃自語：「哦，我的熱那亞！我的家！那海洋……哦，我的馬可，我可憐的馬可！現在他在哪裡，我可憐的心肝寶貝！」

那是半夜，她可憐的馬可，在一個大坑旁邊度過了很多個小時，筋疲力盡。他穿過一座大森林，參天大樹是植物中的怪物，樹幹粗大，就像是教堂裡的柱子，樹冠在很高的空中交叉接觸，被月光染成銀白色。在那半黑的環境中，他隱約看到成千的各式各樣的樹幹，直的、斜的、扭曲的、交叉的，形態各異，像是彼此在威脅和爭鬥，有一些倒在地上，就像塔樓整個傾倒，上面覆蓋濃密錯亂的植物，就像是憤怒的人群在一寸一寸地爭奪地盤，其他的成簇狀，緊密地排列向上，就像是巨型長矛，頂部直衝雲霄，巨大無比，形狀怪異。他從未見過植物世界這樣宏偉恐怖的景觀，不時感到驚訝不已。

但他的思緒馬上回到母親那裡。他疲憊不堪，腳上流著血，在可怕的森林裡，只能看到彼此距離很遠的住家，在那些大樹下顯得像螞蟻窩，路上有些睡著的水牛。他疲憊不堪，但不感覺累，他獨自一人，但他不怕。森林的巨大也增大他的膽量；

接近母親的距離，給了他一個男子漢的力量和勇氣；大海、驚恐和戰勝痛苦的經歷、辛苦勞動、不停努力前進的記憶，都讓他高昂起頭來。他的一腔強悍高貴的熱那亞血統，讓他內心洶湧澎湃，驕傲無畏。

他經歷著前所未有的感覺：在那之前，他一直帶著對兩年前母親模糊不清的印象。而在這時，她的形象越來越清晰，他清楚看到她好長時間沒看過的線條明確的臉龐，他看得很近，很亮，很生動，看到她最微妙的眼神和嘴唇的移動，她所有的表情，所有的動作，她所有的思緒。他被那些回憶驅動，步伐更加急促，一種新的感情，一種無以名狀的甜蜜在心裡增長，讓他臉上流著甜蜜安詳的淚水，他在黑暗中前行，跟她說話，跟她說過一會兒將會在她耳邊說的話：「我在這裡，我的媽媽，再也不離開你了。我們一塊兒回家，在船上，我將一直守在你身旁，緊靠著你，誰也不能把我跟你分開，任何人永遠都不能，只要你還活著！」

他沒發現，在巨大樹木的頂端，月亮的銀白色已經在黎明的淡白色中消退。

那天早晨八點鐘，圖庫曼的醫生，一個年輕的阿根廷人，已經來到病人床邊，在一名助手的陪同下，最後一次企圖說服病人接受手術。梅齊內斯工程師和夫人也與他一道，懇切地請求她。

但一切都是徒勞的。女人覺得自己已經沒有力氣，不再相信手術了。她堅信要麼會死在手術中，要麼在經歷了比生活本身的折磨更大的手術痛苦之後也活不過幾個小時。

醫生一直小心地對她說：「手術很可靠，您的生命不會有危險，只要您有勇氣接受！但如果您拒絕，那死亡就不可避免了！」

但一切都是白費口舌。「不！」她依然以微弱的聲音回答，「我不怕死，但我怕不必要的痛苦。謝謝，醫生。命該如此，讓我安靜地死去吧。」

失去信心的醫生不再勸說。沒有人再說話了。

女人把臉轉向女主人，對她說最後的心願：「親愛的好心太太，」她抽泣著費力說道，「請您把那點錢和我的可憐的東西寄回我家……通過領事先生。我希望我的家人還活著。最近我有好的預感。請您幫忙寫信告訴他們……我一直惦記他們，我一直為了他們而工作……為了我的孩子……我唯一的痛苦就是不能再見他們了……但我死得很勇敢……認命了……祝福他們。我懇求我丈夫……和我大兒子……小兒子，我可憐的馬可……我一直到最後都想著他……」

突然間她情緒激動，合掌喊道：「我的馬可！我的孩子！我的生命！……」她轉動著滿含熱淚的眼睛四處張望時，卻發現女主人不在了：人們匆忙地把她叫出去了。她找男主人，也不在了。只留下兩個女護士和醫生助手。她聽到隔壁房間裡急促的腳步聲，短促低沉的說話聲，還有忍住的呼喊聲。病人淚眼模糊地看著屋門等待著。

幾分鐘後她看到醫生出現了，臉色不同尋常，然後是男女主人，他們的臉色也變了。三個人都表情異樣地看著她，低聲地交換著話語。她似乎聽到醫生對女主人說：「最好是現在。」病人聽不明白。

「胡塞法，」女主人用顫抖的聲音對她說，「我有好消息告訴你。你做好心理準備來聽聽這個好消息。」

女人仔細地看著她。

「一個消息，」女主人越來越激動地接著說，「讓你非常高興的消息。」

病人睜大了眼睛。

「你準備好，」女主人繼續說，「看，一個你非常想念的人。」

女人猛然地抬起頭來，用發亮的眼睛開始快速地看一下女主人，看了一下房門。

「一個人，」女主人臉色發白地補充說，「現在剛剛到……真是誰也想不到。」

「是誰？」女人用哽咽變調的嗓音問道，就像是被嚇壞的人。

瞬間之後，她大聲喊著從床上坐起來，呆坐在那裡不動，瞪大了眼睛，雙手捂著太陽穴，就像看到了超人出現。

衣衫襤褸風塵僕僕的馬可站在門檻上，一隻手臂被醫生拉著。

女人喊了三聲：「上帝！上帝！我的上帝！」

馬可向前衝去，她張開瘦骨伶仃的雙臂，用一隻母老虎的力量把他抱入懷裡，無法抑制地大笑著，間或被沒有淚水的抽泣打斷，讓她又無力地癱倒在枕頭上喘不過氣來。

但她馬上恢復過來，高興地大喊，不斷地親吻他的頭：「你怎麼在這裡？為什麼？是你嗎？你長得多快呀！誰帶你來的？你一個人嗎？你沒生病嗎？是你，馬可！不是夢吧！我的上帝！說話呀！」然後突然換了語調，「不，別說話，等等！」

她迅速地轉向醫生，「快，馬上，醫生，我想痊癒！我準備好了，一刻也不要耽誤。把馬可帶到聽不到的地方。我的馬可，沒什麼。你以後告訴我，再讓我吻一下，去吧。我準備好了，醫生。」

馬可被帶走了。主人和女人們也都很快出去了。手術醫生和助手留下來，關上了門。

梅齊內斯先生想把馬可帶到比較遠的房間，但不可能，他就像釘在地板上一樣。

「什麼事？」他問，「我媽媽怎麼了？他們要對她做什麼？」

梅齊內斯一邊試圖把他拉走，一邊慢慢地說：「你聽著，我現在說給你聽。你母親病了，需要做一個小手術，我把一切都告訴你，你跟我來。」

「不，」少年停步不前，回答說，「我就想待在這裡，你在這裡解釋給我聽。」

工程師嘴裡不停地說著，拉著他，少年開始害怕了，他發抖了。

突然一聲尖叫，就像是受致命傷的喊叫，在整個家中迴蕩。

少年呼應著另一個絕望的喊聲：「我媽媽死了！」

醫生出現在門口說：「你媽媽得救了。」

少年看了他片刻，然後撲倒在他的腳下抽泣著說：「謝謝醫生！」

但醫生馬上把他扶起來說：「起來！……你是少年英雄，是你救了你的母親。」

夏季

二十四日，星期三

熱那亞人馬可是我們今年認識的倒數第二個小英雄：還剩下六月份的一個。剩下兩次月考，二十六天的課，六個周四和五個周日。已經感覺到學期末的氣氛。

院子裡的樹已經枝葉繁茂，鮮花盛開，為體操器材罩上陰涼。學生已經穿上夏季的服裝。現在看班級下課是件賞心悅目的事，與前幾個月截然不同。披到肩膀上的頭髮沒有了：頭髮都被剃了；能看到裸露的腿和脖子；各式各樣的草帽，帽子上的飄帶可以搭到肩上；五顏六色的襯衫小領帶；年齡最小的孩子身上總有一些紅色和天藍色，一個翻領，一條花邊，一束纓穗，一塊顏色鮮豔的小花布，都是媽媽縫上的，只要顯眼就可以，即使最窮的孩子也是一樣，他們中有很多人來學校不戴帽子，就像從家裡逃出來似的。有些學生穿著白色的運動服。德爾卡蒂老師班裡有個孩子，從頭到腳一身紅，像隻煮熟的大蝦。很多人穿得像水手。但最漂亮的是小瓦匠，他戴著大帽子，看起來就像是燒了一半的蠟燭燈罩；看到他在帽子下做著野兔鬼臉，簡直笑死我了。科萊帝也不戴那頂貓皮帽子了，現在他戴的是一頂舊的灰色絲質旅行帽。沃蒂尼穿著一種蘇格蘭衣服，緊繃在身上；柯羅西露出胸脯；普萊克西在一件鐵匠穿的深藍襯衫下晃蕩。加羅非呢？現在他不能再穿藏著商品的大斗篷了，他的所有口袋都鼓鼓地塞滿舊貨商的便宜貨，彩票從口袋裡露出來。

現在所有人都顯露著自己的一切：用半張報紙做的扇子，蘆竹做的管子，射鳥用的箭，草，從口袋裡溜出來在上衣上慢慢爬著的鰓角金龜。很多年紀小的孩子為女老師帶來花束。

老師也都換上夏裝，顏色繽紛，除了小修女還是一身黑色。戴紅羽毛的小老師繼續戴著紅羽毛，脖子上繫著粉色的結，被學生的小手弄得皺巴巴，他們總是讓她笑著跑著。

這是櫻桃、蝴蝶、街頭音樂和鄉間散步的季節，很多四年級學生都已翹課去波河游泳，人人的心都飛向假期了，每天都迫不及待地等著放學，期待著新的一天。

只是看到加羅內戴著孝，讓我難受。我可憐的二年級老師越來越清瘦和蒼白，咳嗽越來越厲害。她現在彎著腰走路，連跟她打招呼都讓我感覺很心酸！

詩意

☺二十六日，星期五

你開始懂得學校的詩意了，恩里科。但目前你只是從裡面看學校，再過三十年，你會覺得它更美麗，更富有詩意。當你帶著你的孩子來看它時，你將從外面看它，就像我現在看它一樣。

等著你放學，我在學校周圍寂靜的小路上閒逛，側耳聽著一層被百葉窗關閉的窗戶。從一個窗戶，我聽到一個女老師說：「啊，那一筆T，寫得不好，我的孩子。你爸爸怎麼說？……」旁邊窗戶一個男老師的洪亮聲音慢慢地念著：「買五十公尺布……每公尺四點五里拉……再把布賣出去……」再遠一點戴紅羽毛的女老師大聲念著：「那時彼得羅．米卡點燃導火索……」

附近班級傳出百鳥齊鳴一樣的聲音，意味著老師暫時不在。

我往前走，在轉角處，我聽到一個學生在哭，女老師責備又安慰他的聲音。從其他窗戶傳出詩句、偉大善良的人物名字和提倡美德、愛國、勇敢的語句片段。然後是無聲的片刻，就好像學校裡沒有人一般，不像是裡面有七百名學生，然後聽到爆發的歡笑聲，一個心情很好的老師開了個玩笑……過路的人停下來聽著，所有人都好意地看著學校優雅的建築，那裡面有著多少青春和希望啊。

然後，聽到一陣悶響，聽到收拾書本和書包的聲音，聽到跺腳聲，從下面到上面，一個班級傳到另一個班級的嗡嗡聲，就像是一個好消息突然傳開：是學校的工友宣布放學了。在嘈雜聲中，男人和女人、女孩和男孩三三兩兩地擠在門裡門外，等待著兒子、弟弟、孫子。

此時，一群小孩子從班級的出口像噴泉一樣湧入大廳裡，拿著大衣和帽子，造成一片混亂，周圍一切都在活蹦亂跳，直到工友把他們一個一個地又趕回去。他們終於排著長隊，跺著腳出來了。

這時，所有的家長開始一陣詢問：

「你聽懂課了嗎？」

「你作業得了幾分？」

「你們明天有什麼課？」

「什麼時候月考？」

可憐的媽媽們不識字，也打開筆記本，看那些問題，問著得分：

「才八分？」

「十分加表揚？」

「課堂提問九分？」

她們不安，她們快樂，向老師問這問那，談論著教學計畫和考試。

這一切多美好呀，多偉大呀，對世界是何等遠大的承諾啊！

你的父親

聾啞女孩

☼ 二十八日，星期日

作為五月的結尾，我覺得不可能比今天早上的參觀行程更好了。早上聽到門鈴響，我們都跑過去。我聽到父親以驚奇的口氣說：「你也在這裡，焦爾焦？」

焦爾焦是我們在基耶里的園丁，現在家住在孔多維，他做了三年鐵路工後，剛剛從希臘回來，前一天在熱那亞下船，回歸故里。他手裡提著很大的行李。有點兒變老了，但臉還是紅撲撲的，樣子很高興。

我父親想讓他進來，但他說不用，而且馬上神情嚴肅地問道：「我家怎麼樣？吉佳怎麼樣？」

「直到幾天前都很好。」我母親回答說。

焦爾焦大喘了一口氣：「哦！讚美上帝！如果沒有她的消息，我真沒有勇氣出現在聾啞人面前。我把行李放在這裡，這就去接她。我三年沒看見我可憐的女兒啦！三年我沒看過任何親人啦！」

父親對我說：「陪他去。」

「對不起，我再說一句。」園丁在門廊裡說。

但我父親打斷他：「生意怎麼樣？」

「很好，」他回答，「感謝上帝。我帶了點兒錢。但我想問，聾啞孩子的學習怎麼樣？您跟我說一下吧。我離開她時，她就像個小動物，可憐的孩子。其實，我不太相信這些學校。她學會手語了嗎？我妻子總是寫信說好：『她學說話，有進步。』但我說她學說話有什麼用，如果我不會手語，我們怎麼交流，可憐的小女孩？手語在他們之間是有用的，一個不幸的人和另一個不幸的人之間。總之，怎麼樣？怎麼樣？」

我父親微笑著回答：「我什麼都不跟您說，您自己去看吧，去吧，一分鐘也不要耽擱。」

我們出門了，聾啞學校離我家很近。在路上，我們大步走著，園丁痛苦地對我嘮叨：「啊！我可憐的吉佳！她生來就帶著殘缺！你知道嗎，我從來沒聽過她叫我爸爸，她也從沒聽見我叫她女兒，她從來沒有說過也沒有聽過世界上的一句話！感謝我找到一個好心的恩人，幫她付了學校的費用。但……八歲以前她不能上學。如今她離開家已經三年了。現在，她快十一歲了。跟我說，她長高了嗎？她過得好嗎？」

「您馬上就看到了，您馬上就看到了。」我加快了步伐並回答他。

「這學校在哪裡？」他問道，「我妻子送她去的時候，我已經離開了。我覺得好像在這裡。」

我們的確到了，我們馬上進入會客室，一個管理員接待我們。「我是吉佳・沃吉的父親，」園丁說，「我要馬上見我的女兒。」

「她們正好下課，」管理員回答說，「我去通知老師。」他走了。

園丁既不能再說話，也不能停下來，他看著牆上的畫，但什麼也看不進去。門開了，進來一個穿著黑衣服的女老師，手裡領著一個女孩。父女對視了片刻，然後大喊一聲，互相擁抱在一起。小女孩穿著淡紅和白色條紋的衣服，一條灰色的圍裙。比我高。她哭著用雙臂摟著父親的脖子。

她父親掙脫出來，從頭到腳打量著她，眼裡閃著淚花，喘著氣，就像是剛跑完步一般。他喊道：「啊！長大了！變得多漂亮呀！哦，我親愛的，可憐的吉佳！我的小啞巴！您是她的老師嗎？您跟她說她可以跟我打手語，我能懂一些，我以後會慢慢學的。您跟她說，讓她使用手語，我可以懂一些的。」

老師笑著低聲對小女孩說：「來找你的這個人是誰？」

小女孩用洪亮的聲音，就像是個野人第一次用我們的語言說話，但發音清楚，微笑著說：「是我——父——親。」

園丁往後退了一步，發瘋一樣喊道：「她說話了！這可能嗎！她說話？我的孩子，你說話了？跟我說，你能說話？」他再次擁抱她，並吻了她的額頭三次。

「他們不是用手語說話，用手指這樣比畫？這是怎麼回事？」

「不，沃吉先生，」女老師回答說，「不是用手勢，那是老方法。這裡用新方法教學，用口語。您怎麼不知道？」

「我的確什麼都不知道！」園丁吃驚地回答說，「我在外面過了三年！可能他們告訴過我，我卻沒有明白，我的想法真是太固執了。哦，我的女兒，那麼，你明白我說的話嗎？你聽得見我的聲音嗎？回答我，你聽得見我嗎？聽得到我說的嗎？」

「不，先生，」女老師說，「她聽不見聲音，因為她耳聾了，她只能從您的口型變化來理解您說的話，但她聽不見您的言語，她自己跟您說的也聽不見。她發出的那些聲音是我們一句一句教的，怎樣做出口型和動舌頭、胸腔和喉嚨怎樣使力，才能發出聲音。」園丁聽不懂，張大了嘴，還是不能相信。

「跟我說，吉佳，」他對著她的耳朵問道，「爸爸回來了，你高興嗎？」他抬起臉等待回答。

女孩看著他，若有所思，什麼也沒說。父親面有難色。

女老師笑了，然後對他說：「先生，她不回答，是因為沒有看見您嘴唇的動作：您是對著她耳朵說的！請您把臉對著她的臉，再重複一遍問題。」

父親看著她的臉重複道：「爸爸回來，你高興嗎？他再也不走了，你高興嗎？」小女孩認真地看著他的嘴唇，努力地看著他嘴唇的動作，誠實地回答說：「高興，我——高興，你——回——來了，你不再走了……永遠不。」

父親用力地擁抱她，然後為了更清楚了解情況，快速地問了她很多問題。

「媽媽叫什麼呀？」

「安——東尼婭。」

「這個學校叫什麼？」

「聾——啞——學校。」

「二乘以十等於幾？」

「二十。」

當我們以為他一定高興得要大笑時，他卻突然哭了起來，但也是很高興的。

「振作起來，」女老師對他說，「您有理由高興，別哭呀。您看，您讓您的女兒也哭了。您不高興嗎？」

園丁抓住女老師的手，吻了兩三遍說：「謝謝，謝謝，一百次地感謝，一千次地感謝，親愛的老師！您原諒我不會說別的話！」

「不只是說話，」老師說，「您女兒還會寫字，會算數。她知道所有日常用品的詞語。她知道一點歷史和地理。現在她在正常班裡，再上兩年學，她會知道得更多。一旦從這裡畢業，她可以從事一種職業。我們已經有聾啞人在商店裡為顧客服務了，他們像其他人一樣地工作。」

園丁又驚呆了，好像腦子又亂了一樣，看著女兒，抓著自己的額頭，他的表情顯示他需要老師更清楚的解釋。

女老師轉向學校的工友，對他說：「幫我叫一個預備班的女孩來。」

過了一會兒，工友帶著一個八九歲的聾啞女孩過來，她剛來學校不久。

「這個孩子，」女老師說，「是我們教授最基礎知識的學生之一。看看我怎麼做。我要讓她說e。您看好啦。」女老師張開嘴，擺出發e音的嘴型，指示小女孩也用同樣的方式張開嘴。小女孩照辦。老師做出手勢指導她發出聲音。她發出聲音了，但發的是o，而不是e。

「不對，」老師說，「不是這樣。」她拉起女孩的雙手，把一隻張開的手放在自己喉嚨上，另一隻放在胸口上，重複，「e」。小女孩通過手感覺到老師的喉嚨和胸口，她像之前那樣張開嘴，正確地發出聲音：「e」。老師用同樣的方法讓她說c和d，總是把兩隻小手放在自己胸口上和喉嚨上。

「現在您明白了嗎？」她問。

孩子的父親已經明白了，但好像比沒明白時更驚訝。「老師用那種方式教他們說話？」在想了一分鐘後，他看著女老師問道，「你們有耐心教所有人慢慢地用那種方式說話？一個一個地，一年一年地……你們是聖人，肯定是！你們是天堂的天使！但世界對你們無以回報！我能說什麼？……現在請讓我和我女兒單獨待一會兒，讓她跟我單獨待五分鐘。」

他把女兒拉到一邊坐下來，問她各種問題，她回答，他眼裡閃著淚花，用拳頭敲打著膝蓋，雙手拉著女兒，端詳著她，聽著她說話高興得不能自持，就像聽見來自天上的聲音，然後他問女老師：「我可以當面感謝校長先生嗎？」

「校長不在，」老師回答說，「但另一個人在，您應該感謝她。在這裡每一個小女孩都被另一個大一點兒的同學照顧，做她的姐姐、媽媽。您的女兒託付給一個十七歲的聾啞女孩，她是麵包師的女兒，人很善良，對她很好。兩年來，她每天早上都去幫助吉佳穿衣服、梳頭，教她使用針線，整理東西，陪伴她。路易佳，你在學校裡的媽媽叫什麼？」

小女孩笑著回答說：「卡特——麗娜．焦爾——達諾。」然後對她父親說：「她非——常，非——常善良。」

隨著女老師的一個手勢，工友出去了，一眨眼的工夫就回來了，帶來一個金髮聾啞女，面色紅潤，身體健壯。她也穿著紅白條紋的衣服和灰色圍裙，臉色通紅地停在門口，然後低著頭笑著。她的身體是成熟女人的，但表情是小女孩的。

焦爾焦的女兒迅速跑向她，像個小姑娘似的拉著她的手，把她拉到父親面前，用她的粗聲說：「卡——特——麗娜．焦爾——達諾。」

「啊！能幹的姑娘！」父親喊道，伸出手要撫摸她，但又縮回來，重複說，「啊！善良的姑娘，上帝保佑您，給予您一切幸運，一切安慰，讓您和所有的親人都永遠幸福。一個如此善良的姑娘，請接受我可憐吉佳的父親的衷心祝福，雖然我只是個正直的工人，一個窮家長！」

姑娘摸著小女孩，一直低著頭笑著，園丁一直像看聖母一樣地看著她。

「今天您可以把女兒帶走。」女老師說。

「我帶她走！」園丁回答說，「我把她帶到孔多維，明天上午把她帶回來。怎麼可能不把她帶走呀！」女兒跑去換衣服。「三年沒看見她了！」園丁接著說，「現在她說話了！我馬上帶她去孔多維。但我要先挽著我的小啞巴去都靈轉一圈，讓大家看看她，讓我的幾個熟人聽聽她說話！啊！多美好的一天呀！真令人欣慰！把手臂給我，我的吉佳！」女孩穿著小斗篷戴著寬邊帽回來了，向他伸出手臂。

「謝謝大家！」父親在門口說，「我衷心地感謝所有人！我還會回來，再次感謝各位！」

他若有所思了片刻，然後鬆開女孩，手在衣服下摸索一陣，又退了回來，像瘋了一樣喊著：「儘管我是個窮鬼，但這二十里拉留給學校，一枚嶄新的金幣。」他用力敲一下桌子，留下了金幣。

「不，不，好人，」女老師感動地說，「收回您的錢。我不能接受，請拿回去。我做不了主，等校長回來您再試試吧。但他也不會接受，您就別想了。這是您出了多少勞力才賺到的。我們都仍然非常感謝您。」

「不，我要把它留下，」園丁固執地說，「以後……再說。」

但女老師把錢放進他的口袋，不給他拒絕的機會。

他只好搖著頭作罷，然後用手給了女老師和姑娘一個飛吻，挽起女兒手臂，向門外邊走邊說：「來吧，來吧，孩子，我可憐的小啞巴，我的寶貝！」

女兒用粗獷的聲音說：「哦，多——好的——太陽！」

六月

加里波第

☺三日，星期六（明天是國慶日）

今天是國喪日。昨天晚上加里波第去世了。你知道他是誰嗎？是從波旁專制王朝下解放了一千萬義大利人的那個人。享年七十五歲。他出生在尼斯，是一個船長的兒子。八歲時，他救過一個婦女的命；十三歲時，當船要沉沒時，救過一船同學的命；二十七歲時，在馬賽海裡救出一個溺水的青年；四十一歲時，他從在大洋上起火的輪船上逃生。

他在美洲，為了解放外族人民戰鬥了十年。他參加了三次抵禦奧地利人，解放倫巴第和特倫蒂諾的戰爭，於一八四九年保衛羅馬不受法國人的侵略，於一八六〇年解放巴勒莫和那不勒斯，一八六七年再次在羅馬戰鬥，一八七〇年為保衛法國與德國人戰鬥。他有英雄主義的熱血和戰爭的天才。他參加了四十場戰役，打贏了三十七次。後來他退出戰鬥，為了生存而工作，或隱居在一個荒涼的島上種田。

他曾是水手長、工人、商人、戰士、將軍、獨裁者。他偉大、簡樸、善良。他憎恨壓迫者，熱愛所有的人民，保護所有的弱者；他只熱衷於善行，拒絕榮譽；不怕犧牲，熱愛義大利。

當他號召戰鬥時，從各方都有勇士的軍團回應他。貴族放棄宮殿，工人離開工廠，青年人離開學校，去到他光榮的旗幟下戰鬥。

在戰爭中，他穿著紅衫。他強壯，金髮，英俊。在戰場上他是閃電，在親人中他是孩子，在痛苦中他是聖徒。上千的義大利人為祖國犧牲了，臨死前看到他勝利地在遠處走過就覺得很幸福，為了他，上千人願意犧牲，上百萬的人祝福過他並將一直祝福他。

如今他去世了。全世界為他而哭泣。

你現在不明白，但你將讀到他的英雄事蹟，在生活中將不斷聽到有關他的談論。隨著你慢慢地長大，他的形象也將在你面前越發高大，當你長大成人，你將視他為巨人。當你不在人世時，當你子孫的子孫不在人世時，當他們的後代也不在人世時，每當念著他的名字，世世代代仍將看到他作為人民救星的光輝面容，戴著眾多勝利戰役名稱組成如星星的光環，照亮每個義大利人的額頭和心靈。

你的父親

軍隊

☼ 十一日，星期日，國慶日（因加里波第去世而推遲了七天）

我們去了古堡廣場，在夾道觀看的人群中，一同看閱兵式。在軍號和軍樂中，隊伍逐一接受總司令的檢閱，我爸爸告訴我，各式兵種和各種旗幟代表的榮譽。

首先是軍校的士官生，他們將成為工兵和炮兵的軍官，大約三百人，穿著黑色的軍服，他們以戰士和學生的熱情奔放步伐走過。

在他們之後，列隊走過的是步兵：曾經在戈伊托和聖馬蒂諾戰鬥的奧斯塔旅，曾在卡斯泰爾菲達爾多戰鬥的貝加莫旅，一共四個團，一個連跟著一個連，上千的紅纓穗，就像是很多血色花組成的雙排花鍊，兩頭拉著忽緊忽鬆。

在步兵之後行進的是工兵，戰爭中的工人，戴著黑色鬃毛的頭飾和深紅色的飾帶。當他們行進時，已經看到他們後面來的是上百的直羽毛飾，飄揚在看熱鬧的人們頭頂上：他們是阿爾卑斯山地狙擊兵，義大利門戶的守衛者，他們全都身材高大，紅光滿面，威武雄壯，戴著卡拉布里亞式的帽子和翠綠的翻領，那是他們山區的顏色。

阿爾卑斯山地狙擊兵還沒走過去，人群一陣騷動，是古老的第十二營，他們是庇亞門突擊戰中第一批進入羅馬的狙擊兵。他們黝黑、靈敏、活躍，羽毛裝飾迎風飄動，就像是黑色的激流通過，使整個廣場都迴蕩著嘹亮的軍號聲，就像是歡呼一般。但他們的軍號被一陣沉悶的轟隆聲打斷，預示著野戰炮兵的到來。他們坐在由三百對馬匹拉著的高高戰車上驕傲地駛過，他們帶著黃色的繩索，青銅和鋼製的大炮在輕型炮架上閃閃發光，大炮的迴響聲讓大地顫抖。

再往後，步伐緩慢沉重，外表莊嚴帥氣、粗曠彪悍的戰士，強壯的騾子，是山地炮兵，只要人跡所至，就能帶來恐慌和死亡。

最後是漂亮的熱那亞騎兵團，他們快步小跑，陽光下的頭盔和沖天的標槍，迎風飄揚的旗幟，金銀閃爍，空氣中響著金屬碰撞聲和馬嘶聲。他們在十次戰役中衝鋒陷陣，從聖露西亞到維拉弗蘭卡。

「真好看啊！」我喊道。

但我父親幾乎責備我說了那句話，他對我說：「別把軍隊看作是演戲。所有這些強壯和充滿希望的年輕人隨時可能被召喚保衛我們的國家，幾小時之內，所有人都可能倒在子彈的掃射下。每次在節日中你聽到喊聲：軍隊萬歲，義大利萬歲，你就要想像到在通過的軍團之外，屍橫遍野血流成河的戰場，那麼軍隊萬歲的呼聲就會來自你的內心深處，義大利的形象就會更加莊嚴、更加偉大。」

義大利

十四日，星期三

在她的節日裡，你這樣去問候祖國：

義大利，我的祖國，高貴可愛的土地，我父親和母親出生並將埋葬在這裡，我希望在這裡生活和死去，我的子女將在這裡生活和死去。

美麗的義大利，千百年來，偉大光榮；近幾年來，統一自由；你為世界灑滿了神聖智慧的光芒，因此很多勇士戰死沙場，很多英雄獻身斷頭臺；三百座城市和三千萬子女的高貴母親。童年的我還不理解你，不了解你的全部，但我全心全意地崇拜你、熱愛你，我為生長於你的懷抱和被稱為你的子孫而自豪。

我愛你美麗的海洋，愛你崇高的阿爾卑斯山，愛你莊嚴的歷史建築和你非凡的歷史記憶，愛你的光榮和美麗。我熱愛你、崇拜你的全部，也熱愛你最讓人喜愛的那部分，在那裡，我第一次看到太陽和聽到你的名字。

我以一種友愛和感激之情愛你的城市：勇敢的都靈，驕傲的熱那亞，博學的波倫尼亞，迷人的威尼斯，強大的米蘭；我以同樣的崇敬愛你的其他城市：高貴的佛羅倫斯和威嚴的巴勒莫，魅力無窮的那不勒斯，神奇永恆的羅馬。

我愛你，神聖的祖國！我向你發誓我將愛所有你的子女，視之為兄弟；我的心裡永遠崇敬你活著和已故的偉人；我將是勤勞和正直的公民，永遠提升自我，讓我無愧於你，用我的微薄之力，希望有一天在你面前能消除貧困、愚昧、不公、罪惡，使你能夠在偉大的權利和力量中生生不息。

我發誓將為你服務，以我的力量，以我的智力，以我的雙臂，以我的熱心，謙卑而熱情地為你服務。如果有一天需要，我將為你獻出我的鮮血與生命，將對天喊著你神聖的名字，最後將吻你那聖潔的旗幟。

你的父親

三十二度

☼ 十六日，星期五

在國慶日過去的五天時間裡，氣溫上升了三度。

現在是夏天了，所有人都開始覺得疲乏，都失去春天的玫瑰色；脖子和腿開始變細，腦袋低垂著，眼睛半閉著。

可憐的內利受不了炎熱，臉色很難看，有時頭枕在筆記本上就沉沉地睡去；但加羅內總是很注意，在內利面前放一本立著打開的書，這樣老師就看不見他。

柯羅西把他的紅腦袋靠在課桌上，那樣子居然就像是身首分離，把腦袋放在那裡似的。

諾比斯抱怨我們人太多，讓空氣變得不好。

啊！現在需要什麼樣的毅力來學習呀！我從家裡窗戶看著那些漂亮的樹灑下陰影，多想跑到那裡去呀，對要把自己關在課桌之間，我幾乎感到難過和憤怒。

但一看到我善良的母親，我就心軟了。

當我從學校出來時，她總是看著我，看我是不是臉色慘白。每寫完一頁作業，她就會說：「你還可以嗎？」

每天早上六點，她叫醒我去上學：「堅持下去！剩下沒幾天，然後你就自由了，能充分休息，可以去大路邊的陰影下。」

是的，她有理由提醒我，在田野裡或是在河邊令人目眩和燙人的白色鵝卵石間，那些工作的孩子還在太陽的燒灼下；那些在玻璃廠工作的人，整天都低頭在天然氣的火焰前工作；他們都比我們起得早，他們沒有假日。

總之，堅持下去！這方面也是德羅西占優勢，他既不怕熱，也不感覺疲倦，總是很活躍，快樂地晃動著一頭金卷髮，就和在冬天一樣，讀書不太花力氣，能讓周圍的人也提起精神，就好像他說話都能讓空氣變清爽。

還有另外兩個人也總是清醒和專注：那個固執的斯塔爾帝，為了不打瞌睡，他戳自己的臉，越是疲倦和炎熱，他越是咬緊牙關和睜大眼睛，好像他要吃了老師似的；那個善於經營的加羅非，拼盡全力用紅紙做扇子，再用火柴盒上的圖畫當作裝飾，一把賣兩個錢幣。

但最能幹的還是科萊帝，可憐的他五點就要起床幫父親運木柴！在學校，每到十一點鐘，他就睜不開眼睛了，頭垂在胸前。當然，他也搖晃著腦袋，用手掌打脖子，要求出去洗把臉，或要旁邊的人搖他、掐他。

今天早上他撐不住了，睡得很深沉。老師大聲叫他：「科萊帝！」他沒聽見。

老師生氣了，重複道：「科萊帝！」

於是住他家旁邊的燒炭人兒子起立說：「他從五點到七點一直在運送柴捆。」

老師讓他接著睡，繼續講了半小時的課。然後到科萊帝的課桌前，輕輕吹著他的臉，叫醒他。

看到老師在眼前，他嚇得往後縮。

但老師雙手抱住他的頭吻著他的頭髮說：「我不怪你，我的孩子。你不是因為懶惰而睡覺，是因為勞累而疲倦。」

我的父親

☺十七日，星期六

你的同學科萊帝，或是加羅內，肯定不會像你今天晚上那樣回答他們的父親。恩里科！怎麼可能呢？

你得向我發誓，只要我活著，以後絕不會再發生了。每當你父親指責你，你想用不禮貌的話頂嘴時，就想一下不可避免會有的那一天，當他叫你到他的床前，對你說：「恩里科，我走了。」哦，我的孩子，當你最後一次聽到他的聲音，即使很長時間以後，當你在他留下的房間哭泣時，在那些他再也不會翻開的書籍之間，想起你曾經對他不尊重，你就會自責：「怎麼可能呢？」

你那時就會明白他曾一直是你最好的朋友，即使他迫不得已懲罰你，他也比你還難過，他從不想讓你哭，那是為你好。那時你就會後悔，你會哭著吻他曾經工作的那張小桌子，在那張桌子上他為了孩子耗盡了生命。

現在，你不明白：他除了善良和愛，隱瞞了個人的一切。你不知道有時他是如此疲勞，以至於他以為沒有幾天能活了，在那些時刻他談的都是你，他不放心的只是留下貧窮無助的你！

多少次，想著這些，當你睡著時，他進入你的房間。他在那裡，手裡拿著燈看你，然後，雖然很累，很傷心，但他仍然堅持著回去工作！

你也不知道，很多時候，他找你，想和你在一起，因為他心裡痛苦，正經歷世界上所有男人都會經歷的不愉快。他找你是把你當作一個朋友，想尋求你的安慰，他需要你的同情來恢復平靜和勇氣。

想一想他會多麼傷心，如果他得到的是冷漠和不敬，而不是你的同情！別再讓這可怕的忘恩負義玷汙你！你想呀，儘管你像聖人一樣善良，你也永遠不可能償還他為你做過和繼續做的一切。

你還應該想：不能依賴命運，一個不幸就可能讓你在孩提時代失去父親，兩年之後，三個月之後，甚至是明天。啊！我可憐的恩里科，你會看到，你周圍的一切都變了，那麼，你會覺得只有穿著黑衣的可憐母親的家裡是多麼空蕩和淒涼！

去，孩子，去你父親那裡，他在他的房間裡工作。踮著腳去，別讓他聽見你進去，把額頭放在他的膝蓋上，請求他原諒你，為你祝福。

你的母親

在鄉下

☼ 十九日，星期一

我的好爸爸這一次也原諒了我，他允許我去鄉下散心，這是和科萊帝賣木柴的父親在周三約定的。我們都需要呼吸一下小山丘的空氣。

大家快樂得像過節一樣。昨天兩點，我們在條例廣場會合，德羅西、加羅內、加羅非、普萊克西、科萊帝父子和我，我們帶了水果、香腸和水煮蛋。我們有皮製的小飯盒和馬口鐵杯子；加羅內帶來一個裝著白葡萄酒的葫蘆瓶子；科萊帝帶來他父親的軍用水壺，盛滿了黑葡萄酒；小普萊克西，穿著鐵匠的襯衫，手臂下夾著一個兩公斤重的大麵包。

我們乘車直到聖母教堂站，然後快步去丘陵地帶。多綠呀，多陰涼呀，多愉快呀！我們在草叢間翻著筋斗，把臉浸泡在小溪裡，奔跑跨越籬笆。

科萊帝的父親遠遠地跟著我們，上衣披在肩上，抽著石膏做的菸斗，他不時用手勢嚇唬我們，要我們注意別把褲子撕破了。

普萊克西吹著口哨，我從來沒聽過他吹口哨。科萊帝一路上忙著，這個小男人用一指長的折疊刀，什麼都會做：小風車、小叉子、噴水器。他想幫其他人拿東西，身負重物，汗水直流，但一直像鹿一樣靈敏。

德羅西不時地停下來告訴我們植物和昆蟲的名稱：我不明白他怎麼知道那麼多。加羅內吃著麵包，默不作聲，但不再像他母親去世前那樣快樂地大口咬了，可憐的加羅內。不過，他人沒變，還是那麼善良：當我們中的一個助跑準備跨越一個水溝時，他就跑到另一端張開雙手接應；普萊克西害怕母牛，因為小時候被頂撞過，每次路過一頭牛，加羅內就在前面擋住他。

我們往上一直爬到聖瑪格麗特教堂，然後往下跳著，滾著，摔著……滑著。普萊克西，被荊棘絆住了，襯衫被鉤出一個破洞，害羞地站在那裡拿著撕破的衣服。但加羅非的上衣裡總帶著一些別針，幫他把破洞處別上，看不出來，普萊克西不斷地說「對不起，對不起」，然後又跑起來。

加羅非走在路上也不浪費時間：他採集能做生菜的草和蝸牛，每一塊有點發亮的石頭他都裝進口袋，以為裡面含有金或銀。

這樣一直跑著、滾著、爬著，在陰影裡，在陽光下，上上下下，在山崗和小路上，直到一個丘陵的頂部，大家都大汗淋漓，氣喘吁吁。我們坐在草地上吃點心。眼前是無邊無際的平原，所有阿爾卑斯山的天藍色山峰頂部都是白色的。我們都餓死了，麵包好像都不嚼就吞下去了。科萊帝的父親用葫蘆葉子托著香腸遞給我們吃。我們開始談論不能來的老師和同學，談論著考試。

普萊克西有一點不好意思吃，加羅內賣力地把自己手裡最好吃的部分都塞到他嘴裡。

科萊帝坐在他父親旁邊，盤著腿：他們如此親密，看起來更像是兩兄弟，而不是父子，倆人都紅著臉笑著，露出白色的牙齒。科萊帝的父親津津有味地嚼著，把我們吃剩下的小飯盒和杯裡的食物都清理乾淨，他說：「葡萄酒對你們念書的人不好，只有我這種賣柴火的人才需要它！」

然後，他拉起兒子，捏著他的鼻子說：「孩子，你們願意對他好嗎？他真的是一個熱心的人，我跟你們說！」

除了加羅內，大家都笑了起來。他一邊嚼著，接著說：「可惜，唉！現在你們在一起是好同學，誰知道再過幾年，恩里科和德羅西可能成為律師和教授，或者，我怎麼知道，你們四個人有開店的，有做工的，誰知道會在哪裡。那麼，永別了，同學。」

「別這樣說！」德羅西回答道，「對我來說，加羅內永遠是加羅內，普萊克西永遠是普萊克西，其他人也一樣，即使我變成俄羅斯沙皇，他們去哪裡，我也會去哪裡。」

「願你有福！」科萊帝的父親說，舉起了酒瓶，「這樣就太好了！你們來乾杯！

好同學萬歲！讓你們有家沒家的孩子都成為一家人的學校萬歲！」

我們都用飯盒和杯子碰著他的酒瓶，喝完最後一口。他喊道：「四十九團第四營萬歲！」他站起來喝下最後一口酒，「如果你們有一天要打陣地戰，要像我們一樣勇敢頑強，孩子！」

時候不早了，我們開始下山，大家跑著唱著，很多段路都手挽著手地走過。傍晚的時候，我們到了波河旁邊，成千的螢火蟲在飛舞。我們到了條例廣場才分手，一致同意周日再見，一塊兒去維托里奧．埃馬努埃萊劇院，觀看頒獎給夜校學生的儀式。多美好的一天呀！

如果沒有遇到我可憐的女老師，我本來會高高興興地回家！我看到她從我家的樓梯上往下走，天快黑了，她一看見我，就雙手拉著我，對著我的耳朵說：「永別了，恩里科，記住我！」我發覺她哭了。

我回家後把這件事告訴母親：「我遇見了我的老師。」

「她回去休息，」我媽媽說，「她眼睛都紅了。」然後她盯著我看，傷心地補充說：「你可憐的老師……她身體很糟。」

為工人頒獎

☼ 二十五日，星期日

像我們預先說好的那樣，我們一塊兒去了維托里奧．埃馬努埃萊劇院。劇院裝飾得跟三月十四日一樣，很多人，但都是工人家庭，中間的座位被音樂夜校的男女學生占滿了，學生唱著一首獻給克里米亞犧牲戰士的頌歌，很好聽，一結束，全體起立鼓掌歡呼，他們又重新唱了一遍。

之後，得獎人馬上開始列隊，從市長、省督和其他官員面前走過，接受儲蓄銀行的獎金帳戶、證書和獎章。在中間座位的一角我看到了小瓦匠，坐在他母親旁邊，另一邊是校長，他後面是我二年級的紅頭髮老師。

首先上場的是繪畫夜校的學生，他們是金銀匠、石匠、石印工，還有樵夫和泥瓦匠；然後是商業學校的學生；再後面是音樂高中的學生，他們有很多是姑娘和女工，都穿著華麗面帶笑容，觀眾對她們報以熱烈的掌聲。最後是小學夜校的學生，這才開始有可看之處。

各個年齡段，各行各業，穿什麼的都有，男人戴著灰色的帽子，工廠的童工，留著大黑鬍子的工人。

年齡小的若無其事，成年人顯得有一點尷尬，人們為年齡最大的和最小的鼓掌。但觀眾中沒有人像我們的頒獎儀式時那樣笑：看到的都是一張張認真嚴肅的臉。很多得獎人的妻子和孩子就坐在臺下中間的席位，很多孩子當看到他們的父親走上舞臺時，高聲叫著他們的名字，用手指著他們大聲笑著。上臺的還有農民和搬運工：他們是邦孔帕尼學校的學生。有一位來自齊塔戴拉學校的是我父親認識的擦鞋人，省督頒給他畢業證書。

在他之後我看到一個巨人般的高大男人，我好像在什麼地方見過他……他是小瓦匠的父親，來領二等獎！我這時才想起來，在閣樓上，在他生病的兒子床前見過他，我馬上巡視在座位上的兒子：可憐的小瓦匠！他眼裡閃著淚花看著父親，為了掩飾自己的激動做著野兔鬼臉。

這時我聽到爆發出掌聲，就往臺上看：一個擦煙囪的小孩，洗得很乾淨的臉，但穿著工作服，市長拉著一隻手跟他說話。擦煙囪人之後，上來的是廚師。然後來領獎章的是一個來自拉涅里學校的市政清潔工。我不知道心裡怎麼了，湧現極大的同情和極大的尊敬，想著所有那些勞動者獲得這些獎勵所付出的代價，他們是家長，有很多操心的事，在他們的辛苦上又添加多少辛苦，犧牲多少小時最需要的睡眠，還得付出多少腦力，用他們因勞動而變粗糙的手，來努力學習課程與抄寫筆記。

過來了一位工廠的童工，可以看出他穿的是因為頒獎而借的父親的上衣，袖子太長了，他不得不在臺上捲起袖子，才能拿到自己的獎。很多人笑了起來，但馬上就被掌聲淹沒了。

後面來了一位禿頭的白鬍子老人。過去的還有炮兵戰士，他們是我們學校的夜校學生；再往後是海關稅收員、市政保全員，他們都是我們各個學校的保全人員。

最後，夜校的學生再次唱起克里米亞烈士的頌歌，但是這一次特別感人，有一種直接發自內心的感召力，人們幾乎不鼓掌了，沒有喧囂，都很感動並慢慢地退場離去。

短短的幾分鐘內，大街上就滿滿是行人。在劇院門前，小煙囪清掃工拿著繫著紅繩子的獎狀，很多成年人圍著跟他交談。工人、孩子、保全、老師，很多人在街道兩邊隔著路互相問候。我二年級的老師在兩個炮兵之間出來。能看到很多工人的妻子抱著孩子，孩子的小手裡拿著父親的畢業證書，驕傲地向路人展示著。

我的女老師去世

☼ 二十七日，星期二

當我們在維托里奧．埃馬努埃萊劇院時，我可憐的女老師去世了。她是兩點過世的，在來找我母親的七天之後。

昨天早上，校長在學校向我們宣布了這個消息。他說：「你們當中曾經是她學生的人都知道，她有多善良，對學生有多好，對大家來說，她就是媽媽。現在她不在了。一場可怕的疾病折磨了她很長時間。如果她不為了賺錢餬口教書，能及時治療，也許能痊癒。如果她能休息的話，至少能多活幾個月。但是，她寧願和孩子在一起直到最後一天。星期六晚上，十七日，她與孩子告別，她知道再也看不到他們了，依然給他們提出好的建議，親吻所有的人，哭著走了。現在，沒有人能再看見她了，孩子。」

小普萊克西，是她小學二年級的學生，頭伏在桌上哭了起來。

昨天晚上放學後，我們都去了亡者的家裡，陪同遺體去教堂。路上已經停了一輛兩匹馬拉的靈車，很多人等在那裡，低聲說著話。有我們學校的校長、老師，也有其他她過去教的學校的老師。她教過的班級幾乎所有的孩子都被母親帶來了，母親們手裡拿著火把。還有很多其他班級的孩子，巴雷蒂學校的五十多名女生，有的手裡拿著花圈，有的拿著玫瑰花束。很多花束已經放在靈車上，車上有一個大金合歡花圈，上面用黑體字寫著：歷屆四年級女生獻給她們的老師。在大花圈下，吊著一個小花圈，是她的學生送的。

在人群中，能看到很多拿著蠟燭的女傭人，她們是女主人派來的，也有兩位穿燕尾服的男傭人，他們拿著點燃的火把。一個富有的紳士，是女老師一個學生的父親，駕著有天藍絲綢內襯的馬車過來。

大家都擠在門前，很多女孩都擦著眼淚。我們在沉默中等了片刻。終於，人們把棺材抬下來了。當看到棺材被裝進車裡，有些孩子大哭起來，一個孩子開始喊叫，好像這時才意識到他的老師死了，他哭得如此厲害，人們不得不把他拉走。

隊伍慢慢地排好，開始行進。走在前面的是隱修院的修女，她們穿著綠色衣服；然後是瑪利亞修道院的修女，都穿著白色衣服戴著天藍色帶子；再後面是神父。靈車後面跟著的是老師，高小的學生和其他學生；最後是普通群眾。

人們從窗戶和門口往外看那些孩子和花圈，紛紛說：「是個女老師。」還有一些帶著小孩子的太太，她們中有人在哭泣。

到了教堂，人們把棺材從靈車上抬下來，放進教堂的中殿，擺在主祭壇前面。

女老師把花圈放在棺材上，孩子把花放上，在高大陰暗的教堂裡，周圍的人都拿著點燃的蠟燭，開始詠唱祈禱。

然後，當神父說完最後的「阿門」，蠟燭突然都熄滅了，所有人都快速走了出去，剩下已故的女老師一個人。

可憐的女老師，她對我很好，非常有耐心，她辛勞了很多年，只留下一些書給學生，把墨水瓶給了一個男生，一個小筆記本給了另一個男生，這就是她的所有。臨死前兩天，她對校長說不要讓最小的學生去陪她的靈柩，因為她不願意讓他們哭。她做盡好事，飽受苦痛，離開了。

可憐的女老師，一個人留在黑暗的教堂裡！永別了！永別了，我善良、溫柔和憂傷的朋友，你是我童年的回憶！

感謝

☼二十八日，星期三

我可憐的女老師本想結束這個學年的工作，卻在課程結束的前三天撒手人寰。後天，我們還會去上課，聽完朗讀最後一個本月故事《沉船》，然後……就結束了。星期六，七月一日，考試。又一年，三年級，過去了！如果我的女老師沒有死，這一年會過得很好。

我想起，跟去年的十月相比，好像現在知道了很多：腦子裡有了很多新鮮事物，現在我說的和寫的都比過去更好，也可以幫忙做很多大人不能做的事情，在他們工作時擔任助手。我明白了很多，幾乎能懂得所有我讀的東西。我很高興……

曾有許多人以這樣或那樣的方式，在家裡，在學校，在路上，在我去過的所有地方，在我看到任何事物時，都曾經督促和幫助過我學習啊！現在，我想感謝所有的人。

我首先感謝你，我的好老師，你對我如此寬容而深情，任何一點現在令我愉悅和自豪的知識，都是你辛苦教化的成果。

我感謝你，德羅西，我可敬的同學，很多次以你精準友善的解釋，讓我明白了很多難理解的事情，克服考試中的障礙；也感謝你，斯塔爾帝，強壯能幹，你讓我知道堅強的意志能做到一切；還有你，加羅內，善良慷慨，你對所有認識你的人都慷慨友善地相處；還有你們，普萊克西和科萊帝，你們一直是我勇敢認錯、踏實工作的榜樣。我要對你們說：謝謝，要對其他所有人說：謝謝。

但是，在所有人之前，我感謝你，我的父親，你是我的第一個老師、第一個朋友，你給了我很多好建議，教會我很多東西，當你為我工作時，總是向我隱瞞你的憂傷，盡一切努力，讓我的學習更輕鬆，生活更美好。

感謝你，我溫柔的母親，可愛的守護天使，你分享了我所有的快樂和痛苦，你和我一起讀書、勞動和哭泣，用一隻手撫摸我的額頭，用另一隻手指著天空。

就像小時候一樣，我在你們面前雙膝跪下，我感謝你們，以我全部的真誠感謝你們，感謝你們在我的心裡種下的溫情，感謝你們多年來的犧牲和仁愛。

最後一個本月故事·沉船

很多年以前，一個十二月的早上，一艘大汽船從利物浦港口起錨出發，船上有二百多名乘客，其中七十個是工作人員。船長和幾乎所有水手都是英國人。在乘客中有很多義大利人：三位太太，一位神父，一個樂團。船是開往馬爾他島的。

天色很陰沉。

在船尾的三等艙乘客中，有一個十二歲左右的義大利男孩，以他的年齡而言頭不大，但是身體結實，有著西西里人的勇敢且嚴肅的漂亮面孔。他一個人在靠近前桅杆的地方，坐在一堆繩索上，旁邊是一個裝著他東西的破行李箱，他一隻手放在箱子上。他長著棕色的臉，黑色的大波浪卷髮幾乎長到肩膀。他穿得很寒酸，肩上披著一條破圍巾，斜背著一個舊皮包。他若有所思地看著周圍的乘客、大船、跑來跑去的水手和波濤洶湧的海洋。他好像剛剛經歷一場家庭的極大不幸：孩子的臉，成人的表情。

出發後不久，船上的水手之一，一個灰頭髮的義大利人，手領著一個女孩出現在船尾，在小西西里人面前停下來，對他說：「這是你的一個旅伴，馬里奧。」然後就走了。

女孩坐在繩索堆上，在男孩旁邊。他們互相看著。

「你去哪裡？」西西里人問她。

女孩回答說：「路過那不勒斯，去馬爾他。」

然後她補充說：「我去找爸爸和媽媽，他們在等著我。我叫朱莉葉塔·法嘉尼。」

男孩什麼也沒說。

過了幾分鐘，他從皮包裡掏出麵包和水果乾，女孩有餅乾，他們一起吃了起來。

「當心點！」匆匆走過的義大利水手喊道，「現在開始起浪了！」風更大了，船搖擺得厲害。

但兩個孩子不暈船，一點也不在乎。小女孩微笑著。她的年齡幾乎跟同伴一樣大，但她高多了：棕色的臉，苗條，臉色有點清瘦，穿著很簡單。她長著剪短的卷髮，頭上繫著紅頭巾，耳朵上戴著銀耳環。

他們邊吃邊聊著各自的經歷。男孩的父母都不在了。父親原來是工人，幾天前在利物浦死了，他成了孤兒，義大利領事把他送回國，要送到巴勒莫，那裡有他的遠親。小女孩前一年被一個對她很好的寡婦姨媽帶到倫敦，把她交給一些窮親戚，被他們養了一段時間，希望能得到一筆遺產。但幾個月後，姨媽在一次車禍中被撞死，沒有留下一分錢，她也到了領事那裡，領事把她送上開往義大利的船。兩個人都被託付給了義大利水手。

「就這樣，」小女孩下結論說，「我爸媽以為我會很有錢地回來，但我卻身無分文地回來了。不過他們還是會對我一樣好，我的兄弟也一樣。我有四個弟弟，都很小，我是家裡的老大。我幫他們穿衣服，他們看到我會非常高興。我將開心踮著腳進家門……海上的天氣真惡劣。」

然後，她問男孩：「你去找你的親戚嗎？」

「是啊……如果他們要我。」他回答道。

「他們對你不好嗎？」

「我不知道。」

「到耶誕節，我就十三歲了。」女孩說。

然後他們就開始談論周圍的大海和人群。他們一整天都在一起，不時地交談幾句。乘客以為他們是兄妹或姐弟。女孩織襪子，男孩想事情，海浪越來越高了。

晚上，到了分手去睡覺的時候，女孩對馬里奧說：「睡個好覺。」

「誰也睡不好，可憐的孩子。」路過的義大利水手大聲喊著，他在找船長。

男孩正準備對女伴說「晚安」，突然一個大浪重重地打向他，把他拍在一張椅子上。

「我的媽呀，你流血了！」那女孩喊著撲向他。

下面忙著逃生的旅客沒有人注意到他們。女孩跪在被突然的大浪擊打而陷入昏迷的馬里奧身旁，幫他擦拭流血的額頭，從自己頭上摘下紅頭巾，纏在他的頭上，然後把他的頭摟到自己的胸前，繫好扣結，於是在她腰帶上部的黃色衣服上沾染了一塊血跡。

馬里奧醒來，站了起來。

女孩問道：「你感覺好點了嗎？」

他回答說：「我沒事了。」

茱麗葉塔又說：「睡個好覺！」

馬里奧回答說：「晚安。」

他們從靠近宿舍的兩個樓梯下去了。

水手的預言果真說中了。他們還沒有睡著，就迎來了可怕的暴風雨。就像是瘋狂的巨浪突然發作，幾分鐘之內就摧毀了一根桅杆，吊在船邊的三艘小船和船尾的四條小船都像樹葉似的被吹走了。在船艙內部，一片混亂和恐慌，倒塌聲、喊叫聲、哭聲和祈禱聲，讓人毛骨悚然。整個夜晚，暴風雨都在肆虐。黎明到來時，情況仍然在惡化。可怕的巨浪從側面拍打著船體，覆蓋著甲板，擊打，橫掃，把一切東西都翻捲到海裡。覆蓋機艙的甲板被掀翻了，一聲恐怖的巨響伴隨著衝進來的海水，火焰被熄滅了，輪機工紛紛逃命，到處都是湧進來的水流。一個洪亮的聲音喊著「啟動幫浦」！那是船長的聲音。水手跑向抽水幫浦。但是，突然一個海浪，從後部擊中船體，毀壞了欄杆和艙門，很多水湧進船內。

所有的乘客都嚇得要死，逃到了大廳裡。

這時，船長出現了。

「船長，船長！」大家一塊喊著，「怎麼辦？我們處境如何？有希望嗎？我們能得救嗎？」

船長等大家安靜下來，冷冷地說：「我們聽天由命吧。」

只有一個女人喊了一聲：「救救我們吧！」沒有其他人發出聲音。恐懼已經令所有人都僵住了。

在好像墓地般的沉寂中，很長的時間過去了。大家面無血色，面面相覷。大海一直在發瘋，船在劇烈地搖晃。到了某個時刻，船長決定向海裡拋下一艘救生船，五個水手上去，往下放船。但大浪把它掀翻了，其中兩個水手落水了，包括義大利人，其他人奮力地抓住繩索爬上來。從那以後，水手自己也失去了勇氣。

兩小時以後，船已經下沉到桅杆纜繩的高度。在甲板上，上演著另一幕可怕的景象。母親絕望地摟著自己的孩子，朋友擁抱著互相道別。有些人下到船艙裡，不想看著大海死去。一個乘客用手槍擊中自己的頭部，撲倒在宿舍的樓梯上死去了。很多人瘋狂地互相抓抱著，女人可怕地扭曲著身體。很多人跪在神父周圍。聽到的是一片哭泣，孩子般的哀怨，尖厲怪異的喊聲，這裡那裡看到的是雕塑般一動也不動的人，他們被嚇傻了，目光呆滯無神，面孔像是死人和瘋子一般。

兩個孩子，馬里奧和茱麗葉塔，抓著一根船上的桅杆，目不轉睛地看著大海，好像失去了知覺。

海浪變得比較平緩了，但船仍然在繼續慢慢地下沉。再過幾分鐘，就要沉沒了。

「把救生艇放到海裡！」船長喊道。最後一艘救生艇被放到海裡，十四名水手和三名乘客下去了。船長留在船上。

「您跟我們一塊下來！」下面的人們喊道。

「我要死在我的崗位上。」船長回答說。

「我們會遇到一艘船，」水手對他喊著，「我們會得救的，下來。您會死去的。」

「我留下。」

「還有一個位置！」水手對其他乘客喊著，「一位女士！」

一個女人被船長扶著前來，但看到救生艇的距離，她沒有勇氣跳下去，重新又回到甲板上。其他婦女都像死人一樣暈過去了。

「來個孩子！」水手喊著。

聽到那個喊聲，直到那一刻，被極度的驚恐嚇呆了的西西里男孩和他的同伴，突然被求生的巨大本能回過神來，他們同時放開了桅杆，一同要往救生艇裡跳，異口同聲地喊道：「我！」都力求把對方拋在後面，就像兩隻瘋狂的野獸。

「身體輕的！」水手喊著，「船已經超重了，身體輕的上來。」

聽到那句話，女孩像被雷打到一樣，放下了手臂，一動也不動，死死地看著馬里奧。

馬里奧也看了她一眼，看到她胸前的血跡，他想起來了，一個神聖的想法閃過他的腦海。

「身體輕的！」水手齊聲喊著，已經不耐煩了，「我們走了。」

這時，馬里奧用一個好像不是他的聲音喊道：「她更輕。應該是你，茱麗葉塔！你還有父母！我就一個人！我把我的位置給你！下去！」

「把她扔進海裡！」水手喊著。

馬里奧抓住茱麗葉塔的腰部，把她扔進海裡。女孩喊著，撲通一聲下去了，一個水手抓住她的手臂把她拉上了船。男孩站在船邊，高昂著頭，頭髮迎風，一動也不動，安詳自若，樣子無比崇高。

小船開始划動，剛好逃離了大船沉沒所引起的、很可能掀翻小船的旋渦。

這時，直到那一刻都好像失去了知覺的女孩，抬起眼來向著男孩的方向失聲痛哭起來。「永別了，馬里奧！」她抽泣地向他喊著，雙臂伸向他，「永別了！永別了！永別了！」

「永別了！」男孩回答道，高舉起手來。

小船在波濤洶湧的大海上和灰暗的天空下迅速划開。大船上再也沒有人喊了，海水已經吞沒了甲板上的欄杆。

突然，男孩跪了下來，雙手合十，眼望天空。

女孩捂住了臉。當她再抬起頭，眼望大海時，大船已經消失了。

七月

我母親的最後一頁

一日，星期六

一個學年結束了，恩里科。很好，你學年的最後一天，紀念一個高尚的孩子，他把自己的生命獻給了他的朋友。

你現在要和你的老師和同學分手了，我要告訴你一個不好的消息。這個分手不只是三個月，而是永久。由於工作的原因，你父親要離開都靈，我們都得跟他一起走。我們秋天要離開這裡，你要進一所新學校。這會讓你難過，不是嗎？

因為我肯定你熱愛讀過三年書的學校。每天兩次，你嘗到付出努力、用功後的快樂，很長一段時期，那裡在固定時刻你看到的是同樣的孩子，同樣的老師，同樣的家長，你的爸爸或媽媽在微笑地等著你，你熟悉的學校，在那裡你獲得了啟蒙，你有很多要好的同學，在那裡你聽到的每一句話都是為你好，任何一點不愉快仍然都是有用的經歷！

把這份情誼留給你自己，衷心地對所有那些孩子說再見。他們中有些人會經歷不幸，很快會失去父親和母親，另一些人會年輕輕地死去，還有人會在戰場上高貴地抛灑熱血，很多人會成為能幹誠實的工人，成為像他們一樣勤勞誠實的家人的一家之長。誰知道呢？也許有人會成為國家的棟梁，成為國家的榮譽。

因此，滿懷情誼地和他們分手：把你心靈的一部分留在那個大家庭裡，你兒童時進去，少年時出來，你爸爸媽媽都很愛它，因為你在那裡得到了關愛。學校是一位母親，我的恩里科。她從我的懷抱把剛會說話的你帶走，現在把長大、強壯、善良、好學的你還給我。願學校得到祝福，你永遠不能忘記她，孩子。

哦！你不可能忘記她。你將長大，將周遊世界，將看到大城市和壯觀的歷史建築，其中有很多你可能會忘記，但那個不起眼的白色建築，關閉的百葉窗，那個小花園，你在那裡開出第一朵心智之花。你會永遠記得它，直到你生命的最後一天，就像我將一直記得、第一次聽到你聲音的那個家。

你的母親

考試

☼ 四日，星期二

考試終於臨到了。在學校周圍的路上，聽到的都是談論考試的話，孩子、父親、母親，甚至女傭：考試科目、分數、題目、平均分數、重考、及格，所有人都說著同樣的話題。

昨天上午是作文考試，今天上午是算術考試。看著所有的父母帶著孩子來學校真令人感動，他們忙著在路上給孩子最後的叮囑，很多母親把他們的孩子一直送到課桌旁，為了看看墨水瓶裡是否還有墨水，試試筆是否好用，走到門口還轉過身來說：「勇敢點！細心點！記住啦！」

我們的監考老師是柯阿迪，那個留著黑鬍子的，他聲音像是獅吼，但從來不會懲罰誰。有些孩子嚇得臉色發白，當老師打開市政信封、抽出考題時，連喘氣聲都聽不見。老師高聲念考題，他用非常嚴厲的目光，一會看著我們中的一個，一會看看另一個。但很明顯的，如果他能把答案念出來，讓我們所有人都能及格，他將會更高興。

考試開始一個小時之後，很多人開始感覺吃力了，因為考題很困難。一個男生哭了起來。柯羅西用拳頭敲著腦袋。可憐的孩子，如果他們不知道答案並沒有錯，因為他們沒有充分的時間讀書，他們被父母忽視了。但天無絕人之路，要看一下德羅西是怎麼幫助他們的，他怎麼想辦法傳遞一個數字或運算提示而不被發覺，他對所有人都很周到，就好像他是我們的老師。算術也是加羅內的強項，他能幫誰就幫誰，甚至幫助諾比斯，現在他放下了臭架子，也得作弊。斯塔爾帝一個多小時都沒動了，眼睛看著考題，拳頭頂著太陽穴，然後在五分鐘之內就全做完了。

老師在課桌之間轉來轉去著說：「鎮靜，鎮靜，我要求你們鎮靜！」當他看到有人灰心時，為了讓人笑，重新鼓起勇氣，他就模仿獅子張開嘴，假裝要吃人。

大約十一點鐘，通過百葉窗往下看，我看到很多父母不耐煩地在路上來回走著。有普萊克西的父親，穿著深藍色的襯衫，從工廠裡跑出來，臉上滿是油黑；有柯羅西的母親，賣蔬菜的；內利的母親，穿著黑衣服，一刻也待不住。

快要到十二點時，我父親來了，他抬眼看著我的窗戶：我親愛的爸爸！

十二點，我們都做完了。學校的出口非常熱鬧。所有人都迎著孩子詢問情況，翻閱著練習本，與同學對答案。

「算數有多少題？」

「總分多少啊？」

「減法呢？」
「答案呢？」
「小數點呢？」
所有的老師也來回走著，被上百個聲音呼來喚去的。
我父親迅速從我手裡拿去一份謄寫答案的筆記本，看著說：「不錯。」
在我們旁邊是鐵匠普萊克西，他也看著兒子的卷子，有一點不安，他看不太懂，就轉向我父親：「您能幫我看看總分嗎？」
我父親念分數。他看著，默算著。「做得好，小子！」他高興地喊著。我父親跟他對視了一會，開心地笑著，就像兩個朋友，我父親向他伸出手，他握住了。他們分手時說：
「口試見。」
「口試見。」
走了幾步路，我們聽到一個假聲，回頭看，那是鐵匠在唱歌。

最後的考試

☼ 七日，星期五

我們今天早上有口試。八點鐘，我們都在教室裡，八點一刻開始叫我們每四個人一組進到大房間去，那裡已經在一張大桌子上面鋪著綠絨布，旁邊坐著校長和四名老師，其中有我們的老師。

我是最先被叫進去的之一。

可憐的老師！今天上午，我發覺他對我們真的很好。當其他人問我們的時候，他只關注著我們，當我們回答得不好時，他就焦躁不安，當我們回答得很棒時，他又恢復平靜。他一字不漏地專心聽著，用手勢給我們各種提示，就好像說：「好、不好、注意、慢一點、勇敢一點。」如果他能說話，估計會給我們各種提示。如果在他的位子上輪流坐著的是所有學生的父親，也不可能比他做得更多。當著其他人的面，我向他喊十遍「謝謝」！當其他老師對我說「很好，走吧」，他眼睛因喜悅而閃閃發光。

我馬上回到班裡去等我父親。幾乎所有人都還在。我坐在加羅內旁邊，一點兒也不高興。我想著，這大概是我們近距離地坐在一起的最後一個小時了。我還沒有跟加羅內說，我們不會再一起上四年級了，我得跟我父親離開都靈：他什麼都還不知道呢。

他坐在那裡，身體蜷成一團，他的大腦袋垂在課桌上，在一張他父親的照片上畫著花邊，照片上，他父親穿著司爐工作服，高大雄壯，牛一樣的脖子，神情嚴肅誠實，兒子跟他一模一樣。加羅內那樣彎著身子，襯衫前面有一點敞開了，我在他裸露強壯的胸脯上看到了一個小金十字架，那是內利的母親知道他保護了她的兒子後送給他的。

但我早晚得跟他說我將離開了。

我對他說：「加羅內，今年秋天，我父親要永遠離開都靈了。」

他問我是不是也要走，我回答說是。

「你不跟我們一起上四年級了？」他對我說。我回答說是這樣的。

他沉默了一會兒，什麼話都沒說，繼續畫著他的畫，然後頭也不抬地問：「你記得住三年級的同學嗎？」

「記得住，」我說，「所有的人，但你……比其他人記得更深。誰能忘記你？」

他嚴肅地盯著我看，那目光裡似乎有千言萬語。他什麼也沒有說，只是把左手伸給我，假裝用另一隻手在畫畫。我雙手握住它，那隻強壯忠誠的手。

那一刻，老師紅著臉匆匆走了進來，他低聲卻很高興地說：「真棒，到現在為止，一切都不錯，剩下的繼續保持。真棒，孩子！勇敢點！我很高興。」為了表示他的高興和鼓勵，他馬上出去，假裝被絆了一下，扶著牆，避免摔倒。我們從沒有見過他這樣的笑臉！這件事顯得如此奇怪，所有人都沒有笑，反而感到非常吃驚。所有人都微笑，卻沒有人笑出聲來。是呀，我不知道，他這個孩子般的舉動，是讓我更加傷心，還是更加親切。

那個快樂的時刻是他的全部獎勵，是九個月來的善良、耐心也包括不開心的全部回報！可憐的老師，為了這一刻，他付出了多少辛勞，有多少次他帶著病堅持繼續上課！他付出了多少溫情和操心，就為了換取我們的這個時刻！

現在我覺得，我眼前會總是浮現他的這個舉動，我將會記住他的這個樣子很多很多年。如果有一天我長大成人，他還活著，我們再次相遇，我會對他說，他的這個舉動打動了我的心，我將在他的頭上印上我的吻。

告別

☼ 十日，星期一

下午一點，我們最後一次去學校聽取考試分數和領取成績單。馬路上都是家長，他們也占據了大廳，很多人進了班級教室，一直擠到老師的小桌子前：我們班裡甚至從牆角到第一排課桌之間的空間都占滿了。有加羅內的父親、德羅西的母親、鐵匠老普萊克西、老科萊帝、內利賣菜的母親、小瓦匠的父親、斯塔爾帝的父親，很多我從來沒見過的人。到處都聽到低語的聲音，就好像是在廣場上。老師進來了，立刻鴉雀無聲。

他手裡拿著成績單，馬上開始朗讀：「阿巴圖奇，升級，六十分[1]；阿琴蒂，升級，五十五分；小瓦匠，升級；柯羅西，升級。」

然後，他大聲讀到：「德羅西．埃爾奈斯托，升級，七十分，一等獎。」所有在場的家長都認識他，都說：「真棒，真棒，德羅西！」他晃了一下金色的卷髮，以瀟灑漂亮的微笑看著向他招手示意的母親。加羅非、加羅內、卡拉布里亞人都升級了。

然後是三四個需要補考的，其中一個哭了起來，因為他父親站在門口，向他做了一個準備挨揍的手勢。但老師對父親說：「別這樣，先生，請原諒我。這不是他的錯，很多時候是運氣問題。這就是他的情況。」

然後，老師念道：「內利，升級，六十二分。」內利的母親用扇子給了他一個飛吻。斯塔爾帝以六十七分升級，但聽到這個好成績，他都沒有笑，拳頭一直頂著太陽穴。最後一個念到的是沃蒂尼，他穿著漂亮，頭髮梳得光亮，他也升級了。

念完最後一個，老師站了起來說：「孩子，這是我們大家最後一次在一起。我們一起共度了一年，現在我們已經成為好朋友，卻要分手了，不是嗎？要和你們分手了，我很難過，親愛的孩子。」他停頓了一下，然後接著說，「如果有時我缺乏耐心，如果有時我不公平，過分嚴厲，都不是故意的，請你們原諒我。」

「不，不，」家長和很多學生都說，「不，老師，不要這樣說。」

「請原諒我，」老師重複說，「請你們記著我的好。新的一年，你們將不再跟著我讀書了，但我會記得你們，你們將永遠留在我心裡。再見了，孩子！」

話音一落，他就向前走，來到我們中間，全體起立在課桌邊向他伸出了手，拉著他的手臂和衣服邊；很多人吻他，五十個學生異口同聲地說：

1 當時總成績以七十分為滿分，四十二分為及格。

「再見，老師！」
「謝謝，老師！」
「祝您健康！」
「請您記住我們！」
他出去的時候，好像很激動。我們大家都三三兩兩地出去了。其他班的學生也都出了教室。
一片混亂，都是孩子和家長的喧鬧，人們在向老師道別，也彼此互相道別。戴紅羽毛的女老師身邊有四五個孩子，周圍還有二十多個孩子，會讓她忙不過來；小修女老師的帽子一半被學生拉開了，他們在她的黑衣服扣子上和口袋裡塞了十多束花。很多人圍在羅貝提身旁，正是在這一天，他第一次不用拿拐杖了。
到處都能聽到：
「新學年見！」
「十月二十日見！」
「萬聖節見！」
我們也告別了。啊！那一刻，人們忘記了所有的不愉快！沃蒂尼，總是如此嫉妒德羅西，卻是第一個向他張開雙臂告別的人。我向小瓦匠告別，正當他最後一次朝我做野兔鬼臉時，我吻了他，可愛的孩子！我向普萊克西告別，向加羅非告別，他告訴我他最後一次彩票的中獎情況，送給我一個邊角已經摔壞的彩釉小鎮紙。我向所有人告別。

很有趣的是看著可憐的內利是怎樣地擁抱加羅內，沒有人能把他們分開。所有人都圍在加羅內周圍，說著：「再見，加羅內，再見。」摸摸他，抱抱他，跟他談談，那個正直的聖人一樣的少年。他父親完全驚呆了，看著，笑著。加羅內是我最後擁抱的同學，在路上，在他的胸口，我強忍住沒有哭出來，他吻了我的額頭。

然後，我跑到我父母那裡。我父親問我：「你向所有同學都告別了嗎？」

我說是的。

「如果你曾經有對誰犯錯，去跟他說對不起，請他忘記。沒有嗎？」

「沒有。」我回答說。

「那麼，永別了！」我父親用激動的聲音說，最後看了一眼學校。

我母親重複說：「永別了！」

而我，什麼都沒能說出來。

愛的教育 / 艾德蒙多．德．亞米契斯著；張密，祁玉樂譯．-- 初版．-- 臺北市：時報文化，2020.09
384 面；14.8×21 公分．--（愛經典；41）
譯自：Cuore
ISBN 978-957-13-8335-4（精裝）

877.596 109011838

作家榜经典文库®

ISBN 978-957-13-8335-4
Printed in Taiwan

愛經典 0 0 4 1

愛的教育

作者一艾德蒙多．德．亞米契斯｜譯者一張密、祁玉樂｜編輯總監一蘇清霖｜特約編輯一歐宇甜｜美術設計一FE 設計｜董事長一趙政岷｜出版者一時報文化出版企業股份有限公司 108019 台北市和平西路三段二四〇號四樓 發行專線一（〇二）二三〇六一六八四二 讀者服務專線一〇八〇〇一二三一一七〇五、（〇二）二三〇四一七一〇三 讀者服務傳真一（〇二）二三〇四一六八五八 郵撥一一九三四四七二四時報文化出版公司 信箱一10899 台北華江橋郵局第 99 信箱 時報悅讀網一http://www.readingtimes.com.tw ｜電子郵件信箱 new@readingtimes.com.tw ｜法律顧問一理律法律事務所 陳長文律師、李念祖律師｜印刷一 紘億印刷有限公司｜初版一刷一二〇二〇年九月四日｜定價一新台幣三八〇元｜

時報文化出版公司成立於一九七五年，並於一九九九年股票上櫃公開發行，於二〇〇八年脫離中時集團非屬旺中，以「尊重智慧與創意的文化事業」為信念。